치어리더의 칼춤

직장인 응원 공감

치어리더의 칼춤

송재용 지음

Cheerleader's

sword dance

생각나눔

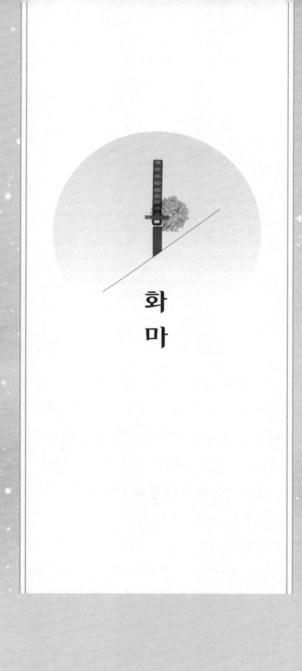

화
마

호정란은 임시로 머무는 펜션 근처 식당에서 동죽 칼국수로 점심을 때운 뒤 식당 건너편 솔밭으로 발길을 옮기었다. 정란은 솔밭에 설치해 놓은 벤치에 앉아 바다를 바라보았다. 바람이 불지 않아 바다는 잔잔했다. 하늘이 유난히 맑고, 햇볕도 따뜻했다. 정란은 풀숲에서 빨간 해당화를 눈여겨보다가 사진 찍으려고 벤치에서 일어났다.

　드르륵, 드르륵.

　정란은 손가방 속에 든 휴대폰의 진동 소리에 움찔 놀랐다. 정란은 손가방에서 휴대폰을 꺼내 발신자 전화번호를 확인해 보았다. 모르는 전화번호였다. 정란은 전화를 받지 않고 상대방이 전화를 끊기를 기다렸다. 하지만 신호가 멈추지 않고 계속 울렸다. 정란은 휴대폰을 귀에 갖다 대고 날카로운 목소리로 물었다.

　"실례지만 거기 어디세요?"

"사모님, 저 정성그룹 인사팀장 임춘순 부사장입니다."

"그룹 인사팀장이라고요?"

"불쑥 전화를 드려 죄송합니다."

"죄송할 건 없고, 무슨 일로 전화하셨나요?"

"실은 사모님이 머무시는 펜션 앞에서 전화를 드리는 겁니다."

"그러면 저를 찾아오셨다는 말씀인가요?"

정란은 기절초풍할 듯이 놀랐다. 정란의 손이 파르르 떨렸다.

"회장님 지시로 급히 전해 드릴 게 있어서 제가 직접 왔습니다."

"그래요? 지금 펜션으로 갈 테니 잠깐 기다리세요."

"사모님, 감사합니다."

이 인간들 어떻게 내 은신처를 알아냈지? 정성그룹 임직원들은 회장이 지시만 내리면 아프리카 밀림에 숨어 있는 사람도 찾아내는 독종들이니까, 국내에 숨어 있는 사람 찾는 건 엎어져서 식은 죽 먹기보다 쉽겠지.

정란은 모자를 벗고 헝클어진 머리를 잠시 매만졌다. 그리고는 손가방에서 거울을 꺼내 얼굴을 비치며 입술에 립스틱을 발랐다. 정란은 옷매무새를 가다듬고는 벤치에서 일어나 길 건너에 있는 펜션으로 발길을 옮기었다. 펜션 앞에 가 보니 검은색 승용차 두 대가 서 있었다. 그리고 네 사람이 도열해서 정란을 맞이하였다. 감색 정장 차림의 중년 남자와 마흔 살쯤 먹어 보이는 수수하게 생긴 남자, 그리고 후리후리한 키에 바지와 재킷을 입은 젊은 여사원 둘이 고개를 숙였다. 중년 남자가 지갑에서 명함을 빼 정란에게 건네주며 사과부터 하였다.

"사모님, 불청객처럼 무례하게 찾아와서 죄송합니다."

"이런 시골까지 오게 만들어서 제가 오히려 미안합니다."

정란도 얼떨결에 사과했다. 임춘순 부사장은 옆에 서 있는 젊은 여사원들을 소개하였다.

"왼쪽은 사모님 차를 운전할 이문자 대리입니다. 오른쪽은 비서 민수란 과장입니다."

정란은 손을 내밀어 여사원들과 악수를 하였다. 정란은 그들을 근처에 있는 커피숍으로 안내하였다. 임춘순 부사장이 자리에 앉더니 먼저 입을 열었다.

"사모님이 잠적하신 뒤 연락이 안 되니까 회장님께서 화가 단단히 나셨습니다."

"저 때문에 애꿎게 임원님들이 마음고생을 하시는군요."

"사모님, 빨리 회장님 찾아뵙고 노기를 풀어 드리세요."

임춘순 부사장은 정란에게 부탁인지, 강요인지 애매호모하게 말하고는 가방에서 딱딱한 표지가 씌워진 서류를 꺼내 정란에게 건네주었다.

〈임명장〉

성명: 호정란

위 사람을 정성그룹 문화재단 이사장으로 임명함

2018년 10월 30일

정성그룹 회장 사광구

정란은 임명장을 읽어 보고는 어이가 없어 피식 웃었다. 그러거나 말거나 임춘순 부사장은 정란에게 임명장을 잠시 두 손으로 들고 있으라고 부탁했다. 정란은 영문도 모르고 임명장을 두 손으로 들었다. 부사장은 임명장을 든 정란의 모습을 휴대폰으로 연신 촬영하였다. 정란은 불쾌해 부사장에게 쏘아붙였다.

"부사장님, 사진은 왜 찍는 겁니까?"

"임명장을 사모님께 전달했다는 인증샷을 회장님께 보내드려야 합니다."

"뭐라고요?"

정란은 어이가 없어 입을 닫고 말았다. 철저하다 못해 야비한 사광구 회장의 행태에 새삼 소름이 돋을 지경이었다.

'이 보 전진을 위해서 일 보 후퇴하는 작전을 펼치는 도리밖에 없겠구먼. 일단 회장의 지시를 따르자.'

정란은 커피 한 모금 마시고는 임춘순 부사장에게 양해를 구했다.

"오늘은 볼 일이 있어서 서울에 못 가고, 내일 오후에 회장님을 찾아뵙겠습니다."

"사모님 가능하면 오늘 가셔서 회장님 뵈었으면 좋겠습니다."

"내일 오후에 회장님께 인사하러 갈 테니 걱정하지 마세요."

"사모님 말씀 믿어도 되겠습니까?"

임춘순 부사장은 실눈으로 정란을 바라보며 반신반의하는 투로 물었다. 정란은 정색하고 반박했다.

"저는 한 입으로 두말하는 여자 아닙니다. 그러니 안심하고 돌아가세요."

"회장님께 그렇게 보고하겠습니다."

임춘순 부사장은 휴대폰으로 누군가에게 문자를 넣었다. 한참 뒤에 답신이 오자 임춘순 부사장은 자리에서 일어났다. 임춘순 부사장은 정란에게 고개를 숙이고는 직원들과 함께 커피숍을 나갔다.

정란은 멍하니 천장을 올려보다가 홍재석 작가에게 전화를 걸었다.

"선배님, 저 오로라 커피숍에 있는데 커피 마시러 오세요."

"갑자기 무슨 일인데 호출하는 거요?"

"방금 정성그룹 사광구 회장님한테 기가 막힌 선물을 받았는데, 혼자 보기 아까워 선배님께 보여 주고 싶네요?"

"우리나라 최고 재벌인 정성그룹 회장님이 며느리에게 하사한 선물이 뭔지 무척 궁금하네요."

"그러면 발바닥에서 땀이 나도록 뛰어오세요."

"오늘은 수염도 안 깎았는데 그냥 가도 되겠습니까?"

"수염 난 얼굴이 터프해서 보기 더 좋아요."

홍재석은 승용차를 몰고 부리나케 오로라 커피숍으로 달려왔다. 재석이 자리에 앉기 무섭게 정란은 임명장을 흔들며 장난기 섞인 목소리로 말했다.

"선배님, 이게 제가 방금 받은 선물이거든요."

재석은 임명장을 읽어 보고는 싱긋이 웃으며 부러워하는 투로 말했다.

"정란 씨, 축하드립니다. 드디어 정성공화국을 지배하는 여왕으로 등극할 날이 머지않았군요!"

"선배님, 나는 지금 울화통이 터져 미치겠는데 놀리는 거예요? 뭐예요?"

정란은 입술을 삐죽거리며 재석에게 화풀이를 했다. 그러거나 말거나 재석은 느물대며 정란의 부아를 돋웠다.

"앞으로는 정란 씨와 만나기 힘들겠구먼?"

"왜 못 만나요?"

"시골의 이름 없는 글쟁이가 어찌 감히 대 정성공화국 여왕님을 알현하겠습니까?"

"선배님, 제 오장육부 자꾸 뒤집어 놓으실 거예요?"

"나는 30여 년 동안 직장 생활했지만 고작 부장 타이틀을 달고 정년퇴직했는데, 사람은 역시 금수저를 물고 태어나야 출세 가도를 달린다니까."

"선배님, 제발 그만하시라고요!"

계속 이기죽거리면 정란이 악하고 울음을 터뜨릴지 몰라 재석은 말머리를 얼른 다른 데로 돌렸다.

"실은 정란 씨가 정성그룹 문화재단 이사장 자리에 앉기를 학수고대했습니다."

"그건 또 무슨 말이에요?"

"오래전부터 정성그룹을 모델로 소설을 쓰고 싶었는데 자료 수집이 어려워 차일 피 미루어왔거든요. 정란 씨가 문화재단 이사장직에 앉으면 자료를 수집하는 데 한결 수월할 거 아닙니까?"

"자료야 얼마든지 제공해 드릴 수 있지요."

"정란 씨, 다시 한 번 축하드립니다."

재석은 손을 내밀어 악수를 청했다. 정란은 손을 잡을 생각을 앉고 자리서 뭉그적거렸다.

"정란 씨, 내가 기차역까지 차로 데려다줄 테니까 빨리 서울로 돌아가요."

"선배님하고 밤새도록 코가 비틀어지게 술 마시고 내일 갈 거예요."

정란은 아이가 생떼를 쓰듯 어깃장을 놓았다. 재석은 아이를 대하듯 정란을 달래었다.

"정란 씨, 가슴이 답답하고 바닷바람 쐬고 싶으면 언제라도 와요. 싱싱한 회며, 소주쯤은 얼마든지 사 줄게요."

"선배님, 정말 아무 때나 와도 돼요?"

"나도 때때로 마음에 맞는 여자와 함께 술 마시며 싱글 시니어의 외로움을 달래고 싶을 때가 있거든요."

"선배님, 글쓰기 바쁘다는 둥, 다른 사람하고 선약 있다는 둥, 이 핑계 저 핑계 대면서 못 오게 하는 건 아니지요?"

"정란 씨하고 술 마시는 일이 일 순위이니 걱정하지 마세요."

"그럼 우리 손가락 걸고 약속해요."

정란은 오른손 새끼손가락을 내밀었다. 재석도 망설임 없이 새끼손가락을 내밀었다. 두 사람은 손가락을 감고는 천진난만한 아이들처럼 환하게 웃었다.

정란은 연인이나 되는 것처럼 재석의 팔을 끼고 커피숍에서 나왔다. 재석은 승용차에 정란을 태우고는 그녀가 머물었던 펜션으로 갔다. 정란이 옷가지가 든 가방을 승용차에 싣자 재석은 서해역으로 쏜살같이 차를 몰았다. 재석은 기차역이 가까워지자 오빠처럼 정란에게 듣기 좋은 말로 충고했다.

"정란 씨, 문화재단 이사장에 취임하면 술 자주 마시지 마요. 특히 근무시간에 술 마시는 건 금물입니다."

"선배님, 충고 고마워요."

정란은 작별이 아쉬운지 한 손으로 재석의 손을 잡았다. 재석도 정란의 부드러운 손등을 어루만지었다. 이어서 두 사람의 얼굴에 환한 미소가 그려졌다.

약 1년 전이었다.

정란이 서재에서 커피를 마시는데 문을 두드리는 노크 소리가 들려왔다. 정란이 "네." 하고 대답하자 가정부 한정순 아줌마가 문을 홱 열어젖히더니 숨넘어가는 소리를 했다.

"사모님, 거실로 나오셔서 빨리 텔레비전 좀 보세요."

"무슨 일인데 난리를 치는 거예요?"

"정성 요양병원에 불이 났나 봐요."

"뭐라고요?"

정란은 가슴이 철렁했다. 정란은 부리나케 거실로 나와 텔레비전 화면을 뚫어지게 쳐다보았다.

'정성 요양병원에서 대형 화재 발생'이라는 붉은 자막이 화면에서 번쩍거렸다. 정란은 구체적인 상황을 알고 싶어 TV 채널을 다른 데로 돌렸다. 모 방송국에서는 화재 현장을 생중계하고 있었다.

붉은 화염과 검은 연기에 휩싸인 병원 건물, 쉴 새 없이 물을 뿜어대는 수십 대의 소방차, 환자를 실어 나르는 구급차들의 요란한 경적 소리, 건물 옥상으로 대피한 사람들이 손을 흔들며 애타게 구조의 손길을 기다리는 모습 등 차마 눈을 뜨고 볼 수 없는 아비규환이었다.

정란은 끔찍하고 가슴이 떨려 리모컨으로 텔레비전 전원을 얼른 끄고는 주방으로 갔다. 정란은 냉장고에서 소주를 꺼낸 뒤 컵에 부어 단숨에 들이켰다. 정란은 식탁 의자에 털썩 주저앉더니 땅이 꺼져라 한숨을 내쉬었다.

'아이구! 내 팔자야. 하루도 편안한 날이 없으니 무슨 업보인지 몰라. 가지 많은 나무 바람 잘 날 없다지만, 이건 정상이 아니야. 도대

체 뭐가 잘못돼서 악몽 같은 나날이 계속될까?'

정성 요양병원은 정성그룹의 사회복지재단에서 설립한 의료법인이었다. 국내 최고의 의료진을 갖추었고, 최첨단 장비와 최상의 서비스를 표방하는 요양병원이었다. 환자를 최대 1,000명까지 수용 가능한 7층짜리 대형 건물이었다.

또한, 서해안 바닷가 나지막한 산에 위치해 병실에서 출렁이는 파도가 훤히 내려다보일 정도로 경관이 뛰어난 요양병원이었다.

처음 요양원을 짓겠다는 보도가 나가자 중소 요양병원 단체인 요양병원협회에서 벌 떼처럼 들고일어났다. 재벌그룹이 요양병원까지 손을 뻗으면 환자를 빼앗겨 경영에 막대한 지장을 초래할 우려가 크다고 청와대까지 민원을 제기하였다. 기존 병원의 반발을 무마하기 위해 일반 환자는 받지 않고, 정성그룹 임직원의 부모들과 병원 소재지인 천상시의 저소득층 노인들만 수용하는 조건을 내걸었다. 단, 정성복지재단의 추천을 받은 환자는 입원할 수 있도록 예외 규정을 두었다. 이 예외 규정은 그룹 경영에 영향력을 행사하는 정관계 고위직 부모들을 요양병원에 유치하기 위한 편법 조항이었다.

한편 사주영 부회장은 정성그룹 빌딩 근처 일식집에서 점심 식사를 하던 중 정성 요양병원 화재 발생 뉴스를 보고 부리나케 사무실로 돌아왔다. 사주영은 비서와 함께 승용차를 타고 정성요양병원으로 내달렸다. 사주영 부회장이 요양병원에 도착하자 큰 불길은 잡혀 소방관들이 병원 건물 안을 수색하기 시작하였다. 병동 안을 수색한 결과 100여 명의 사망자를 찾아냈다. 사망자들의 겉모습이

멀쩡한 거로 보아 유독가스에 대부분 질식사한 거 같았다.

사주영 부회장은 화재 현장 상황을 지켜보다가 본사로 급거 귀환했다. 사주영은 그룹 경영전략실에 화재수습비상대책위원회를 긴급히 구성하였다. 위원장은 사주영 부회장이 맡았다. 위원장 밑에 화재원인 조사팀, 피해보상팀, 장례지원팀, 대외협력팀이 편성되었다. 팀장은 사장급 임원들이 임명되었다.

사주영 부회장은 긴급히 기자회견을 했다. 그는 기자들 앞에서 침통한 목소리로 사과문을 낭독하기 시작하였다.

"먼저 이번 화재로 사망하신 분들에게 깊은 애도를 표합니다. 그리고 부상을 당한 분들에게도 심심한 위로를 드립니다. 정성그룹의 모든 역량을 발휘하여 희생자와 부상당하신 분들에게 충분한 보상을 해 드리겠습니다. 저희 정성그룹 임직원들은 이런 불행한 사태가 다시는 발생하지 않도록 최선의 노력을 다할 것을 약속드립니다. 피해자 가족분들에게 진심으로 사죄드립니다. 그리고 국민 여러분께 심려를 끼친 점 다시 한 번 사과드립니다."

사주영이 사과문을 발표하고 사무실로 돌아오자 사광구 회장이 전화로 향후 지침을 내려주었다.

1. 회사 업무와 관련 있는 정부 각 기관 고위직 부모들에게는 보상금을 최대한 후하게 지급해라.
2. 화재 사고를 최대한 축소해서 보도하도록 특별 홍보 예산을 즉시 투입하라.
3. 사건이 종결되면 요양병원을 신속히 폐쇄하고 건물을 철거하여라.
4. 사태가 완전히 수습한 뒤 부회장직에서 사임하고 해외로 나가라.

요양병원 화재 합동조사단은 두 달 동안 정밀 조사를 마치고 화재 발생 원인을 발표하였다.

「사망자는 최종적으로 123명으로 집계되었고, 부상자는 88명이 발생했다.

화재 발생 원인은 지하 3층 주차장에 세워 놓은 승용차가 폭발하면서 다른 차로 순식간에 불길이 옮겨붙었다. 지하 3층에 주차한 200여 대의 차들이 불타면서 강한 바람을 타고 지하 2층에 주차된 300여 대의 차에까지 불길이 번졌다. 설상가상으로 바다에서 불어오는 강풍을 타고 유독가스가 빠른 속도로 병원 전체 건물에 퍼져 많은 인명피해가 발생하였다. 특히 화재경보기가 작동하기 시작하자 많은 사람이 한꺼번에 병동에서 빠져나가기 위해 비상계단 문을 모두 열어 놓는 바람에 화를 더욱 키웠던 것으로 추정된다.」

검찰에서는 화재 발생 책임을 물어 병원장, 시설관리 담당 임원, 방화관리자, 등을 구속했다. 일부 언론에서는 정성그룹의 실질적인 대표인 사주영 부회장을 구속해야 한다고 떠들어댔다. 홍보 예산을 엄청나게 투입한 탓인지 대부분의 신문과 방송은 사주영은 도의적인 책임만 있을 뿐 법적인 책임은 지울 수 없다고 옹호해 주어 구속은 간신히 면했다.

화재로 사망한 환자들의 유가족과 보상도 원만히 타결되고, 불에 탄 수백 대의 차량 보상도 매듭짓는 등 화재 사건이 마무리될 즈음이었다.

정란은 밤 8시쯤 남편 사주영이 위독하다는 전화를 받고 강남에 있는 종합병원 응급실로 달려갔다. 병원에 도착해 보니 사주영은 이미 숨이 멈춘 상태였다. 의사는 사주영의 사망 원인이 급성심근경색 같다는 애매모호한 진단을 내렸다. 정란은 사후 약방문 같기는 했지만 죽기 전에 무슨 일이 일어났는지 또는 누구와 통화했는지 조사할 목적으로 사주영의 재킷 호주머니에 든 휴대폰과 녹음기를 챙겨 백에 넣었다.

사주영은 정성그룹의 2인자로 회장을 보좌하고 50여 개가 넘는 계열사 경영을 총괄하는 역할을 했다. 사주영은 계열사에서 끊임없이 일어나는 갖가지 골치 아픈 일 때문에 하루도 마음 편할 날이 없었다. 그리고 무소불위의 권력을 소유한 아버지의 위세에 눌려 힘겨워하고, 허우적거리다 왕성하게 일할 나이에 저세상으로 가고 말았다.

그룹 고위 임원들은 사주영 장례를 정성그룹장으로 치러야 한다고 강력히 주장했다. 하지만 정란의 완강한 반대로 가족장으로 치렀다. 조의금은 말할 것 없고, 조화도 받지 않았다. 조문은 그룹의 계열사 대표이사와 사장급 이상만 허락했다.

사주영의 장례를 마치고 열흘쯤 지난 뒤였다.

시아버지인 사광구 회장이 정란을 그의 자택으로 호출하였다. 집에 가 보니 회장은 평소 앓던 천식이 악화되어 집중 치료를 받는 중이었다.

정란이 자리에 앉자 회장은 어눌한 말투로 위로했다.

"네 남편 장례 치르느라고 고생이 많았다."

"아버님, 뵐 면목이 없습니다."

"미안해할 거 없다."

"제가 내조를 잘못해서 그이가 일찍 저세상으로 간 거 같습니다."

"인명은 재천이라고 제 명이 다해서 죽은 걸 어쩌겠느냐."

사광구 회장은 손으로 움푹 들어간 눈가를 훔치고는 정란에게 지시인지 부탁인지 모를 말을 했다.

"그동안 곰곰이 생각해 봤는데 주영이가 죽기 전에 맡았던 자리를 네가 맡아 줘야겠다."

"아버님, 그게 무슨 말씀이세요?"

순간 정란의 얼굴이 굳어졌다. 사광구 회장은 계속 말을 이었다.

"막 바로 그룹 부회장 자리에 앉으면 뒷말이 많을 거 같으니까 먼저 문화재단 이사장 자리에 앉아라."

"아버님, 저는 지금처럼 시나 쓰면서 평범한 가정주부로 살겠습니다."

"주영이가 앉았던 자리는 그룹의 요직이라서 아무나 앉힐 수 없다."

"저는 능력도 모자랄 뿐 아니라, 기업 경영에 전혀 관심이 없습니다."

"능력은 차차 기르면 되는 것이고, 사씨 가문의 며느리인 이상 싫든 좋든 기업 경영에 참여하는 게 도리이다."

"아버님, 저까지 비명횡사하게 만드실 작정이세요?"

정란은 다시는 안 볼 것처럼 시아버지에게 막말까지 내뱉었다. 사광구 회장은 입을 씰룩거리다가 정란을 엄하게 꾸짖었다.

"듣자 듣자 하니 시애비 앞에서 못하는 소리가 없구나?"

"…"

"일주일 후에 정성문화재단 이사장으로 임명할 테니 그리 알고 있어라."

"아버님, 이건 일방통행을 넘어 강압적인 처사 아닙니까?"

정란은 거세게 반발하였다. 사광구 회장은 우격다짐으로 밀어붙여서는 안 되겠다 싶은지 정란을 설득하기 시작했다.

"네 시할아버지가 회사를 창업한 뒤 그룹으로 키우면서 얼마나 많은 난관을 겪었는지 아느냐? 자화자찬이 될지 모르겠지만, 정성그룹을 세계적인 반열에 올려놓은 건 네 시할아버지와 내가 밤잠을 설쳐 가며 뛰고 또 뛰어 이루어 낸 결과이다. 그리고 이 나라가 선진국 대열에 끼일 수 있고, 국민들이 이만큼 잘살게 된 건 정성그룹의 기여가 적지 않았다. 물론 잘살아보겠다는 온 국민의 열망과 하면 된다는 도전 정신이 큰 힘이 되었지만."

"물론 시할아버지, 그리고 아버님의 피눈물 나는 노력으로 오늘날의 정성그룹이라는 거대 기업군을 일구어 놓은 공적을 부인하고 싶은 마음은 추호도 없습니다. 하지만 언제부터인지는 모르지만, 정성그룹은 법 위에 군림하면서 비리와 부정부패를 밥 먹듯이 저지르는 악덕 기업으로 매도당하고 있는 것 또한 부인할 수 없는 사실입니다."

"법대로 기업을 경영하다 보면 생존 자체가 불가능한 세상이다.

편법이나 위법은 필요악이다."

"저는 그렇게 생각하지 않습니다. 이익을 적게 내도 가능하면 정직한 방법으로 기업을 경영하겠다는 회장님의 의지가 중요하다고 봅니다."

"네 말이 틀린 건 아니다. 하지만 지금 한가하게 그런 거 따질 때가 아니다. 정성그룹은 최대 위기에 처해 있다. 대형 사고에다가 네 남편이 갑자기 죽는 바람에 그룹 전체가 흔들리고 있어. 정성그룹 계열사 주가가 연일 곤두박질치고 있다. 네가 경영에 참여하여 흔들리는 그룹을 안정시켜 주기 바란다."

"아직은 회장님이 건재하시잖습니까?"

"너도 알다시피 거동이 불편한 데다가 기력도 그전만 못하고, 판단력도 흐려져 경영에서 손을 뗄 때가 된 거 같다. 그러니 한창 일할 나이인 네가 정성그룹을 끌어가 다오."

정란은 시아버지의 간곡하고 진지한 설득에도 거부 의사를 거두지 않았다.

"아버님, 다시 한 번 말씀드리지만, 저는 회사 경영에 절대 발을 들여놓지 않을 겁니다."

"선뜻 결정하기가 어려우면 며칠 시간을 주마."

"아버님, 목에 칼이 들어와도 제 마음에는 변함이 없습니다."

"너, 사씨 가문과 연을 끊기로 작정했냐?"

사광구 회장은 눈을 치켜뜨고 야단을 쳤다. 정란은 얼씨구 잘되었다고 가슴에 쌓아두었던 말을 얼떨결에 내뱉고 말았다.

"아버님, 훨훨 날아다니며 살게 이 기회에 저를 사씨 집안에서 내치세요. 서운하기는커녕 대환영입니다."

"오만방자한 것! 감히 이 시아비의 지시를 거역해?"

사광구 회장은 입을 씰룩거리더니 책상 위에 놓인 생수병을 집어 집무실 바닥에 내 팽개쳤다. 생수가 정란의 재킷까지 튀었다. 정란은 태연하게 손으로 물기를 털어냈다. 정란은 더 이상 자극적인 말을 쏟아내면 시아버지가 입에 거품을 물고 쓰러질까 겁나 입을 꾹 다문 채 집무실을 나왔다.

그날 저녁 정란은 친정집에 찾아갔다. 어머니와 중앙지검 부장검사인 남동생 호정상에게 정성그룹 경영 참여 문제에 대한 의견을 물어보았다.

친정어머니는 기업 경영에 참여하는 걸 원치 않았다. 중책을 감당하지 못해 한 달도 못 버티고 회사에서 뛰쳐나올 게 불 보듯 빤하니 아예 발을 들여놓지 말라고 결사적으로 말리었다.

"사람은 자기 분수를 모르고 처신하면 화를 당하거나 망신을 당하기 마련이다. 네가 어떻게 그 많은 회사를 끌고 간단 말이냐?"

"아닌 게 아니라 겁부터 난다고."

"차라리 마땅한 남자 있으면 재혼을 해라. 그러면 네 시아버지도 회사 경영에 참여하라고 강요하지 못할 거 아니냐."

"엄마! 그거 기똥찬 아이디어네. 이참에 팔자 고치게 연애나 시작해야겠다."

일석이조에 누이 좋고 매부 좋은 일 같아 정란은 환호하였다. 하지만 동생의 의견은 달랐다.

"누나, 기업 경영에 참여해 봐. 독일 메르겔 총리 보라고, 남자보다 더 정치를 잘해 국민들에게 추앙을 받잖아? 여자라고 그룹 총수가 되지 말라는 법이 어디 있어? 물론 경영 참여 조건으로 회장이 갖고 있는 그룹사 임원 인사권을 확보하고. 그러면 고위 임원들도 누나를 함부로 대하지 못할 거야."

"하긴 인사가 만사이지."

"지금까지 정성그룹은 편법을 잘 쓰고, 기업의 이익을 위해서라면 못하는 짓이 없는 기업 문화가 형성되어 있는 거 누나도 잘 알고 있잖아. 아마 숨겨져 있어서 그렇지 정성그룹에도 관행이란 이름으로 자행되는 갖가지 비리와 부정이 엄청나게 많을 거야."

"물론 인간들이 모여 있는 조직이니까 문제점이 없을 리가 없겠지."

"시대에 뒤떨어진 기업 문화를 뜯어고치지 않으면 정성그룹도 망하지 말란 법 없어. 이런 혼란기가 정성그룹의 잘못된 기업 문화를 뜯어고칠 절호의 기회라고 생각해."

"호 검사 얘기를 들어 보니 경영에 참여해서 정성그룹을 환골탈태시키고 싶은 마음이 없진 않다. 그런데 내가 감당할 수 있을지 의문이다."

"누나, 미리 겁먹지 말고 자신감을 가지라고."

"함량 미달인 며느리를 요직에 앉혔다고 임직원들이 들고일어날지도 모르는데."

"각하님들께서 갖가지 부적격 사유로 사퇴 압력을 받는 후보자라도 눈 하나 깜짝하지 않고 장관에 임명하는 판인데, 기업 총수가 며느리를 임원 자리에 앉히는데 누가 뭐라고 할 거야?"

"하긴, 그렇다…."

"누나, 사람들한테 욕만 배 터지게 얻어먹는 비리종합세트 경영자가 아닌 멋진 경영자가 돼 보라고. 필요하면 내가 뒤에서 도와줄게."

"멋진 경영자라? 그 말을 들으니 죽은 네 매형의 불명예를 씻어 주고 싶기는 하다."

"누나 귀에 거슬리겠지만, 매형은 정성그룹 같은 거대 그룹을 끌고 갈 재목이 아니었어."

"어째서 그러냐?"

"두둑한 배짱도 없고, 인정에 약하고, 결단력도 부족하고, 하여튼 참모들이나 계열사 사장들한테 많이 휘둘렸을 거야."

"네 지적이 맞는 거 같다."

"내가 보기에 누나는 충분한 경영자 자질이 있으니까 이번 기회를 이용해 인생 2막을 멋지게 장식해 보라고."

"꿈에 부풀게 만들어 줘 고맙다."

정란은 동생의 권유가 솔깃한지 고개를 끄덕였다. 하지만 단칼에 결정하기에는 부담감이 컸다.

'신중을 기할 필요가 있어. 어머니나 동생이 아닌 제3자의 의견도 들어본 뒤 결정해도 늦지 않아.'

정란은 어머니와 동생 말고 제3자의 조언을 듣고 싶어 대학교 같은 학과 선배인 홍재석 작가에게 전화를 걸었다. 그는 서울에서 직장 생활을 하다가 퇴직한 후 낙향하여 아무것에도 매이지 않고 편안하며 자유롭게 살아가는 싱글 시니어 작가였다. 그는 기업 컨설팅 회사에서 근무하면서 얻은 지식과 경험을 소재로 꽤 많은 소설을 펴냈다.

"선배님 찾아뵙고 조언을 듣고 싶은데 시간을 낼 수 있으세요?"

"정란 씨, 시간이야 낼 수 있는데, 무슨 일로 찾아오겠다는 건지 미리 귀띔해 주면 안 돼요?"

"전화로 말씀드리기는 곤란하니까 구체적인 내용은 만나서 밝힐게요."

"직접 승용차 몰고 올 거지요?"

"아닙니다. 거리가 멀어 기차 타고 가겠습니다."

"그러면 도착 시간을 휴대폰 문자로 미리 알려주세요."

"선배님, 글 쓰는데 제가 방해하는 건지 모르겠습니다."

"정란 씨에게는 얼마든지 시간을 낼 마음이 있으니 쓸데없는 걱정하지 말아요."

정란은 다음 날 아침에 서둘러 서울역으로 나갔다. 기차를 타고 가면서 잠시 눈을 붙이려고 하였지만, 오히려 정신이 말똥말똥하였다. 정란의 머릿속은 갖가지 생각들로 꽉 차 있었다. 시아버지의 지시를 따를 것인가? 아니면 끝까지 시아버지의 지시를 거부하고 사씨 가문과 인연을 끊을 것인가? 만일 정성문화재단 이사장 자리에 앉으면 업무를 감당하지 못해 스트레스를 받아 남편처럼 건강이 악화되지 않을까? 문화재단 업무에 대해서 쥐뿔도 모르는 문외한이 이사장에 임명되었다고 임직원들이 허수아비 취급을 하면서 지시를 잘 따르지 않으면 어떻게 하지.

정란은 시나 쓰면서 유유자적하며 살 나이에 이런 고민에 휩싸이게 만든 죽은 남편이 미웠다. 다른 남자와 결혼했으면 이런 마음고생은 하지 않을 텐데.

'사주영 씨, 당신 마누라에게 무거운 짐을 지워주고 훌쩍 저세상으로 갈 건 뭐야. 당신 그렇게 내가 미웠던 거야? 나한테 청혼하면

서 평생 안락하고 편안한 삶을 보장하겠다고 큰소리치더니 말짱 다 허풍이었구먼.'

정란 남편 사주영은 미국에서 경영학 석사 학위를 받은 뒤 그룹 경영전략실 신사업개발팀 과장으로 입사하였다. 호정란은 대학을 졸업하자마자 공채로 정성그룹에 입사하여 신사업개발팀에서 근무하고 있었다.

어느 날, 팀원들이 모두 퇴근하고 호정란과 사주영 단둘이 남았다. 정란은 퇴근하면서 사주영과 함께 저녁 식사를 하러 갔다. 사주영은 식사를 하면서 정란에게 친절하고 업무에 많은 도움을 주어 고맙다는 말을 했다. 정란은 총수의 아들인 사주영의 입에서 그런 말이 나올 줄은 꿈에도 생각 못 한 터라 고맙기보다는 얼떨떨했다.

"저는 과장님께 잘해 드린 게 없는데요."

"다른 직원들은 거북스러운지 거리감을 두는데 정란 씨는 격의 없이 대해 줘 항상 고맙게 생각하고 있어요."

"원래 저는 사람들과 잘 어울리는 소탈한 성격이에요."

"활달하고 아량이 넓은 거 같기도 하고요."

"과장님, 잘 봐 주셔서 고맙습니다."

사주영은 식사를 마친 뒤 후식을 먹다가 불쑥 인사 발령 이야기를 꺼냈다.

"내가 곧 상무이사로 승진할 예정인데, 정란 씨를 비서로 발령을 낼 계획입니다."

"네? 저를 비서로 쓰시겠다고요?"

정란은 놀란 눈으로 사주영을 빤히 쳐다보았다. 사주영은 빙긋이 웃으며 물었다.

"정란 씨, 왜 그렇게 놀라요?"

"저는 비서 할 자격이 안 돼요."

"자격이 안 되다니요? 내가 보기에는 능력이 차고 넘치는데요."

"저보다 뛰어난 미모와 똑똑한 여사원이 줄을 섰는데 저는 결코 아닙니다."

"정란 씨 미모가 어때서요? 후덕해 보이고 건강미가 철철 넘치는데요. 그리고 3개 국어를 능수능란하게 구사하는 여사원이 흔합니까?"

"찾아보시면 그런 여사원 얼마든지 있으니 비서로 발령을 내는 거 재고해 주십시오."

정란이 계속 사양하자 사주영의 얼굴빛이 붉어졌다. 사주영은 자존심이 상했는지 정란에게 사무적인 말투를 사용했다.

"정란 씨가 사양해도 일방적으로 발령을 낼 테니 내 지시를 따르세요."

"…?"

정란은 그룹 총수의 아들이며, 차기 정성그룹 후계자인 사주영의 뜻을 거스르는 건 결코 본인에게 득이 될 게 없을 거 같아 입을 닫고 말았다.

'그러나저러나 사주영이 나를 비서로 쓰려고 바득바득 고집을 피우는 이유가 뭔지 모르겠네. 함께 근무해 보지 않은 여사원은 믿음이 안 가서 나를 선택한 걸까? 아니면 내가 매력 만점이라서 옆에 두고 늘 지켜보려고 비서로 발탁한 걸까? 여사원들이 기를 쓰며 가려고 해도 못 가는 자리인데, 좋은 기회로 받아들이자.'

사주영이 상무이사로 승진한 지 몇 달 지난 뒤였다.

사주영은 저녁을 사주겠다며 강남의 고급 레스토랑으로 정란을 데리고 갔다. 그는 식사를 마치고 커피를 마시다가 불쑥 청혼을 하였다. 정란은 처음에는 농담인 줄 알고 생글생글 웃기만 했다. 주영은 진지한 목소리로 일찍부터 결혼 상대자로 마음에 두고 있었다고 솔직하게 고백했다. 그리고 결혼을 하면 이 세상 어느 여자보다 행복한 삶을 보장하겠다고 자신만만하게 약속했다. 정란은 대한민국에서 돈 많기로 따지면 세 손가락 안에 드는 재벌가 아들의 약속이기에 결코 공허하게 들리지 않았다. 정란은 부가 행복을 100% 보장하지는 않지만, 행복의 든든한 디딤돌임엔 틀림없다고 믿었다. 더구나 재벌가 며느리라는 사실 하나만으로도 일반 서민들과 다른 엄청난 자부심과 충족감을 느낄 거라고 확신했다.

정란은 집에 오자마자 사주영이 청혼한 사실을 부모에게 털어놓았다.

지방법원장인 정란 아버지는 몇 가지 이유를 들어 사주영과의 결혼을 반대하였다. 첫 번째는 이유는 유명세를 타는 재벌 3세와 결혼하면 풍파가 많이 일고, 자유를 속박당해 오히려 불행한 삶을 살 가능성이 크다는 것이었다. 두 번째는 상당수의 재벌이 아직도 천민자본주의 행태를 버리지 못해 국민에게 존경받기보다는 조롱과 비난받는 일이 비일비재해 사돈으로 삼고 싶지 않다고 부정적인 반응을 보였다.

"기업집단을 재벌이라고 하는데, 얕잡아 말하면 그곳에는 전문 장사꾼들이 모인 곳이다. 장사꾼들은 가능하면 많은 이익을 남기기 위해 속임수를 쓰기도 한다. 속임수가 도를 넘으면 바로 위법과 탈법이 되고, 탈법과 위법을 계속 저지르다 보면 범죄에 연루돼 쇠고랑을 차고 교도소에 드나들기 마련이다. 나중에 수의를 입은 네 남편이 신문이며, 방송에 나오기라도 하면 얼굴을 들고 살 수 있을 거 같으냐?"

어머니 역시 사주영이 선뜻 청혼을 한 건 정란을 사랑해서라기보다는 법조인 집안의 딸이라는 점을 중시했을 거라고 넘겨짚었다.

"엄마, 나는 사주영 씨한테 큰아버지가 법무부 장관을 지낸 사실을, 아버지가 법원장이라는 사실도 떠벌린 적이 없다고."

"너한테 청혼할 정도면 그 사람들 우리 집에서 키우는 개 이름까지 다 조사하고도 남았을 거다."

"어쨌든 나는 사주영 씨와 결혼할 거야. 그 사람을 존경받는 기업가로 대성시킬 거야."

정란은 아버지의 재벌에 대한 부정적 시각에도 뜻을 굽히지 않았다. 정란은 재벌들이 아니었으면 단기간에 우리가 선진국 대열에 끼일 수 없었다는 점을 강조하였다. 또한, 기업은 신기술 신제품을 개발하여 소비자에게 편리함을 줄 뿐 아니라, 새로운 부를 창출하여 국민의 삶을 풍요롭게 하는 순기능이 더 많다고 반론을 제기하였다.

"물론 네 말이 틀린 건 아니다. 기업이 정당하고 투명한 경영을 해서 이익을 많이 내면 그것보다 더 좋은 건 없지."

"기업은 경쟁을 먹고삽니다. 만든 물건을 팔기 위해서는 시장에서 승리자가 돼야 합니다. 승리자가 되기 위해서는 때로는 상대방을 제압할 수 있는 전략전술이 필요합니다."

"불법 탈법적인 전략전술을 구사해서 얻은 승리는 진정한 승리라할 수 없다. 그건 일시적인 속임수일 뿐이다."

"아버지, 사주영 상무는 비겁하고 불법 탈법을 좋아하는 사람이 아닙니다. 가능하면 정직하고 올바른 방법으로 기업을 경영하려고 애쓰는 사람입니다. 그러니 결혼을 허락해 주세요."

"정말 후회 안 할 자신 있냐?"

"아버지, 제가 원해서 한 결혼인 이상 후회하지도 누굴 원망하지도 않겠습니다."

"그럴 각오가 돼 있다면 그 사람과 결혼해라!"

숱한 사람들의 부러움을 사고, 더 나아가 시샘까지 받은 결혼! 주체할 수 없는 축하의 꽃다발을 받으며 치러진 화려하고 빛나는 결혼!

하지만 결혼한 후 몇 년 지나지 않아 아버지가 우려했던 일들이 하나둘 현실화되기 시작했다. 시아버지가 횡령 배임으로 입건되더니, 남편이 정치권에 뇌물 공여와 분식회계 혐의로 구속되기도 하였다. 그리고 정성그룹 계열사에서 크고 작은 사건 사고가 터져 마음 편할 날이 없었다.

정란은 의도적으로 신문을 멀리하고 방송을 시청하지 않았다. 정성그룹을 칭찬하는 기사보다 매도하고 비판하는 기사가 넘쳐나 방송이나 신문을 보기가 겁이 났던 것이다. 그뿐만 아니라 특별한 일이 아니면 친척도 친구도 만나지 않았다. 만나면 신문이나 방송에 난 기사에 관해서 걱정인지 위로인지 모를 말을 툭툭 던져 일일이 답변하기도 귀찮고 짜증이 나기 때문이었다.

정란은 한 달에 한 번씩 만나는 시낭송회 회원들에게도 정성그룹 며느리라는 사실을 철저히 숨기었다. 재벌 며느리라고 우러러보거나 특별한 대우를 해줄 리가 만무하기 때문이었다.

정란이 서해역에 도착해 보니 홍재석 작가가 미리 나와 기다리고 있었다. 그의 얼굴에서 중년의 여유로움이 물씬 풍기었다.

홍 작가는 승용차 운전석 옆문을 연 뒤 어서 타라고 정란에게 손짓하였다. 재석은 승용차를 몰아 역을 벗어나더니 한적한 시골길로 접어들었다. 재석은 한참 달리다가 정란에게 물었다.

"정란 씨, 요새 주꾸미가 제철인데 바닷가 횟집으로 직행하시겠어요?"

"그거 좋지요."

재석은 한적한 해수욕장으로 정란을 데리고 갔다. 재석은 주차장에 차를 세운 뒤 정란과 함께 단골 횟집으로 갔다. 예약했는지 바다가 보이는 창가에 자리가 마련되어 있었다. 재석은 주인 여자를 불러 주꾸미 1kg과 추가로 해삼과 멍게를 주문하였다.

"이 집 음식이 정란 씨 입맛에 맞을지 모르겠네요."

"선배님, 저 돼지띠라 아무거나 잘 먹어요."

정란은 볼우물을 지으며 농담으로 응수했다. 정란은 음식 맛까지 신경을 써주는 재석이 고마웠다. 그리고 나이 많은 친정 오빠처럼 느껴져 불편하지도 않았다.

재석은 육수에 데친 주꾸미를 가위로 먹기 좋게 잘라 정란 앞에 있는 접시에 놓았다. 정란은 주꾸미를 먹다가 재석에게 양해를 구했다.

"선배님, 저 소주 마셔도 되겠어요?"

"아! 정란 씨는 소주를 좋아하지요?"

재석은 종업원이 소주를 갖고 오자 얼른 뚜껑을 딴 뒤 정란의 잔을 채워주었다. 그런 다음 자신의 잔에 소주를 부었다.

"선배님, 술 마시면 운전 못 하잖아요?"

"왜? 음주 운전할까 봐 걱정돼요? 집이 가까워 타박타박 걸어가도 돼요."

재석은 싱긋이 웃으며 소주잔을 들어 정란의 잔에 부딪혔다. 정란은 단숨에 잔을 비웠다. 재석의 눈이 똥그래졌다.

"정란 씨, 안 빼앗아 마실 테니 천천히 드세요. 꼴깍 취합니다."

"풍광이 좋은 바닷가에 와서 그런지 술이 막 땅기네요."

"그게 아니고 고민거리가 있는 거 아니에요?"

"선배님, 용한 점쟁이처럼 잘 맞추셨습니다."

정란은 얼굴에서 웃음을 거두고는 소주잔을 만지작거리다가 바다에 시선을 주었다. 바람이 불지 않아 바다는 잔잔했다. 백사장 위에는 갈매기들이 한가하게 햇볕을 쬐고 있었다. 순간 정란의 눈가에 눈물이 어리었다. 갑자기 죽은 남편과 이런 자리를 자주 갖지 못한 게 새삼 아쉬웠던 것이다. 정란은 재석이 알아채지 못하게 얼른 손으로 눈가를 훔치었다. 재석은 정란이 겸연쩍어 할까 봐 못 본 체하고 화제를 다른 데로 돌렸다.

"정란 씨, 나한테 조언을 구할 게 있다고 했는데 그게 뭔가요?"

"다른 게 아니고 시아버지께서 절 보고 정성문화재단 이사장을 맡으라고 강요하시더라고요."

"정란 씨의 인생 2막을 멋지게 장식할 절호의 기회를 만났군요. 축하합니다."

재석은 손을 내밀어 정란에게 악수를 청했다. 정란은 쑥스러운지 싱긋이 웃고는 재석의 손을 잡았다.

"선배님, 저 축하받으려고 이런 말 하는 거 아닙니다."

"그러면 그 좋은 자리에 앉기 싫다는 얘기입니까?"

"싫고 좋고를 떠나 능력이 안 되는 저를 굳이 경영에 끌어들이려고 기를 쓰는 시아버지의 저의가 의심스러워 말씀드린 것뿐입니다."

"제가 판단하기에는 정란 씨에게 정성그룹 경영권을 넘겨주기 위한 사전 포석 같은데요?"

"선배님, 그건 말도 안 됩니다. 제가 정성그룹 후계자가 되다니, 소가 자다가 벌떡 일어나 웃겠습니다."

"정란 씨 앞에서 이런 말을 하면 불쾌하겠지만, 지금까지 우리나라 재벌들 2세나 3세들이 모두 능력이 출중해서 경영권을 이어받은 건 아니었잖아요? 죽도록 고생했고, 피와 땀을 흘려 이룩한 재벌그룹의 경영권을 남에게 넘겨주자니 미덥지 못하고 아깝기 때문에 자식들을 최고 경영자 자리에 앉히는 거 아니겠어요? 교묘하게 내부 거래를 통한 편법 증여나 분식회계 같은 변칙적이고 불법적인 방법을 쓰면서까지."

"선배님 지적이 틀린 건 아니에요. 하지만 회장님은 정성그룹 경영권을 물려주려고 절 문화재단 이사장 자리에 앉히는 게 아닌 거 같습니다."

"지금까지 시아버지와 어떤 사이였는지 모르겠지만, 긍정적인 방향으로 해석하세요."

"좋은 뜻으로 생각하고 시아버지의 지시를 따르라는 말씀인데, 마음이 썩 내키지 않습니다. 저를 이용하려는 거 같아 꺼림칙합니다."

"설마 시아버지가 며느리를 이용하려 들겠어요?"

"선배님은 사광구 회장을 잘 모르시고 하는 말입니다. 심하게 말하면 피도 눈물도 없는 냉혈한에 권모술수에 능한 흉악한 장사꾼입니다."

"정성재벌 같은 글로벌 기업군을 일구려면 강한 승부욕이 필요하겠지요."

"저는 회장님의 속을 모르겠어요."

"회장님은 정란 씨의 잠재력을 보고 요직에 앉히려고 하는 겁니다."

"선배님, 저에게 무슨 잠재력이 있다는 거예요?"

"정란 씨, 예술에 소질이 많은 사람은 사고가 유연하기 때문에 새로운 환경에도 쉽게 적응합니다. 특히 여성은 감수성이 뛰어나 문제점 파악이며, 새로운 아이디어를 창출하는 데 강점이 많습니다. 정란 씨의 숨은 능력을 발휘하면 정성그룹 임직원들부터 좋은 평가를 받을 테니 두고 보십시오."

"선배님, 격려보다는 아부처럼 느껴지네요."

"나는 평생 아부라고는 모르고 살았습니다. 물론 정란 씨에게 아부할 이유도 없고요."

정란은 홍 작가의 격려에 다소나마 용기를 얻었다. 정란은 피할 수 없으면 정면 돌파하든지 즐기라는 말을 곱씹어 보았다. 정란이 입을 닫은 채 술만 홀짝홀짝 마시자 재석은 분위기를 바꾸려고 말을 시켰다.

"정란 씨, 또 다른 고민거리가 있으면 털어놔 봐요. 내 인생은 엉망진창이지만 정란 씨보다는 경험이 많으니까 조언이나 충고가 혹시 도움이 될지 압니까?"

"선배님 인생이 왜 엉망진창이에요? 제 눈에는 선배님의 현재 사는 모습이 마냥 부럽습니다."

"정란 씨, 날 놀리지 말아요."

"선배님, 진심으로 하는 말이에요."

"시골 바닷가 외딴집에서 싱글로 궁상스럽게 사는데 부럽다니요?"

"선배님, 인생 후반에는 걱정거리가 없으면 감사할 일이 아닌가요? 제가 보기에는 작가님은 아직 건강하시고, 경제적으로 큰 어려움도 없고, 자기가 좋아하는 일에 열중할 수 있고, 자연을 벗 삼아 자유를 만끽하며 사는데, 이보다 더 좋은 삶이 어디 있습니까?"

"반려자가 없어 수년째 독수공방을 하고 있잖습니까?"

"대화도 잘 통하지 않고, 속이나 박박 긁어대는 반려자라면 없는 게 백 배 나을지도 모릅니다."

"그 말도 일리가 없지는 않구먼. 허허허."

재석은 정란의 말에 맞장구를 치고는 크게 웃었다.

아득한 수평선 너머로 붉은 해가 자취를 감추자 그들은 횟집에서 나왔다. 그들은 근처에 있는 커피숍으로 자리를 옮겼다.

"선배님, 앞으로 저 펜션에서 오랫동안 머물러야 할지 몰라요."

"대궐 같은 집에서 살다 펜션에서 머물려면 불편한 게 한둘이 아닐 텐데."

"다 쓰러져가는 초가삼간이라도 하루하루가 즐거우면 그만 아닌가요?"

"그래요. 우리 가끔 만나서 오늘처럼 술을 마시면 즐거운 시간을 갖자고요."

"이 근처 섬 구경도 시켜 주시고요."

"요새 대유행하는 바다 낚시질하는 방법도 가르쳐 주지요."

"역시 선배님 찾아오기를 잘했네요."

그들은 커피숍에서 밤바다의 파도 소리를 들으면서 문학 이야기

며, 대학 시절의 추억담을 나누다가 밤이 이슥할 무렵에 헤어져 각
자 집으로 돌아왔다.

숨은
비밀

정란은 서해안 바닷가 펜션에서 10일 동안 숨어 지내다 정성문화재단 이사장 임명장을 받고는 부랴부랴 서울로 돌아왔다. 정란은 시아버지 사광구 회장을 만나기 전에 서울 중앙지검 부장검사인 동생 호정상을 먼저 찾아갔다. 호정상은 사주영이 비밀리에 소지하고 다니면서 녹음기에 녹음해 두었던 내용을 먼저 알려주었다.

"누나, 매형이 죽던 날 곽정의 국회의원한테 협박을 당했더라고."

"무슨 일로?"

"정성요양병원 화재 사건과 정성기계 해외 이전과 관련된 문제야."

"그래? 내 예감대로 술을 마시다 단순히 심장마비로 죽은 게 아니구먼."

호정상 검사는 내키지 않았지만, 사주영이 사귀던 여자가 있다는 사실을 정란에게 추가로 귀띔해 주었다.

"매형이 카페에서 술 마시다가 마지막 통화한 여자가 있는데, 관계가 오래 지속된 사이 같더라고."

"그 여자 이름하고 전화번호 좀 알 수 없냐?"

"이상하게도 매형이 죽고 난 후 전화를 바로 해지했더라고."

"사주영과 그 여자 떳떳한 사이가 아닌 게 분명해! 혹시 내연녀 아닐까?"

"누나 엉뚱한 상상하지 마. 그렇잖아도 머릿속 복잡한데 죽은 사람 과거 여자관계 캐내서 어디에다 써먹을 거야? 내가 보기엔 득이 될 게 눈곱만큼도 없으니까 덮어 둬."

"그 여자가 간접적으로 사주영을 죽음으로 몰아넣었는지도 몰라."

"남녀 관계란 둘 사이만 아니까 100% 아니라고 단정할 순 없지."

"사주영의 여자관계를 캐려면 문화재단 이사장 자리에 앉는 도리밖에 없어."

"문화재단 이사장 자리 앉을 명분 생겨서 잘 됐구먼!"

"하여튼 남자란 종자들은 믿을 게 못 돼."

"누나, 나는 마누라한테 봉사하기도 바쁘니까 나까지 싸잡아 욕하지 말라고."

"호 검사, 어찌 됐든 동생 잘 둬서 든든하다!"

"호정란 여사! 파이팅!"

두 사람은 주먹을 서로 부딪치고는 한바탕 웃었다.

다음 날 아침 정란은 사광구 회장을 찾아갔다. 집무실로 들어서자 회장은 정란의 얼굴을 힐끔 훔쳐보고는 뚱딴지같은 말을 내뱉었다.

"그동안 머물렀던 서해안 바닷가 펜션 인근에 멋진 애인이 산다며?"

"아버님, 애인이라니, 그게 무슨 말씀이세요?"

정란은 방망이로 뒤통수를 얻어맞은 것처럼 머리가 띵하였다. 회장은 싱긋이 웃으며 난처한 질문을 계속하였다.

"그 남자하고 멀리 떨어진 섬으로 낚시질 갔다가 하룻밤 자고 왔다면서?"

"아버님, 제가 죄인도 아닌데 일거수일투족을 이렇게 감시하는 건 인권침해 아닌가요?"

정란이 얼굴을 붉히며 항의하자 회장은 그럴싸한 이유를 들이대며 역공을 가해 왔다.

"정성그룹 요직을 맡을 너를 내팽개쳐 둘 수 없어서 사람 좀 붙였다. 이 시애비가 널 보호해 준 게 그렇게도 기분 나쁘냐?"

'이 노인네 역시 거대 그룹 총수답게 그럴싸하고 멋 떨어지게 변명을 늘어놓는구먼. 예나 지금이나 뻔뻔하고 표리가 부동하기는 마찬가지이구먼. 치사하게 며느리 약점을 잡아 옴짝달싹 못하게 궁지에 몰아붙이고. 내가 원하는 걸 얻어내려면 이쯤에서 회장한테 굽히고 들어가자.'

"아버님, 문화재단 이사장 자리에 앉을 테니 저 그만 감시하세요."

"진즉이 이 시아비 말을 들을 일이지, 이 시아비하고 기 싸움해 보니까 도저히 안 되겠지?"

"역시 아버님은 대단하십니다. 저는 아버님의 발뒤꿈치도 못 따라갑니다."

"그래서 문화재단 이사장 자리에 앉기로 마음 정했냐?"

"아버님 지시대로 따르겠습니다. 그 대신 고위 임원들 인사권은 저한테 위임해 주세요."

"그거야 어렵지 않다. 하지만 인사권을 조자룡 헌 칼 쓰듯이 함부로 휘두르면 너도 다친다."

"저는 필요하면 새로운 칼을 쓰겠습니다."

"그려? 날이 서서 아주 잘 들겠구먼?"

사광구 회장은 의미심장한 말을 내뱉고는 그룹 로고가 새겨진 배지를 정란의 재킷 깃에 직접 달아 주었다.

이틀 뒤 정란은 정성문화재단으로 출근하였다. 정란이 문화재단에 도착하자 임직원들이 빌딩 입구에 도열해 있었다. 그리고 여사원이 예쁜 꽃다발을 정란의 가슴에 안겨 주었다. 임직원들은 박수를 치면서 정란을 열렬히 환영해 주었다. 정란은 요란한 환대가 달갑지 않았다. 오히려 거북하고 번거롭게 느껴졌다.

'이런 아부성 허례허식부터 싹 없애야 돼. 본연의 업무에서 벗어난 일에 신경 쓸 시간이 있으면 새로운 아이디어를 창출해서 정성문화재단 발전에 기여할 생각을 해라, 이 사람들아.'

널찍한 문화재단 이사장 방에는 번쩍이는 책상, 값비싼 회의용탁자, 그리고 최신형 컴퓨터와 전화기 등이 새 주인을 기다리고 있었다.

정란은 임원들과 함께 차를 마시고는 취임식을 하기 위해 강당으로 갔다. 강당에는 사원들이 먼저 와서 대기 중이었다. 사업지원 팀장이 약력 소개를 마치자 정란은 연단 앞으로 나가 미리 써 가져온 취임사를 읽기 시작했다.

"정성문화재단 임직원 여러분! 뵙게 돼서 반갑습니다. 평범한 가정주부인 제가 정성그룹 문화재단 이사장이라는 중요한 직책을 맡게 되어 기쁘기보다는 마음이 무척 무겁습니다. 부탁드리는데, 저를 오너의 며느리가 아닌 동네의 아주머니처럼 대해 주시기 바랍니다. 저는 앞으로 문화재단 임직원 그리고 정성그룹 전 가족들에게 즐거움과 기쁨을 선사하는 치어리더 역할을 충실히 이행하겠습니다. 또한, 정성그룹의 잘못된 문화는 과감히 척결하고 좋은 문화는 더욱 심화시켜 신나는 일터를 만드는 데 앞장서겠습니다. 저는 부족한 점이 많습니다. 경력도 보잘것없습니다. 그래서 임직원 여러분들의 적극적인 협조가 필요합니다.

저는 열린 마음으로 임직원 여러분들과 격의 없는 대화를 나누겠습니다. 참신한 아이디어와 건설적인 의견은 문화재단 경영에 적극적으로 반영하겠습니다. 마지막으로 저는 오너의 며느리이지만, 권위주의에 사로잡혀 절대로 군림하지 않겠습니다. 다시 한 번 임직원 여러분들의 적극적인 협조를 부탁드립니다. 감사합니다."

정란이 문화재단 이사장에 취임하자 생전 듣지도 보지도 못한 사람들이 축하 화분을 줄줄이 보내왔다. 리본을 자세히 읽어 보니 화분을 보내온 사람들의 상당수는 계열사 고위 임원들이었다. 리본에 〈이사장 취임을 진심으로 축하드립니다.〉라는 문구가 제일 많았다. 정란은 도대체 축하 난이나 화분을 보내는 사람들의 속내가 궁금했다. 진심으로 축하의 뜻을 전하려고 보내기보다는 다른 사람이 보내니까 어쩔 수 없이 보냈거나 성의를 표시하지 않으면 불이익을 당할까 두려워 보낸 사람도 있을 거라고 생각하자 입맛이 씁쓸했다. 소위 관행이라는 미명하에 허례허식의 대표적인 사례가 아닌가 싶기도 했다.

정란은 사업지원 팀장에게 '협정회'에서 보낸 호접란만 남겨 두고 화분을 모두 처분하라고 지시하였다. 사업지원 팀장은 의아한 표정을 지었다. 정란은 화분을 처분하라고 지시하는 이유를 설명하였다.

"이 많은 꽃을 제대로 관리하려면 보통 일이 아닙니다. 한 마디로 시간 낭비에 인력 낭비입니다."

"그래도 한 달 동안은 이사장님 사무실 입구에 진열해 놓으시지요."

"누구 보라고 진열합니까?"

"직원들이나 방문객들이 이 화분을 보면 이사장님의 위상이 대단하다는 걸 실감할 거 아닌가요?"

"바로 그게 허세라고 하는 겁니다. 그러니 당장 화분을 모두 처분하세요."

"알겠습니다."

"그리고 처분해서 생긴 돈은 불우이웃돕기 성금으로 기탁하세요."

사업지원 팀장은 정란의 지시가 못마땅한지 땡감 씹은 얼굴을 한채 방에서 나갔다. 사업지원 팀장이 방에서 나가자 정란은 사무국장을 호출하였다. 계열사 고위 임원들이 화분을 줄줄이 보낸 이유를 알고 싶었다.

"사무국장님, 계열사 고위 임원들이 빠짐없이 축하 화분을 보냈는데, 고맙기보다는 남들이 보내니까 안 보낼 수 없어서 보내는 요식행위처럼 느껴지네요."

"계열사 사장님들이 이사장님의 눈치를 보는 건 당연합니다."

"그게 무슨 말입니까?"

사무국장은 자리에 앉더니 문화재단과 계열사와의 관계를 자세히 설명해 주었다.

"문화재단이 각 계열사 주식을 꽤 많이 소유하고 있습니다. 지분율은 계열사마다 조금씩 차이가 나지만, 문화재단은 계열사가 주식으로 출자해 세운 법인입니다."

"뒤집어 말하면 문화재단이 각 계열사의 중요 주주라는 말이군요."

"그러니 사장님들이 문화재단 이사장님을 모른 체할 수 없습니다. 더구나 이사장님은 오너 직계가족이시니까 잘 보이려고 애쓰는 건 당연합니다."

"그런 이유 때문에 죽은 사주영 부회장이 문화재단 이사장직을 겸임했었군요."

"네, 맞습니다."

정란은 잘 알았다고 고개를 끄덕이었다. 정란은 이번에는 축하 화분 리본에 '협정회 회장 이경희'라고 쓴 호접란을 눈여겨보다가 사무국장에게 물었다.

"사무국장님, '협정회'가 뭐하는 단체입니까?"

"정성그룹 협력업체들의 모임입니다."

"그래요?"

"회장을 한번 만나보고 싶네요."

"조만간 이사장님께 인사드리러 올 겁니다."

다른 임원들은 일반 난을 보냈는데 유독 '협정회'에서 호접란을 보낸 게 우연인지, 아니면 별명이 '호접란'이라는 사실을 알고 보낸 건지, 정란은 궁금하기 짝이 없었다.

정란이 정성문화재단 이사장으로 취임한 지 한 달쯤 지난 뒤였다. 정란 앞으로 등기우편이 배달되었다. 발신인은 전혀 모르는 사람이었다. 편지는 손 글씨로 쓴 진정서였다.

「호정란 이사장님, 안녕하세요?

제 이름은 강소연이라고 합니다. 저는 2년 전 정성문화재단에 인턴사원으로 근무하다가 중간에 잘리었습니다.

어느 날 퇴근길에 팀장이 저녁을 사주겠다고 해서 따라갔습니다. 팀장은 술을 잔뜩 먹여 놓고는 인턴 기간이 끝나면 정규직으로 채용해 줄 테니 사랑하는 사이로 지내자고 꼬드기더군요. 저는 황당하고 어이가 없어 단호히 거절했습니다. 그러자 팀장은 저를 강제로 근처 모텔로 끌고 갔습니다. 방문 앞에서 문을 여는 순간 끌려 들어가지 않으려고 발버둥 치다 스마트폰 모서리로 팀장의 뒤통수를 죽으라고 갈기었습니다. 팀장은 퍽 하고 쓰러지더군요. 그 틈을 타 다리야 날 살려 하고 정신없이 모텔을 빠져나왔습니다.

다음 날 출근하자마자 사무국장에게 팀장을 처벌해 달라고 요구하였습니다. 그런데 문화재단에서는 오히려 저를 중간에 해고해 버렸습니다. 해고 이유는 업무 능력이 떨어지고, 위계질서를 문란케 하고, 팀장을 무고했다는 이유를 들이대더군요. 억울하고 분통이 터져 다시 정성그룹 감사실에 제보했습니다. 그러자 팀장이 돈 천만 원을 갖고 와 더 이상 문제 삼지 말라고 회유를 하더군요. 저는 끝까지 돈을 받지 않았습니다. 돈을 받으면 꽃뱀으로 몰릴 가능성도 없지 않기 때문입니다. 물론 이 사실을 경찰에 고발하고 싶은 마음이 굴뚝같았지만, 그만두었습니다. 경찰에 고발해도 처벌받는다는 보장도 없을뿐더러 저 역시 피고발인으로 조사를 받고 범죄 혐의를 입증하는 동안 정신적으로 육체적으로 만신창이가 될 게 뻔하기 때문이었죠.

이사장님!

정성그룹이 국민으로부터 사랑받는 기업으로 거듭나려면 이런 파렴치한 임직원들을 회사에서 축출해야 합니다. 그리고 범죄나 비리를 저지르고, 그 책임을 약자에게 뒤집어씌우는 조직 문화부터 바꾸어야 합니다. 정성문화재단에 저와 입사해 현재 근무 중인 송아자 씨로부터 우연히 이사장님이 취임하였다는 소식을 듣고 용기를 내어 장문의 편지를 올립니다.

이사장님!

가해자인 팀장은 승승장구하여 지금 계열사에서 상무로 근무한다고 들었습니다. 참고로 말씀드리는데 팀장이 돈을 주면서 저를 회유할 때 나눈 대화 내용을 휴대폰에 녹음해 놓았습니다. 이사장님이 휴대폰 번호를 알려주시면 녹음 파일을 즉시 보내드리겠습니다.

강소연 올림.」

편지는 여기저기 얼룩이 져 있었다. 강소연이 편지를 쓰는 동안 흘린 눈물 자국 같아 보였다.

강소연이 얼마나 억울하고 가슴이 아팠으면 이토록 눈물을 철철 흘리며 편지를 썼을까? 나쁜 자식들!

정란은 편지를 읽어 보고 큰 충격을 받았다. 정성그룹이 이렇게 썩어빠진 조직인 줄은 미처 몰랐던 것이다. 정란은 벌렁거리는 가슴을 진정시키고는 비서인 민수란을 방으로 불렀다. 민수란이 방으로 들어서자 넌지시 물어보았다.

"수란 씨, 2년 전에 인턴사원으로 근무한 강소연 씨 아세요?"

민수란은 눈을 깜박이며 기억을 더듬다가 입을 열었다.

"기억납니다. 얼굴이 인형처럼 귀엽고 예뻐 남자 사원들한테 인기가 많았어요."

"그런데 그 여사원 중간에 왜 그만두었습니까?"

"제가 듣기로는 업무가 적성에 안 맞아 중간에 퇴사한 거로 알고 있습니다."

"퇴사 이유를 본인한테 직접 들은 건 아니지요?"

"입소문으로 들어서 알고 있습니다."

"그랬군요."

정란을 고개를 끄덕이고는 송아자 여사원을 불러달라고 부탁하였다. 잠시 뒤 송아자가 생글생글 웃으며 정란의 방으로 들어섰다. 송아자의 머리에는 곱고 예쁜 머리핀이 여러 개가 꽂혀 있었다. 귀엽고 발랄했다. 정란은 볼우물을 지으며 송아자에게 물었다.

"송아자 씨, 오늘 기분 좋은 일 있는가 보죠?"

"네!"

"무슨 날인데요?"

"오늘이 제 생일인데, 여사원들이 꽃다발과 케이크를 사주었어요."

"그래요? 생일 축하해요."

정란은 회의 탁자에 앉으며 송아자의 손을 잡아 주었다. 손이 예쁘고 부드러웠다. 정란은 조심스럽게 송아자에게 물었다.

"송아자 씨, 2년 전 인턴사원으로 함께 근무했던 강소연을 잘 아세요?"

"이사장님이 강소연을 어떻게 아세요?"

송아자는 궁금한지 눈을 깜박이며 물었다. 정란은 묻는 말에는 대답하지 않고 강소연의 최근 근황을 물었다.

"강소연 씨, 지금 어디서 뭐 해요?"

"바리스타 자격을 딴 뒤 언니네 커피숍에서 일하고 있어요."

"얼마 전에 강소연 씨 만난 적 있지요?"

"일주일 전에 소연이가 보고 싶어서 커피숍에 들러 이야기를 나눈 적 있어요."

"열심히 일 잘하고 있던가요?"

"네. 그런데 이사장님, 왜 강소연에 대해서 꼬치꼬치 물어보시는 거예요?"

"무슨 불만이 있어서 중간에 퇴사했나 궁금해서 알아보려고요."

"일도 마음에 안 들고 인턴 기간 끝난 다음에 정규직 된다는 보장도 없으니까 나갔겠지요."

"그래요?"

'송아자도 강소연이 퇴사한 이유를 정확히 모르고 있구먼.

팀장이 성 상납을 요구한 사실을 끝까지 숨긴 걸 보면 나이 어린 여자치고는 입이 무겁구먼. 그게 아니고 잘못 떠벌렸다가 팀장한테 역공을 당해 곤경에 처할까 두려워 발설하지 않은 거야.'

정란은 분노가 머리끝까지 치밀어 질정을 댈 수 없었다. 더구나 그룹 감사실에서 비리를 적당히 덮어 버린 건 절대 묵과해서는 안

된다고 생각했다. 미루어 짐작하건대 각 계열사에서 벌어지는 각
종 비리나 부패, 성범죄 등이 숱하게 은폐되고 왜곡되었을 가능성
이 다분했다. 정란은 정성그룹의 앞날이 심히 걱정스러웠다. 정란
은 이 사건을 계기로 정성그룹 계열사에서 벌어지고 있는 추악하고
불공정한 행위를 발본색원할 강력하면서도 충격적인 방법을 찾아
보았다.

정란은 강소연의 억울함을 풀어주고 재발방지책을 찾다가 강소연
이 보낸 편지를 갖고 사광구 회장을 찾아갔다.

"아버님, 건강은 좋으시죠? 식사도 잘하시고요?"

"너는 근무할 만하냐?"

"아직도 뭐가 뭔지 몰라 헤매고 있습니다."

"문화재단 내에서 네 평이 좋더구나. 겸손하고, 상냥하고, 소탈하
고, 회장 며느리티가 하나도 안 난다는 거여."

"아버님, 그런 소문을 어떻게 들으셨어요?"

"다 아는 방법이 있다."

"비선 라인을 상시 가동하시고 계신 모양이네요?"

정란은 빙긋이 웃으며 회장의 속내를 떠보았다. 회장은 시침을 뚝
땠다.

"쓸데없이 그런 짓을 내가 왜 하나?"

"그냥 여쭤 본 겁니다."

"그건 그렇고 나한테 보고할 게 있어서 온 거 같은데, 어서 말해
봐라."

'노인네, 나이 들었어도 눈치 하나는 십 단이 넘는구먼.'

정란은 가방에서 강소연이 보낸 편지를 꺼내 회장에게 건네주며

말했다.

"아버님, 며칠 전에 제가 이런 편지를 받았습니다. 한번 읽어 보시지요."

"투서인가 보구먼?"

"인턴사원이 문화재단에서 근무할 때 당한 억울한 사연을 적어 보낸 편지입니다."

회장은 코에 돋보기를 얹고는 찬찬히 편지를 읽었다. 회장은 편지를 다 읽고는 천장이 무너져라 소리를 내질렀다.

"이런, 얼빠진 놈들! 일을 어떻게 처리했기에 이따위 투서가 들어오나? 장 비서, 당장 그룹 감사실장 전화 연결해라!"

비서가 전화를 연결하자 회장은 책상 앞에 있는 송수화기를 잡더니 노기에 찬 목소리로 감사실장에게 엄명을 내렸다.

"호 이사장이 받은 투서를 팩스로 보낼 테니 극비리에 진상조사를 한 다음 인사 조치를 하고 결과를 보고하시오."

"네, 알겠습니다. 회장님."

"그리고 성희롱, 성폭력 재발방지대책을 세워 보고하시오."

"그렇잖아도 TFT팀을 구성해 막 가동하기 시작했습니다."

"언론에서 떠들어댄다고 보여 주기 식이나 땜질 처방을 하지 말고, 근본 대책을 세우란 말이오."

"회장님 말씀 명심하겠습니다."

"감사실장, 엄중히 경고하는데, 이런 투서가 내 손에 다시 들어오면 용서 안 할 테니 그리 아시오."

"회장님, 심려를 끼쳐드려 송구합니다."

회장은 감사실장과 통화를 마치고는 뜻하지 않게 정란의 용기를 북돋워 주었다.

"네가 회사에 발을 들여놓기를 잘했다. 이 사건이 신문이나 방송에 보도됐으면 또 난리법석이 났을 텐데 천만다행이다."

"수백, 수십억 원 들여서 착하고 좋은 기업이라고 홍보했던 게 허사로 돌아가겠지요. 그뿐만 아니라 사람들이 정성그룹도 다른 회사와 크게 다를 게 없다고 빈정거릴 게 빤합니다."

"하여튼 수고가 많았다. 앞으로 일하다가 어려운 점 있으면 하시라도 날 찾아오너라."

"감사합니다. 회장님 기대에 어긋나지 않게 열심히 일하겠습니다."

"그려! 욕봐라."

일주일 뒤였다.

그룹 감사실장이 정란에게 전화를 걸어왔다. 감사실장은 강소연성 상납 미수사건에 연루된 임원과 감사실 차장에게 내릴 징계 수위를 정란에게 사전 통보하였다. 문화재단 사무국장과 가해자인 상무를 해임하겠으며, 당시 감사 실무인 차장은 6개월 감봉 처분을 내릴 계획이라고 밝히었다.

정란은 사후 약방문 같아 감사실장의 사전 통보가 못마땅했다. 고위 임원이 소신 없이 오너의 비위를 맞추는 데 급급하고, 굽실거리는 태도가 역겨웠던 것이다.

'저런 임원도 하루빨리 정성그룹에서 퇴출시켜야 돼. 회장님에게 감사실장을 해임하라고 건의해야겠구먼. 이제는 내 파워가 어떠한지 임원들에게 본때를 보여줄 때도 됐고.'

"감사실장님, 저한테는 사전 통보 안 해 주셔도 되는데 배려해 주셔서 감사합니다."

"이사장님이 제보해 주셨으니 사전 통보하는 건 당연하지요."

"번거롭게 해드려 죄송합니다."

"이사장님, 앞으로 비리나 부정행위를 회장님께 보고하시기 전에 감사실에 먼저 제보해 주시면 업무에 많은 도움이 되겠습니다."

감사실장의 말속에는 왜 자기에게 미리 알려주지 않고 회장한테 직접 보고해서 자기 입장을 난처하게 만들었냐는 항의의 뜻이 숨어 있었다. 정란은 뭘 잘했다고 충고를 하느냐고 반박하고 싶었지만, 고위급 임원과 갈등을 일으킬 필요가 없을 거 같아 사과했다.

"감사실장님, 제 판단이 미숙했던 거 같았습니다. 아직 제가 업무 처리가 서툴러 일어난 일이니 너그럽게 이해하여 주세요."

"아닙니다. 제 부덕의 소치입니다."

감사실장은 구렁이 담 넘어가듯이 두루뭉술하게 사과하고는 전화를 끊었다.

다음 날 해임 통보를 받은 문화재단 사무국장은 애환이 서린 직장과 인연의 마침표를 찍었다. 정란은 쫓겨나다시피 회사를 떠나는 사무국장에게 미안했다. 위로의 말이라도 해 주고 싶었지만, 병 주고 약 주는 꼴이 될 거 같아 참았다.

'청춘을 다 바쳐 일한 회사를 떠날 때는 그동안의 노고를 치하해 주고, 서로 웃는 얼굴로 작별 인사를 나누어야 하는데, 마음이 착잡하구먼. 아니야, 지나친 온정주의는 조직의 기강을 세우는데 장애물이 돼. 사규를 명백히 위반하고, 잘못을 저질렀으면 당연히 책

임을 묻고 처벌을 해야 조직이 병들지 않고 건전해지는 거야.'

　며칠 뒤 정란의 강력한 요청을 받고 회장은 감사실장을 해임했다. 물론 회장은 처음에는 큰 잘못을 저지른 것도 아닌데 해임까지 한다는 것은 지나치다고 난색을 표했다. 하지만 정란은 조직에 새바람을 일으키려면 다른 임원은 몰라도 감사실장만은 엄하게 책임을 물어야 한다면서 자신의 주장을 관철시키고 말았다.

　감사실장을 위로해 주기 위해 정성그룹 고위 임원들의 엔터테인먼트 아지트인 요정 황금정에서 송별회가 열리었다. 평소 감사실장과 자주 어울렸던 정성화학 박순신 부회장, 정성건설 이상벽 사장, 홍보실 우지상 부사장, 정성화재보험 박대칠 부회장, 정성전자 전춘성 부회장이 참여하였다.
　술이 몇 순배 돌아가고 나자 감사실장이 갑자기 해임당한 사연을 털어 놓았다.
　"실은 문화재단 호정란 이사장이 월권하는 바람에 쫓겨나게 됐습니다."
　"월권하다니 그게 무슨 말입니까? 그 여자가 감사실장 노릇까지 한단 말입니까?"
　정성건설 이상벽 사장이 술잔으로 술상을 내려치며 소리쳤다. 감사실장은 억울함을 호소하듯 자초지종을 떠벌렸다.
　"2년 전에 문화재단 팀장 놈이 정규직을 시켜 주겠다며 인턴 여사원에게 성 상납을 요구한 적이 있었어요. 그런데 이 여사원이 팀

장과 나눈 대화 녹음 파일하고 진정서를 호정란 이사장에게 보낸
모양이에요."

"그따위 시시껄렁한 일로 해임을 한단 말입니까?"

정성화재보험 부회장이 이해할 수 없다는 투로 쏘아붙였다.

"호정란이 나한테 귀띔도 하지 않고 회장한테 직접 보고하는 바
람에 심한 질책을 받았어요."

"무식하면 용감하다고, 호정란 그 여자 더 이상 수수방관했다가
는 무슨 일을 저지를지 모르겠구먼."

정성건설 이상벽 사장이 얼굴을 붉히며 목청을 높였다. 묵묵히
듣고 있던 정성화학 박순신 부회장이 이상벽 사장에게 충고하였다.

"이상벽 사장님, 무조건 흥분만 할 일이 아닙니다. 인턴 여사원의
억울함을 말끔히 풀어주었으면 뒤늦게 탄원서를 보낼 까닭이 없지
않겠어요?"

"물론 그런 불미스러운 일을 문화재단 사무국장 부탁을 받고 적
당히 눈감아 준 게 잘못이지요."

감사실장은 자신의 과오를 깨끗이 인정하였다. 하지만 이상벽 사
장은 감사실장의 해임에 계속 불만을 쏟아냈다.

"회사 돈을 횡령한 것도 아니고, 본인이 직접 성 상납을 요구한
것도 아닌데 목을 치다니, 정성그룹에서 청춘을 다 바친 사람에게
너무 가혹한 처사가 아닙니까?"

"이상벽 사장님, 떠나시는 감사실장님 위로해 주시는 건 좋은데,
이제 세상이 많이 변해 여사원들을 함부로 대했다가는 망신뿐 아니
라 형사적인 처벌까지 받습니다."

정성화학 박순신 부회장이 점잖게 충고하였다. 그러자 정성전자

전춘성 부회장이 호정란을 만만하게 보면 안 된다고 거들었다.

"제 추측입니다만 호 이사장은 비리나 부정 같은 걸 본능적으로 싫어하는 성격 같습니다. 그리고 자존심이 강해 자기 뜻을 펼치는 데 방해가 되면 칼춤을 추어서라도 장애물을 제거하려고 달려들지도 모릅니다."

"부회장님들 말씀 들어 보니 개망신당하기 전에 빨리 보따리 싸 갖고 집에 가야겠네요."

정성건설 이상벽 사장은 뭐가 그리 못마땅한지 계속 빈정거렸다.

"이 자리는 감사실장님 송별회 자리입니다. 이런 재미없는 얘기는 그만하시고, 풍악을 울리며 신명 나게 놀아보시지요."

홍보실장 우지상이 술자리 분위기를 바꾸려고 밴드를 불렀다. 3인조 밴드가 들어오자 홍보실장이 먼저 나가 반주에 맞춰 '조용필의 허공'을 부르며 흥을 돋우었다.

정란은 후임 감사실장 선임에 자신의 의견을 제시하려고 사광구 회장을 찾아갔다. 정란은 감사실을 그룹 경영전략실에서 회장 직속으로 바꾸고. 감사실장은 여자로 임명해 달라고 건의했다. 회장은 호정란의 건의가 마뜩잖은지 난색을 표했다.

"감사실을 회장 직속에 두는 거야 어렵지 않지만, 그 자리에 앉힐 마땅한 여자 임원이 없다."

"외부에서 검사나 판사 경력이 있는 여성 변호사를 영입하면 되지 않을까요?"

"그룹 법무실에 화려한 경력의 변호사들이 100여 명이나 있는데 굳이 외부에서 영입할 것까진 없다고 본다."

"아버님, 현재 조직에 몸담고 있는 임원을 감사실장에 임명하는 것보다는 외부에서 영입해야 공정한 감사가 가능합니다."

"음, 그런 면이 없지는 않지."

회장은 고개를 끄덕이고는 정란의 주장에 공감이 가는지 반대 의사를 접었다.

"그럼, 너와 손발을 맞출 수 있는 현직 법관이나 변호사를 추천해 봐라."

"회장님, 제 건의를 받아 주셔서 감사합니다."

정란은 시아버지가 자신의 존재를 제대로 인정해 준다 싶어 가슴이 뿌듯했다. 정란은 손발을 맞춰 자기 뜻을 펼칠 임원이 절실했는데 일이 술술 풀려가자 자신감을 갖기 시작했다.

정란이 감사실장으로 영입하기로 점찍은 변호사는 같은 동네에 사는 강효순이었다. 강효순은 SKY 대학 출신은 아니었다. 지방대학 출신인데도 대학 재학 중에 사법고시에 합격한 수재이었다. 그녀는 지방 소재 법원에서 부장검사를 끝으로 법복을 벗었다. 연줄도 없고 밀어주고 끌어주는 선배가 없는 터라 지방법원에서만 빙빙 돌고 더 이상 승진이 안 되어 사직한 뒤 조그만 변호사 사무실을 차렸다.

정란은 부녀회 모임에 나갔다가 강효순을 알게 되었다. 정란은 나이가 두 살 많아 그녀를 언니처럼 대했다. 요새는 서로 바빠 자주 만나지 못했지만, 가끔 전화로 안부를 묻곤 하였다.

정란은 사무실로 돌아와 강효순에게 전화를 걸었다.

"언니, 저 호정란이에요."

"정란 씨, 오랜만이네요."

"언니, 우리 동네 입구에 있는 로마커피숍에서 오늘 6시 30분에 잠깐 만나고 싶어요."

"시간은 낼 수 있는데, 갑자기 왜 만나자고 하는 거예요?"

"긴히 부탁할 일이 있어서…."

정란은 말끝을 흐렸다. 정성그룹 감사실장 자리를 맡아 달라고 미리 밝히면 효순이 나오지 않을 거 같아 조심스러웠던 것이다.

효순은 법률 상담이나 소송을 맡아 달라고 부탁할 줄 알고 총알같이 약속 장소로 달려왔다. 효순은 일거리가 없어 직원들 월급 주기도 벅찬 터라 좋은 일감을 맡을지 모른다는 기대감에 부풀어 있었다.

정란은 효순을 보자마자 반가워 손을 잡고 흔들었다. 하지만 효순은 담담한 표정에 그저 웃기만 했다. 정란은 꺼칠한 효순의 얼굴을 훔쳐보다가 입을 열었다.

"언니, 어디 아파요?"

"아픈 데는 없어."

"얼굴이 많이 상했어요."

효순은 얼굴을 손으로 쓰다듬고는 가정사 이야기를 불쑥 꺼냈다.

"남편이 국회의원에 출마하겠다고 계속 고집을 부려 어제 대판 싸웠어."

"남편이 국회의원에 2번이나 출마한 적이 있잖아요?"

"두 번 다 낙방 거사가 되는 바람에 나까지 빚더미에 앉아 있다고."

"정치에 한 번 빠져들면 헤어나기 힘든가 봐요."

"남편 하는 짓 보면 정치가 도박이나 마약처럼 중독성이 강한가 봐. 낙선하고 나서는 앞으로 국회의원에 출마하면 성을 갈겠다고 철석같이 약속했다가도 선거철이 가까워지면 또 출마하려고 안달복달하니 미치겠어."

효순은 남편에 대한 불만을 털어놓고는 말머리를 다른 데로 돌렸다.

"정란 씨, 긴히 할 말이 있다고 했는데 그게 뭐야?"

"언니, 정성그룹에서 일할 마음 없으세요?"

"그룹 법무실에서 일해 달라는 거야?"

"그게 아니고, 회장 직속 감사실을 맡을 임원이 필요해서."

"감사실에 왜 판사 출신 변호사를 쓰려고 하지? 차라리 검사 출신이나 회계사가 나을 텐데."

효순은 이해가 안 가는지 고개를 갸웃거렸다. 정란은 여자로 감사실장을 보임하려고 하는 이유를 밝히었다.

"나하고 손발을 맞출 사람이 필요해서 언니를 감사실장으로 영입할까 해요."

"손발을 맞추다니, 정란 씨가 정성그룹에서 특별히 해야 할 일이라도 있는 거야?"

"정성 문화재단에 발을 들여놓은 김에 정성그룹의 기업 문화를 바꾸고 싶어요."

"어떻게 바꾸겠다는 거야?"

"돈 잘 버는 기업에서 꿈을 실현하는 기업으로 바꾸고 싶어요."

"그거 쉽지 않을 텐데."

"기업의 문화를 바꾸려면 나 혼자 힘으로는 안 된다는 거 잘 알아요. 그래서 언니의 도움이 필요해요."

"정란 씨 이야기를 들어 보니 업무가 벅차고 내 전공이 아닌 거 같아. 영입 제안 사양할게."

강효순이 지레 겁을 먹고 거절하자 정란은 과거 문화재단에서 일어났던 인턴 여사원 성 상납 요구 사건을 상세하게 들려주었다.

"그래서 감사실장의 역할을 엄정하게 수행할 사람을 찾는 중이에요."

"잘못된 감사 관행을 척결하고 조직에 새 바람을 일으키는 데 힘을 보태달라는 말이네?"

"언니, 바로 그거에요. 그러니까 지나치게 부담스러워 할 거 없어요."

정란은 족집게 도사처럼 잘 맞추었다고 맞장구를 쳤다. 효순은 감사실장 자리에 관심을 표하기 시작하였다.

"그런데 내가 감사실장이 되면 기존 임원들이나 사원들이 반발하지 않을까?"

"아이구, 그런 걱정은 하지 말아요. 백전노장에 기업 경영 10단이신 회장님이 뒤에서 떡 버티고 있는데 임직원들이 반발하다니요? 회사 그만두려고 작정했으면 몰라도 절대 경거망동하는 임직원들은 없을 겁니다. 물론 간접적으로 저도 힘을 실어 줄 테니 쓸데없는 노파심은 버리세요."

효순은 집에서 살림만 하던 정란이 기업 경영에 상당한 지식을 갖고 있는 거 같아 의아했다. 효순은 궁금해 정란에게 물어보았다.

"그런데 정란 씨는 수십 년 기업 경영을 해 본 사람 같은데, 언제 그렇게 많이 배웠어? 혹시 차기 총수를 노리고 사전에 경영 수업을 받은 거 아니야?"

"결혼하기 전에 그룹 비서실에서 3년 반 동안 근무했기 때문에 정성그룹의 기업 문화라든가 돌아가는 내막은 어느 정도 파악하고 있어요."

"그러면 고인이 되신 부회장님과 사내 결혼했다는 얘기네."

"그리고 재단에 입사해 보니 모르는 게 너무 많아 경영 컨설턴트와 교수들 자문도 받았고, 밤잠 설치면서 기업 경영에 관련된 책도 많이 읽어봤어요."

"정란 씨, 보기보다 노력파에 지독한 면이 있구먼."

강효순이 칭찬을 하자 정란은 가슴속 깊은 곳에 숨겨 놓은 비밀을 털어놓았다.

"언니, 이건 정말 누구에게도 발설해서는 안 되는 비밀인데, 내가 문화재단 이사장 자리에 앉은 진짜 목적은 다른 데 있어요."

"진짜 목적이라니 그게 뭐야?"

강효순은 숨을 죽이고 정란의 말에 촉각을 곤두세웠다.

"남편이 비명횡사한 진짜 원인이 뭔지 찾아내려고 경영에 뛰어든 거예요."

"사주영 부회장님은 평소 건강에 별문제가 없었잖아?"

"심각한 지병은 없었어요."

"부회장님 작고하신 지가 한참 돼 사망 원인을 규명하는 건 쉽지 않을 텐데."

"회장님과의 관계, 계열사 사장들과의 갈등, 참모진들의 행태 등 복합적인 요인이 죽음을 재촉한 거 같은데, 또 다른 이유가 숨겨 있는지 모르죠."

정란은 말을 하다 말고 손을 눈가로 가져갔다. 남편이 죽었을 때 시아버지의 곱지 않은 시선이 비수처럼 가슴을 찔렀던 기억이 되살아났기 때문이었다. 며느리 저것이 복살머리가 없어서 아들이 비명횡사했다고 원망하는 거 같아 시집에서 호적을 파버린 뒤 사씨네와 인연을 끊고 싶은 마음이 굴뚝같았었다.

강효순은 가슴 아픈 이야기를 듣고 나자 같은 또래의 여자로서 정란의 제안을 냉정하게 거절할 수가 없었다.

"정란 씨의 뜻을 충분히 알았으니까 며칠 말미를 주었으면 좋겠어."

"언니, 일주일 시간을 줄 테니 긍정적으로 검토해 주세요."

"정란 씨, 능력도 없는데 좋은 기회를 줘서 고마워."

"언니, 우리 친자매처럼 더불어 살면서 인생 후반을 멋지게 장식하자고요."

정란은 절절한 목소리로 효순의 손을 잡고 호소하였다. 효순은 미소를 머금고는 정란의 손등을 쓰다듬어 주고는 자리에서 일어났다.

정란은 일주일 뒤 효순과 함께 회장을 찾아갔다. 그룹 인사팀장이 먼저 와서 회장과 담소를 나누고 있었다. 정란은 회장과 인사팀장에게 강효순을 소개하였다. 회장은 야무지면서도 강단이 있어 보이는 효순의 얼굴을 살피고는 대뜸 칭찬부터 하였다.

"그 나이에 지방대학을 나와 사법 고시를 패스했으면 수재 중의 수재이시구먼."

"회장님, 과찬이십니다."

효순은 겸연쩍어 얼굴을 붉히었다. 회장은 녹차를 한 모금 마시고는 효순에게 직설적으로 물었다.

"강 변호사님, 우리 정성그룹에서 일할 마음은 있으신가요?"

"미력하지만 기회를 주신다면 정성그룹의 발전에 힘을 보태겠습니다."

"미리 귀띔하는데, 정성그룹 임직원 놈들이 보통이 아니에요. 회사에서 지독하게 훈련시켜서 알몸둥이로 사하라 사막이나 시베리아 벌판에 내던져도 살아남을 놈들이지요."

"글로벌 일류기업에서 근무하려면 그 정도의 강인한 정신력이 필요하겠지요."

"그래서 그런지 지나치게 승부욕이 강해 법이나 회사 규정을 어기는 경우가 종종 발생하지요."

"회장님, 무슨 말씀인지 잘 알겠습니다."

"옛날에는 기업이 편법을 쓰거나 실수를 해도 소비자나 국민이 웬만하면 이해해 주고 눈감아 주었는데, 이제는 세상이 달라져서 적당히 넘어가지 않더군요."

"회장님, 말씀이 맞습니다."

"그뿐만 아니고 기업이 물건을 팔아 많은 돈을 버는 것만으로 끝나지 않지요."

"기업은 구성원뿐 아니라 국민의 행복지수를 높여 주는 역할이 필요한 거 같아요."

"변호사님도 기업에 대해서 상당히 많이 알고 계시구면."

"회장님, 경영철학을 떠받들어 열심히 일해 보겠습니다."

"나보다 더 유식한 분 앞에서 어설픈 설교를 해서 미안하구면."

"아닙니다. 회장님."

"하여튼 호 이사장하고 손을 맞잡고 우리 정성그룹을 더욱 강한 기업으로 발전시켜 주세요."

"미력하나마 최선을 다하겠습니다."

효순은 의자에서 일어나 회장에게 정중히 고개를 숙였다. 회장이 손짓을 하자 비서가 얼른 달려왔다. 비서는 백금빛을 발하는 배지를 회장에게 건네주었다. 배지는 동그란 원 안에 독수리가 새겨져 있었다. 회장은 배지를 손에 들고 강효순에게 말했다.

"강효순 사장, 가까이 오시오. 이게 우리 정성그룹을 상징하는 배지요. 백금 배지는 내가 직접 사장 이상 임원에게만 달아 주는 거요. 앞으로 정성그룹을 위해 열과 성의를 다해 주세요."

회장은 배지를 강효순 재킷에 직접 달아 주고는 악수를 청했다. 효순이 회장의 손을 잡자 옆에서 대기하던 카메라맨이 연신 셔터를 눌렀다. 정란과 비서는 힘차게 박수를 치며 효순의 정성그룹 입사를 축하해 주었다.

정란은 차를 마시다가 배지에 새겨진 독수리가 무엇을 상징하는지 궁금해 회장에게 물었다.

"회장님, 배지 문양을 독수리로 정한 특별한 이유라도 있나요?"

"독수리는 하늘의 새 중 가장 사납고, 마음만 먹으면 지상의 맹수들에게 치명상을 입혀 무력화시키는 발톱과 날개 그리고 부리를 갖고 있지. 정성그룹 임직원들도 독수리처럼 용맹스러운 새가 되어 항상 왕좌를 지키라는 뜻이지."

회장이 배지의 의미를 설명하고 나자 정란은 못마땅한 얼굴을 하고 회장에게 건의하였다.

"회장님, 이 기회에 정성그룹을 상징하는 배지를 바꾸었으면 좋겠어요."

"무엇 때문에 바꾸자는 거냐?"

"지나치게 공격적이고, 살벌한 느낌이 들어요. 이제는 온화하고 부드러운 느낌이 드는 배지로 바꾸었으면 좋겠어요."

"그래? 그거 바꾸려면 의견이 분분하여 쉽지 않을 텐데."

"물론 이런저런 이유를 들어 반대하는 임직원들도 나오겠지요."

"말이 나왔으니 검토는 해 보아라."

"전문가의 도움을 받고, 임직원들의 다양한 의견을 들어본 뒤 참신한 아이디어를 내보겠습니다."

"그래, 기대해 보마."

정란은 건의 사항을 회장이 선뜻 받아 주어 흐뭇했다. 하지만 홍보실에서 추진해야 할 업무를 문화재단에서 꿰차면 반발할지 몰라 괜히 말을 꺼냈나 싶기도 했다.

강소연의 성 추문 사건 후유증으로 인사 태풍이 지나가고 난 뒤 그룹 내에서 정란에 대한 갖가지 풍설이 떠돌기 시작했다. 임원들에게는 저승사자, 여사원들에게 수호천사, 위험한 상속녀 등 정란에 대한 별칭이 난무하였다.

정란은 자신이 그룹의 임원이나 사원들의 지나친 관심의 대상이 되고, 입방에 오르는 게 탐탁하지 않았다. 좋아하는 그룹과 싫어하는 그룹으로 양분 되면 조직에 균열이 생기고, 지나친 기대감은 실망으로 바뀔 수 있고, 일방적으로 권력을 행사하는 자로 낙인찍히면 언젠가는 타도의 대상이 될 수 있기 때문이었다.

아니나 다를까 임원들 사이에서 부장판사 출신 변호사를 사장급 감사실장에 임명하는 건 지나친 우대라고 비판의 목소리가 터져 나왔다. 대학을 졸업하고 공채로 입사하여 30년 동안 일해도 천 명 중 한 명이 사장 자리에 오를까 말까 한데 외부에서 사장급 인사를 영입하는 건 임직원들의 사기를 죽이는 처사라고 불만을 터뜨렸다. 더구나 여성을 사장급 자리에 앉힌 건 창업 이래 유례가 없는 일로 순전히 호정란의 농간에 의해서 빚어진 일이라고 성토하였다.

하지만 정란은 그런 비난과 성토에 전혀 흔들리지 않았다. 기득권 자들은 항상 변화에 저항하기 마련이고, 자신들의 입지가 흔들릴까 봐 똘똘 뭉쳐 한목소리를 내는 건 당연하다고 생각했다. 그런 비난과 성토에 흔들리면 임직원들이 얕보고 사사건건 시비를 걸고 발목을 잡을 게 불 보듯 환했기 때문이었다.

정란은 퇴근 시간에 맞춰 회가 먹고 싶어 비서 민수란과 함께 사무실을 나왔다. 정란의 한 손에는 쇼핑백이 들려 있었다. 정란은 아담한 일식집을 찾아갔다. 회를 시켜 놓고 맥주로 먼저 입가심을 하고는 지나가는 말투로 임원들에 관해서 물었다.

"수란 씨, 재단에 근무하는 이사 세 분 중 누가 일을 가장 열심히 합니까?"

"작년에 승진한 박찬명 이사가 능력도 뛰어나고 가장 열심히 일합니다."

"이사가 된 지 3년 된 오석창 이사는 어떻습니까?"

"그분은 상무로 승진해 다른 계열사로 가려고 로비에 온 힘을 쏟

숨은 비밀 67

고 있습니다."

"그러면 2년 차인 천추일 이사는 어떻습니까?"

"그분은 회사에 출근해 주식에 신경을 쓰느라 업무는 완전히 뒷 전입니다."

"그렇군요."

정란은 이사들에 대한 평판을 묻고는 쇼핑백을 민수란에게 주며 가정에 관해서 물었다.

"수란 씨, 아이를 친정어머니가 봐 주신다고 했나요?"

"네."

"친정어머니 건강은 좋으세요?"

"어깨며, 허리가 아파서 애 못 봐주겠다고 죽는소리를 자주 하세요."

"이거 경옥고인데 어머니 갖다 드리세요."

"이사장님, 이걸 왜 주세요?"

"어머니가 건강하셔야 애를 마음 놓고 맡길 수 있잖아요? 그래야 회사 나와서 열심히 일할 수 있고요."

"이사님, 제 개인 가정사까지 신경을 써주시고 감사합니다."

민수란은 가정에까지 관심을 가져 주는 게 너무나 고마웠다. 정 란은 질문을 계속하였다.

"수란 씨, 아이 엄마로서 직장 생활을 하면서 가장 아쉽고 힘든 게 뭐에요?"

"한두 가지가 아니에요."

"그래서 하는 말인데, 수란 씨, 여사원들이 회사에 바라는 점, 앞 으로 개선할 점이 있으면 문서로 작성해 나한테 주세요. 다른 여사 원들과 토론해서 작성해도 좋아요."

"알겠습니다. 이사장님."

3일 뒤였다.

박찬명 이사가 상무로 승진하여 사무국장으로 임명되었다. 나머지 이사 2명은 승진을 하지 못한 채 다른 그룹 계열사 지방 공장으로 전보 발령을 받았다. 그룹 게시판에서 인사 명령을 본 3년 차 오석창 이사는 얼굴이 붉으락푸르락 질정을 못 댔다. 너무 뜻밖의 인사 발령이었기 때문이었다.

'나를 지방 공장으로 쫓아버려? 이번 인사는 호정란인가, 호접란인가 하는 여편네가 좌지우지한 게 틀림없어. 이사 된 지 1년밖에 안 된 놈을 상무이사로 승진시켜 사무국장에 앉히다니, 이런 개 같은 인사가 어디 있나?'

오석창은 씩씩거리다가 사무실 옥상으로 올라가 대학 동문인 그룹 인사팀 진 이사에게 전화를 걸었다.

"진 이사, 이번 인사 발령 어떻게 된 거냐?"

"윗선의 지시를 받고 낸 인사 발령이야."

"윗선이라니? 그게 누군데?"

"그건 밝힐 수 없고."

"진 이사, 그게 누구냐고?"

오 이사의 목소리가 점점 높아지자 진 이사가 조용히 타일렀다.

"등잔불 밑이 어둡다는 속담 알지?"

"그럼 호정란 그 여편네가 휘저은 거야?"

"야, 지금 호 이사장이 치마만 풀썩거려도 그룹 임원들이 벌벌 떠는 거 몰라? 그룹 3인자인 감사실장도 하루아침에 으악새 된 거 못 봤냐고? 그러니까 더 이상 경거망동하지 말라고. 이번에 너 목 날 아갈 뻔했다가 재수 좋게 살아난 거야.”

“진 이사, 내가 뭘 잘못했는데 이런 대접을 받아야 하냐?”

“오 이사, 너 그전에 사무국장하고 이 새끼 저 새끼 하며 맞장 뜬 적 있잖아?”

“성질이 더러워서 욱하는 버릇 때문에 가끔 실수를 했을 뿐이지, 무능한 소리도 안 들었고, 회사 공금에 손댄 적도 없다.”

“전화위복이 될 수 있으니까 공장에 가서 죽은 듯이 당분간 처박혀 있어.”

“에이! 시팔! 월급쟁이 빨리 때려치워야지. 아니꼽고 더러워서 못 해먹겠다.”

오 이사는 악다구니를 쓰다가 체념했는지 슬그머니 전화를 끊었다.

공석이 된 이사 세 자리에 팀장들이 이보사로 승진하여 보임되었다. 물론 과장 중에서 팀장으로 승진하였고, 고참 대리가 과장으로 승진하는 등 연쇄적으로 승진 인사가 단행되었다. 그로 인해 조직이 전반적으로 젊어지고 활력이 넘치었다. 물론 승진에서 누락 된 일부 사원들은 불만을 토로했지만, 사원들 대부분 공평한 인사가 이루어졌다고 긍정적인 반응을 보였다.

내
연
녀

어느 날 정성그룹 협력업체 모임인 '협정회' 회장 이경희가 정란에게 전화를 걸어왔다. 그녀는 인사차 찾아뵙고 싶다며, 시간을 내달라고 정중하게 부탁하였다. 정란은 협력업체에 대해 궁금한 게 많아 퇴근 후 저녁 식사를 하자고 제안했다. 이경희도 선뜻 동의하였다. 퇴근 후에 약속 장소에 나가보니 이경희는 검은색 바지와 검은색 재킷을 입고 안에는 하얀 셔츠 차림으로 정란을 기다리고 있었다. 큰 키에 늘씬한 몸매였다. 얼굴은 지적이면서 곱상했다. 이경희는 자리에서 일어나 두 손으로 정란에게 명함을 내밀었다. 명함에 정성그룹 협력업체 모임인 '협정회' 회장이 아닌 (주)태양산업 대표이사 이경희라고 찍혀 있었다. 정란이 의아한 눈빛으로 쏘아보자 이경희는 고개를 숙이고는 뚱딴지같은 말을 했다.

"늦었지만 고 사주영 부회장님의 명복을 빕니다."

"…?"

정란은 어리둥절했다. 남편 사주영이 죽은 지가 언제인데 불쑥 나타나서 조의를 표하다니, 도대체 이 여자 정체가 뭐야? 정란은 고맙기는커녕 불쾌해 직설적으로 물었다.

"이경희 사장님, 도대체 사주영 부회장과 어떤 사이입니까?"

"부회장님은 저에게는 평생 잊지 못할 은인이십니다."

"은인이라니, 그건 또 무슨 말입니까?"

"사주영 부회장님을 알게 된 사연을 우선 밝히겠습니다."

"사주영 부회장과 어떤 사이였는지 모르겠지만 한번 들어나 봅시다."

사주영이 상무이사로 승진하자마자 시장조사차 혼자서 캐나다, 미국. 멕시코 등 북남미로 출장을 떠났다. 사주영은 캐나다 밴쿠버에서 일을 보고 로스앤젤레스로 돌아왔다. 사주영은 번화가 호텔에 있는 레스토랑으로 혼자 저녁 식사를 하러 갔다. 자리에 앉자 한국인 듯한 여자가 메뉴판을 들고 와 꾸벅 인사를 하였다. 사주영은 반가워 영어로 한국인이냐고 물어보았다. 여자는 생긋이 웃으며 한국인이라고 대답했다.

"유학생인가 봐요?"

"맞아요."

"반갑네요."

"저도요."

"몇 시에 일 끝나요?"

"9시에 마쳐요."

경희는 발랄했지만, 얼굴에 그림자가 드리워져 있었다. 사주영은 지갑에서 100달러 지폐를 꺼내 경희에게 주었다. 경희는 고맙다고 연신 고개를 숙였다. 사주영은 함께 술 마실 사람이 필요해 경희에게 물었다.

"일 끝난 다음 나하고 술 마실 시간 있어요?"

"시간 얼마든지 낼 수 있어요."

경희는 기다렸다는 듯이 크게 반기었다.

"호텔 지하에 있는 카페에서 기다릴 테니 일을 마치고 그리로 와요"

사주영은 술 마실 장소와 시간을 미리 알려주었다. 그러자 경희는 알았다고 고개를 끄덕이고는 식사 주문을 받고 돌아갔다.

사주영은 식사를 끝내고 호텔 방에서 휴식을 취한 뒤 9시에 지하 카페로 내려왔다. 잠시 뒤 경희가 카페에 나타났다. 옅은 루지를 발라 약간 섹시해 보였다. 경희가 자리에 앉자 사주영은 코냑 두 잔을 주문했다. 사주영은 젊은 여자를 꼬드긴 게 쑥스러워 변명 비슷한 말을 했다.

"혼자서 외국에 출장 다니다 보면 시간을 보내기가 따분해 현지에 있는 한국 사람들과 어울려 종종 술을 마실 때도 있지요."

"혼자 출장을 다니다 보면 외롭기도 하고, 심심하기도 하겠지요."

주영은 술을 마시다가 이경희에 대해 궁금증이 일어 조심스럽게 물었다.

"경희 씨는 지금 어떤 공부하고 있어요?"

"모 대학에서 MBA 과정을 밟고 있어요."

"학위를 취득한 후 기업에서 일하면 좋겠네요. 그런데 한국에서 어느 대학 다녔어요?"

"서울에 있는 K 대학에서 경제학을 전공했어요."

"나도 그 대학을 나왔는데 반갑구먼?"

"어마나! 그러면 선배님이시네요?"

경희의 어둡던 얼굴이 갑자기 밝아졌다. 사주영은 금세 반말을 하기 시작했다.

"경희 씨, 학위를 딴 다음 무슨 일을 할 거야?"

"아버지가 경영하는 회사를 큰 회사로 키우고 싶어요."

"아버지가 어떤 회사를 경영하시는데?"

"태양산업이라고 건축자재를 생산하는 중소기업이에요."

"건축자재라고? 요새 건설 경기가 불황이라서 어려움이 많을 텐데."

사주영이 관심을 표하자 경희는 공손한 목소리로 양해를 구했다.

"선배님, 명함을 부탁드려도 될까요?"

"명함은 왜 달라는 거지?"

사주영이 의심 섞인 눈초리를 보내자 경희는 선수를 쳤다.

"제가 미덥지 못하면 안 주셔도 되고요."

"미덥지 않은 게 아니고 내 신분을 밝히기 곤란해서 그래."

경희는 무안해 눈길을 딴 데로 돌렸다. 주영은 지갑에서 명함을 꺼내 경희에게 건네주었다. 경희는 명함을 들여다보고는 주영의 얼굴을 다시 쳐다보았다. 그리고 다소 놀란 목소리로 주영을 치켜세웠다.

"어마나! 정성그룹 상무님이시네요? 저는 평범한 무역회사 과장쯤으로 보았는데."

"그래? 하긴 젊어 보이니까 그럴 수도 있지."

경희는 명함을 소중한 보물이라도 되는 것처럼 손가방에 넣고는 묻지도 않을 말을 솔직히 털어놓았다.

"아버지가 경영하는 회사가 모 건설회사에 자재를 납품했다가 어음을 받았는데 줄줄이 부도가 났어요. 그것도 1, 2억이 아닌 수십억 원을."

"그래? 타격이 컸겠구먼."

사주영이 관심을 기울여주자 경희는 현재 처한 처지를 솔솔 털어놓았다.

"아버지 회사가 어려우니까 학비며, 생활비를 안 보내줘 어쩔 수 없이 제가 돈을 벌고 있어요."

"사는 게 무척 힘들겠구먼. 외국에서 돈 떨어지면 막막하고 허허벌판에 내던져진 기분일 거야."

사주영이 위로의 말을 하자 경희는 눈물을 글썽거렸다. 경희는 손으로 눈물을 훔치고는 코냑 한 잔을 더 주문했다. 주영은 경희가 딱해 용기를 북돋워 주었다.

"인생이나 기업이나 흥망성쇠가 있기 마련이니까 용기를 내라고."

경희는 코냑을 한 모금 마시고는 주영에게 사과하였다.

"상무님, 즐거운 자리가 돼야 하는데 눈물을 보여 죄송합니다."

"아니야, 울고 싶을 땐 울어야지."

경희는 한동안 입을 다물고 있다가 염치불구하고 주영에게 매달렸다.

"선배님, 아버지 회사 태양산업 제품을 정성건설에 납품할 수 있도록 다리 좀 놔주실 수 있어요?"

"…."

주영은 아무런 대꾸도 하지 않았다. 절차도 복잡하고 생산능력이나 품질 등 여러 가지 조건이 적합해야 납품할 수 있기 때문이었다.

하지만 주영은 물에 빠진 사람이 지푸라기라도 잡는 심정으로 도움을 요청한 사람 앞에서 칼로 무 자르듯 냉정하게 거절하자니 매몰찬 거 같아 입을 다물었다. 주영은 곰곰이 생각해 보니 어려움에 처한 중소기업을 살려 주는 것도 대기업이 할 일이 아닌가 싶어 가능하면 도울 방법을 찾아보기로 마음을 바꾸었다.

"건축자재를 납품할 수 있도록 힘써 볼 테니 태양산업 전화번호와 아버지 성함을 메모해 줘."

경희는 손가방에서 메모지와 볼펜을 꺼내 회사명과 전화번호 그리고 아버지 이름을 썼다. 그 밑에 경희 자신의 전화번호를 적은 뒤 사주영에게 건네주었다. 사주영이 메모지를 접어 지갑에 넣자 경희는 기뻐서 팔딱팔딱 뛰고 싶었다.

한 달 뒤였다.

아버지로부터 경희에게 전화가 걸려왔다. 아버지 목소리는 흥분 상태였다.

"경희야, 드디어 오늘 정성건설과 납품 계약을 체결했다."

"아버지 잘됐네요. 정말 잘됐네요."

"경희야, 정성그룹 상무님께 고맙다고 인사 전화 꼭 해라."

"그거야, 당연하지요."

아버지는 잠시 뜸을 들이더니 경희에게 사정하듯이 말했다.

"경희야, 너 얼른 귀국해야겠다."

"아버지, 왜요?"

"네가 회사 일을 일부 맡는 조건으로 계약을 한 거야."

"회사에 그렇게 일할 사람이 없어요?"

"회사가 흔들흔들하니까 똑똑한 놈들은 모두 튀어 나갔잖니?"

"아! 그렇겠군요."

경희는 착잡했다. 몇 달 만 더 공부하면 MBA 학위가 나오는데 당장 귀국하라니…. 지금까지 공부한 게 무위로 돌아간다고 생각하자 선뜻 결정할 수 없었다.

경희는 공부는 다시 할 수 있지만, 기업은 한번 쓰러지면 재기하기가 불가능하다고 생각되어 귀국을 결심했다.

이경희는 귀국하여 대관 업무 및 납품 업무 등을 맡아 발이 부르트고 몸이 부서져라 뛰고 또 뛰었다. 정성건설과 거래가 활발해지자 죽어가던 회사가 다시 활기를 찾기 시작했다. 물론 정성그룹 경영전략실 사주영 상무의 보이지 않는 힘이 태양산업을 살리는 데 결정적 역할을 했다.

그러던 어느 날 퇴근할 무렵 사주영이 그의 개인 오피스텔로 경희를 호출하였다. 경희는 내키지 않았지만 사주영의 말을 듣지 않으면 어떤 불이익을 당할지 몰라 오피스텔을 찾아갔다. 오피스텔은 대형 아파트보다 더 컸다. 거실, 주방이 별도로 꾸며져 있고, 업무를 볼 수 있도록 컴퓨터며 복사기 등 사무용품이 완벽하게 구비 된 사무실도 마련되어 있었다.

사주영은 셔츠 차림으로 소파에 앉아 있다가 경희를 보자 자리에서 일어났다. 사주영은 손을 내밀어 악수를 청했다. 경희는 쑥스러워하며 사주영의 손을 잡았다.

"경희 씨, 쉬어야 하는데 갑자기 만나자고 해서 미안해요."

"아닙니다. 상무님을 진즉이 찾아뵙고 인사를 드렸어야 하는데 너무 늦어 죄송합니다."

"하여튼 바쁜데 시간 내줘서 고마워요."

사주영은 냉장고에서 캔 커피를 꺼내다 경희에게 주면서 지나가는 투로 물었다.

"정성건설 구매팀에서 못살게 굴지는 않아요?"

"구매팀에서 못살게 굴다니요?"

경희는 무슨 뜻으로 묻는 말인지 감이 잡히지 않아 눈만 멀뚱거렸다. 사주영은 얼른 알아차리고는 구체적으로 설명해 주었다.

"납품 가격을 후려치거나 리베이트를 달라고 압력을 넣는 짓거리 말이에요."

"지금까지는 그런 일 없었는데요."

"경희 씨, 지금 한 말 사실이요?"

"…?"

사주영이 거짓말하지 말라고 추궁하듯이 묻자 경희는 긴장했다. 사주영은 다시 물었다.

"돈 뜯긴 적 있지요?"

"제 입으로는 밝히기 곤란하니 그만 물으세요."

경희가 난처한 표정을 짓고 말문을 막자 사주영은 알았다고 고개를 끄덕이었다. 사주영은 냉장고에서 캔 맥주를 꺼내와 경희에게 건네주었다. 사주영은 맥주를 한 모금 마시고는 조심스럽게 입을 열었다.

"실은 이 오피스텔을 경희 씨에게 주려고 만나자고 한 거요."

"주시면 요긴하게 쓰겠습니다만, 자꾸 이렇게 신세를 져도 되는지 모르겠습니다."

"단, 조건이 있어요."

"무슨 조건이죠?"

"정성그룹 협력업체 모임인 '협정회' 간사를 맡아줘요."

"상무님, 그런 자리는 제가 맡고 싶다고 맡을 수 있는 건 아니잖아요."

"곧 '협정회' 임원진 개편이 있으니, 회장에 출마하는 협력업체 사장과 미리 손을 잡으세요."

"아! 그런 방법도 있겠군요."

경희는 사주영의 지시가 못마땅했지만, 무 자르듯 딱 잘라 거절하지는 않았다. 성급하게 결정할 필요가 없다고 생각했기 때문이었다. 경희는 '협정회' 간사의 역할이 궁금해 넌지시 물어보았다.

"상무님, '협정회' 간사가 특별히 수행해야 할 업무가 있는 모양이죠?"

"정성그룹 계열사 중에 정성건설이 비리와 부정이 가장 많아요. 여러 번 손을 댔지만, 그 비리와 부정이 좀처럼 뿌리가 뽑히지 않네요. 왜냐하면, 정성건설 임직원들과 협력업체 임직원들이 한통속이라서 서로 감춰주거나 모르쇠로 일관하기 때문에 입건이 되더라도 유야무야 되는 경우가 많지요. 그래서 경희 씨가 협력업체 사장들과 자주 접촉하면서 첩보뿐 아니라 확실한 자료를 수집해 줬으면 좋겠어요."

"다시 말하면 정성건설 임직원들의 비리와 부정을 적발하는 정보조직을 구축하겠다는 말씀이네요."

"극비 사항인데 앞으로 이런 조직을 전 그룹사로 확대할 계획이에요."

"자신을 감시하는 정보 조직이 구축되어 있다는 사실을 알면 임직원들이 오너 일가를 불신할 텐데 문제가 안 될까요?"

"오히려 그런 소문이 나도는 게 거대 조직을 끌고 가는 데 도움이 될 수도 있습니다."

"거대 그룹을 끌고 가기란 결코 쉽지 않군요?"

"그래서 하는 말인데 (주)태양산업은 아버지에게 경영을 맡기고, 경희 씨는 이 사무실로 출근하면서 나를 도와줬으면 좋겠어요."

"정성그룹 첩보원 노릇을 하라는 말씀인데, 무척 부담스럽네요."

"그 대신 경희 씨가 쓰는 모든 경비와 수고비는 넉넉히 지급할 테니 걱정하지 마시고요. 나를 적극적으로 도와주면 경희 씨를 정성그룹의 핵심 임원으로 임명할 수도 있습니다."

"저는 그런 높은 자리에 앉을 능력이 안 됩니다."

"경희 씨는 어떤 일을 시켜도 충분히 감당할 수 있는 능력의 소유자예요."

"상무님, 저와 자주 만나고 싶어 꼬드기는 거지요?"

"경희 씨는 너무 솔직한 게 탈이야."

사주영은 싱긋이 웃으며 타박 아닌 타박을 했다. 경희는 크게 손해를 보거나 밑질 것이 없다 싶어 사주영의 제안을 받아들였다.

"상무님, 저에게 또 다른 기회를 주셔서 감사드립니다."

"감사할 거 없어요. 앞으로 골치 아프고 힘든 일 있으면 오피스텔서 술을 마시면서 푸념도 늘어놓을 테니 각오 단단히 해요."

"사모님한테 꼬리가 안 잡히시게 조심하세요."

"기분 잡치게 왜 갑자기 마누라 얘기는 꺼내는 거야?"

사주영이 얼굴을 붉히며 나무라자 경희는 입방정을 잘못 떨었다

싫어 얼른 사과하였다.

"상무님, 죄송합니다."

그들은 그날 저녁 밤늦게까지 술을 마시고는 처음 잠자리를 함께 하면서 뜨거운 사랑의 밀어를 나누었다.

정란은 이경희의 이야기를 듣다가 화를 부르르 냈다.

"이경희 씨, 더 이상 과거 이야기 듣기 싫으니 그만 입 닫으세요."

"사모님, 기분이 상하셨다면 용서를 빌겠습니다."

경희는 사과하고는 가방에서 봉투를 꺼냈다. 그녀는 봉투를 정란에게 내밀었다. 봉투 안에는 2천 달러가 들어 있었다.

"아니, 이건 뭡니까?"

"가정 형편이 어려워 LA에서 아르바이트하며 공부할 때 부회장님이 주신 돈입니다."

"이걸 새삼 돌려주는 이유가 뭐죠?"

"그 돈은 반드시 갚아드리겠다고 부회장(그 당시는 상무)님께 약속했거든요."

"두 사람의 만남을 합리화시키기 위해 경희 씨가 그럴듯하게 조작한 사건 아닙니까?"

"이사장님, 저는 목에 칼이 들어와도 거짓말은 안 하는 여자입니다."

"기업을 경영한다는 사람이 거짓말을 안 한다? 그 말 믿어도 됩니까?"

"앞으로 저를 자주 만나다 보면 제 말을 믿게 될 겁니다."

"나는 자주 만나고 싶은 마음이 눈곱만큼도 없는데 어쩌지?"

"사모님, 절 보고 먼저 만나자고 요청할지도 모르니 지나친 예단은 금물입니다."

"…?"

경희의 반박이 무슨 뜻인지 알 수 없어 정란은 눈만 멀뚱거렸다.

그때 경희 휴대폰에서 문자 도착 알림 소리가 들려왔다. 경희는 휴대폰을 가방에서 꺼내 문자를 읽더니 정란에게 양해를 구했다.

"이사장님, 죄송합니다. 제가 업무차 급히 만나야 할 사람이 있어서 먼저 자리에서 일어나겠습니다."

경희는 고개를 숙이고는 종종걸음으로 레스토랑에서 사라졌다.

'저런! 당돌하고 시건방진 년! 저게 뭘 믿고 나를 손아랫동서 대하듯 하지? 따끔한 맛을 보여줘야지 안 되겠구먼. 말하는 거며, 행동거지를 보니 사주영의 애를 낳은 것 같은데 빨리 뒷조사를 해봐야겠구먼.'

정란은 며칠 뒤 사주영이 사용했던 전기면도기를 갖고 사설 정보업체를 찾아갔다. 사장에게 갖고 간 증거물과 이경희 명함을 주고는 조사할 내용을 불러 주었다.

"먼저 이경희의 결혼 여부를 알아주시고, 아들이나 딸을 낳았는지 조사해 주세요. 만일 결혼하지 않고 자녀를 두었으면 그 자녀의 DAN 검사 시료를 확보하여 면도기를 사용한 사람의 DNA와 일치하는지 확인해 주세요."

정란은 조사 비용을 배로 주었다. 대신 가능하면 빠른 시일 내에 정확한 정보를 입수해 달라고 부탁하였다.

2주 뒤였다. 정보조사업체 사장에게서 조사 결과가 나왔다는 전화를 받고 정란은 퇴근 시간이 되자 약속 장소로 부리나케 달려갔다. 정보조사업체 사장은 각종 사진과 증거 자료를 펼쳐 놓고 정란에게 브리핑하듯이 조사 결과를 설명해 주었다.

"사모님, 이경희는 결혼한 사실이 없습니다. 그런데 아들을 키우고 있습니다. 아들 이름은 사재천, 2002년 12월 1일생입니다."

'역시 짐작한 대로 사주영의 애를 낳았구먼. 앞으로 재산상속 문제로 골치가 아파지겠구먼. 아니야, 내가 모두 양보하면 간단해.'

정란은 쿵쾅거리는 가슴을 진정시키려고 연신 생수를 들이켰다. 죽은 사주영을 향한 분노와 배신감 때문에 질정을 댈 수 없었다. 정란의 입에서 욕이 툭 튀어나왔다.

'나쁜 새끼! 죽을 때까지 나를 감쪽같이 속이다니, 지옥의 불구덩이에서 천년만년 고통을 당해봐라.'

사주영과 한솥밥을 먹고, 한 이불 속에서 살을 섞으며 살았던 자신이 한심하였다. 아니, 참담한 심정을 가눌 길이 없었다. 정란은 억울하고 분하고 슬펐다. 정란은 가슴을 주먹으로 치다가 어깨를 들먹이며 뜨거운 눈물을 쏟아냈다.

정란은 누군가에게 이 사실을 털어놓지 않으면 가슴이 터질 거 같았다. 제일 먼저 친정어머니의 얼굴이 떠올랐다. 친정어머니에게 달려가 가슴에 안겨 엉엉 울고 싶은 마음이 굴뚝같았다. 하지만 사주영과의 결혼을 반대한 어머니를 볼 면목이 없었다.

'흠, 이 에미 말 안 듣더니 꼴좋다! 네가 좋아서 한 결혼이니까 스스로 감당해야지, 뾰족한 방법이 없잖아.

시낭송회 단짝 친구인 강대남을 불러내 술을 마시며 하소연을 할까? 술을 마신다고 잊히고 해결될 일이 아니야. 이런 때일수록 냉정한 자세로 대처해야 해결 방법이 나와.'

정란은 사주영을 깡그리 잊기 위해서 그와 함께 찍은 사진을 모두 찾아낸 다음 박박 찢어 쓰레기통에 버렸다. 그리고 그가 결혼할 때 준 패물이며, 생일 때 이따금 선물로 준 보석과 귀걸이, 팔찌 등을 모두 내다 팔았다. 또한, 결혼 전후에 사주영과 함께 타고 산으로, 바다로 다녔던 고가의 스포츠카를 고철 가격으로 팔아 치웠다.

정란은 한동안 갈팡질팡하다가 이미 엎질러진 물, 다시 쓸어 담을 수 없는 과거 일로 몸과 마음을 상하게 할 필요가 없다고 자신에게 타일렀다. 결자해지라지만, 사주영이 죽은 이상 이경희 문제를 풀 사람은 자신밖에 없다고 결론지었다.

토요일 오후 정란은 강남 한복판에 있는 호텔 룸으로 이경희를 호출하였다. 커피숍이나 음식점에서 만나면 큰소리를 치거나 욕을 할 수 없기 때문에 밀폐된 정소를 택했던 것이다. 정란은 이경희가 도착하기 전에 위스키를 컵에 가득 부어 단숨에 마시었다. 가슴이 짜르르하고 얼굴이 화끈거렸다.

약속 시간에 정확히 맞춰 이경희가 호텔 룸 벨을 눌렀다. 방안으로 들어서는 이경희는 운동화에 청바지와 재킷 그리고 머리를 질끈 묶은 게 야외로 놀러 가는 차림이었다. 이경희는 호텔 룸으로 호출한 이유를 미리 알아차렸는지 겁을 먹기보다는 공격을 받으면 기꺼이 응전할 태세였다. 이경희는 인사 대신 능청을 떨었다.

"이사장님께서 이런 고급 호텔 룸으로 절 부르시고, 무지하게 영광입니다."

정란은 뻔뻔하고 얄미워 손바닥으로 이경희 뺨을 힘껏 갈기었다.

"사악한 년!"

"이사장님, 말로 하시지 뺨은 왜 때리세요?"

이경희는 뺨을 손바닥으로 쓰다듬으며 정란을 쏘아보았다. 정란은 서슬 퍼런 눈빛을 번쩍거리며 컵에 든 양주를 이경희 얼굴에 끼얹었다.

"이경희, 너 정말 뻔뻔하구나?"

"사모님, 저는 죄지은 일이 없기 때문에 사모님 앞에서 설설 길 이유가 없습니다."

이경희는 냅킨으로 얼굴을 훔치며 당당하게 응수했다.

"죄지은 일이 없다? 너 나를 집에서 솥뚜껑 운전이나 하는 촌년처럼 우습게 아는데 그러다 큰코다친다."

"저는 사모님을 하찮게 본 적이 없습니다. 다만 언니처럼 이물어서 편하게 대했을 뿐입니다."

"재벌 후계자와 사랑 노름을 하더니 변명도 멋 떨어지게 하는구먼?"

정란은 씩씩거리다가 유전자 검사서와 사주영 아들 사진이 든 봉투를 이경희 코앞에 내던졌다. 봉투에 든 서류와 사진을 본 이경희의 얼굴이 갑자기 굳어졌다.

'당장 정성건설에 태양산업의 건축자재를 구매하지 말라고 지시하면 하루아침에 공장을 세워야 할 처지 아닌가? 소나기는 피하고 본다고 무조건 잘못했다고 비는 수밖에 없어.'

"사모님, 저 용서해 주세요. 정말 죽을 죄를 지었습니다."

이경희는 두 손을 모아 잡고 파리처럼 싹싹 빌었다. 정란은 빈정거리는 투로 이경희를 다그쳤다.

"뭘 잘못했는지 네 입으로 직접 말해봐라."

"LA에서 처음 사주영 상무님을 뵈었을 때 파산 지경에 이른 아버지 회사를 살릴 욕심으로 의도적으로 접근한 것부터가 잘못이었습니다."

"회사를 살릴 목적 외에 또 다른 노림수가 있었을 텐데?"

"맹세컨대 다른 목적은 없었습니다."

"그런데 왜 애까지 낳았나?"

"그건 부회장님이 정성그룹을 이어갈 아이를 낳아 달라고 애걸복걸했기 때문입니다."

"사주영의 말을 사실로 믿었단 말이냐?"

"사실이든 아니든 애를 낳지 않으면 상무님이 아버지 회사를 계속 도와주지 않을 거 같아 어쩔 수 없었습니다."

"네 말을 도저히 믿지 못하겠다. 유부남의 애를 낳으면 창창한 네 인생이 망가질 게 빤한데 그따위 아버지 회사를 살리려고 애를 낳았단 말이냐?"

"사모님, 그따위 회사라니요? 보잘것없는 중소기업도 나름대로 존재 가치가 있습니다."

"착각하지 마라. 대한민국에 (주)태양산업 같은 허접한 회사는 있어도 그만이고, 없어도 그만이야."

"사모님, 말이 지나치십니다. 태양산업은 정성그룹의 회사에 비하면 구멍가게 수준도 안 되지만 저희 가족에게는 전 재산이고, 생명

줄입니다. 그뿐만 아니라 종업원들에게는 삶의 터전이고요. 회사가 망하면 저희 가족은 알거지가 되고, 종업원들은 뿔뿔이 흩어져 또 다른 일자리를 찾아 거리를 헤매지 말라는 법 없습니다."

이경희의 항의성 발언에 정란은 말을 잘못한 거 같아 잠시 입을 닫았다. 정란은 진솔하면서도 절절한 이경희의 호소에 가슴이 뭉클했다. 정란은 사과하는 의미로 고개를 숙인 채 어깨를 들먹이는 이경희의 손을 잡고 일으켜 주었다. 정란은 티슈를 건네주며 이경희를 달래었다.

"내가 너무 흥분했나 보다. 그만 울음 그치고 술 한 잔 마셔라."

이경희는 술잔을 받아 단숨에 마시고는 속마음을 솔직히 다 털어놓았다.

"사모님, 저는 사주영 부회장님의 아이를 두었지만, 그 아이를 볼모로 사주영 부회장님의 유산을 물려달라고 하지도 않을 것이며, 물론 어떤 보상도 요구하지 않겠습니다. 제가 손가락을 깨물어 혈서를 쓰라면 쓰겠습니다."

"정말 혈서를 쓸 거야?"

"저는 한 입으로 두말 안 합니다."

경희가 손가락을 입으로 가져가자 정란은 경희의 손목을 잡고 말리었다.

"혈서 백 장보다는 마음가짐이 더 중요한 거야."

"이사장님, 사주영 부회장님 덕분에 구멍가게 같은 태양산업이 이제는 연 매출이 5,000억 원이 넘는 알짜 회사로 커졌습니다."

"그래? 축하할 일이구면."

정란은 이경희 말을 100% 믿어야 좋을지, 아니면 위기를 모면하기 위한 연극으로 받아들여야 할지 아리송하였다. 이경희는 향후 계획까지 밝히면서 정란을 안심시켰다.

"저는 태양산업을 사주영 부회장님의 유산처럼 생각하고 더욱 알찬 회사로 키워 아들에게 물려줄 겁니다. 저는 지금처럼 정성건설과 계속 거래할 수 있으면 그것으로 대만족입니다."

"그 정도로 만족한다니 다행이구먼."

"이사장님, 욕심이 과하여 자신을 망치고, 가족, 주위 사람들에게까지 피해를 주는 사례를 수없이 봤습니다."

"이경희 사장이 말이 진실이라면 나도 사적인 원한에 휩싸여 정성건설에 납품을 중지시키거나 태양산업을 망하게 할 의도는 추호도 없어."

"이사장님, 정말 감사합니다."

이경희는 감격 어린 목소리로 정란에게 고마움을 표하였다. 정란은 욕심을 부리지 않고 자기 분수에 맞게 살겠다는 이경희의 다짐을 믿기로 했다. 이경희는 대화가 술술 잘 풀리자 정란에게 낯간지러운 제안을 했다.

"둘이 사적인 자리에서 만났을 때는 이사장님을 형님이라고 불러도 될까요?"

"형님으로 대할 마음의 준비나 돼 있나?"

"이사장님을 형님으로 깍듯이 모시면 제가 손해 볼 일이라고는 눈곱만큼도 없잖습니까?"

"역시 이경희 사장은 아주 계산속이 빠르구먼."

"제 눈에 형님은 양반집 규수처럼 순둥이 같아 보여서 저라도 약삭빨라야 당하지 않고 살 거 아닌가요?"

"말로는 이경희 사장 못 당하겠구먼. 허허허."

이경희의 넉살에 정란은 얼떨결에 웃음을 터뜨리고 말았다. 정란은 두 팔을 벌려 이경희를 껴안고는 등을 토닥여주었다.

"경희, 우리 힘을 합쳐 사주영 부회장이 못 이룬 꿈을 펼쳐보자고."

정란은 주말에 이경희의 문제를 보고하러 사광구 회장을 찾아갔다.

"아버님, 그이의 과거에 대해서 보고드릴 일이 있어서 찾아뵈었습니다."

"보고할 일이라니? 네 선에서 해결하기 어려운 일이냐?"

"이런 말씀을 드리면 아버님이 충격을 받으실지 모르겠는데, 그이가 내연녀를 두었더군요."

"너는 주영이가 바람을 피운 거 지금까지 모르고 있었냐?"

"아버님은 그이가 다른 여자를 본 걸 벌써 알고 계셨군요?"

정란은 놀랍다 못해 기가 막혔다. 부자가 함께 감쪽같이 속일 줄은 꿈에도 생각 못 했던 것이다. 정란은 철저히 소외당하고 무시당했다는 생각을 하자 분노가 목구멍까지 치밀어 올라왔다. 사광구 회장은 벌겋게 달아오른 정란의 얼굴을 살피고는 변명처럼 말했다.

"몇 년 전에 나에게 젊은 여자를 두었다고 이실직고하더라. 물론 너한테도 이 사실을 밝힌 줄 알았다."

"저는 얼마 전에야 이 사실을 알았습니다."

"너 보기보다 눈치가 어두운 편이구나."

"저는 사람을 의심하는 걸 좋아하지 않습니다. 가능하면 사람을 믿는 성격입니다."

"이 험한 세상에 믿을 놈이 어디 있나?"

"그러면 아버님도 믿어서는 안 되겠네요?"

"믿든 말든 네가 알아서 해라."

"달리 얘기하면 아버님도 저를 믿지 않으신다는 말씀이네요."

"나는 오직 믿는 건 돈뿐이다."

"그래서 수단과 방법을 안 가리고 돈을 벌어 거대 재벌 회장이 되셨군요?"

"틀린 말은 아니다."

"아버님, 역시 천한 장사꾼이시군요."

정란은 야단맞을 각오를 하고 빈정거렸다. 사광구는 화를 내는 대신 여자를 둔 책임을 정란에게 돌렸다.

"그리고 주영이가 다른 여자에게 눈을 돌린 건 너에게도 일말의 책임이 있다고."

"아버님, 제가 뭘 잘못했다는 말입니까?"

"그거야, 네가 모르면 누가 알겠느냐?"

"말씀 빙빙 돌리시지 말고 뭐가 부족해 보였는지 말씀해 주세요."

"자식 생산 못 한 건 그렇다 치고, 나나 주영이가 수사를 받을 때 여러 번 법조계에 있는 너희 집 어른들에게 힘 좀 써달라고 부탁했는데도 들은 척도 하지 않았다면서? 주영이는 잠자리나 함께하고 집에서 살림만 하는 아내보다는 어려움을 처했을 때 힘이 돼 주는 아내를 원했다."

"결론은 제가 정성그룹의 며느리로서 부적격자였다는 말씀이군요."

"알았으면 그만 물러가라!"

회장이 노골적으로 며느리의 역할을 못 했다고 비난하자 정란은 허파가 뒤집히려고 하였다. 정란은 이성을 잃고 시아버지에게 야유를 퍼부었다.

"역시 제 됨됨이 보다는 집안을 보고 저를 며느리로 삼으셨군요."

"당연한 거 아니냐? 이 험악한 세상을 살아가려면 힘 있는 사람과 사돈을 맺는 것도 하나의 생존 방법 아니냐?"

"이제 보니 결혼하지 말아야 할 사람과 결혼한 제가 바보였군요?"

정란은 독 오른 살모사처럼 고개를 바짝 쳐들고 사광구를 공박하였다. 회장은 정란의 비난에 더 이상 대꾸하기 싫은지 슬금슬금 집무실에서 나갔다.

'노인네, 궁지에 몰리니까 구렁이 담 넘어가듯 슬그머니 자리를 피하는구먼.'

동
심

정란은 문화재단 이사장에 취임하기 전에는 시를 써서 가끔 스마트폰으로 SNS에 업로드 하곤 했다. 업로드 하면 '그림쟁이'라는 남자가 '좋아요'를 제일 먼저 누르거나 댓글을 달았다. 다른 사람들은 정란의 프로필 사진을 보고 '아름답습니다', '미인이십니다', '보기 좋습니다' 등등 평범하고 식상한 댓글을 달았지만, '그림쟁이'는 '깊은 호수처럼 눈이 신비롭고, 얼굴이 봄 장미처럼 화사하네요.'라고 정감 어린 댓글을 달았다. 시를 올렸을 때도 다른 사람들은 '잘 읽었습니다', '시를 잘 쓰시네요'라는 댓글을 달았지만, 그는 '가슴이 뭉클하고, 시어가 화려하면서 애상적이네요. 감동적인 시 자주 올려주세요.'라고 썼다.

　　정란은 '그림쟁이'가 자신에게 깊은 관심이 있는 남자라고 추측했다. 그리고 여자가 좋아하는 행동과 말만 하고, 여자를 공주나 여왕처럼 떠받들어 주는 남자일 거라고 상상했다. 그와의 친밀한 대화가 계속되자 정란은 자신도 모르게 남편과 '그림쟁이'를 자꾸 비교하는 버릇이 생겼다.

남편은 대학에서 경제학을 전공하고, 회계사이어서 그런지 계산적이고, 사무적이었다. 감정이 없는 목석과 대화하는 느낌을 받을 때도 많았다. 그뿐만 아니라 나이가 들자 남편은 알맹이만 쏙 빼먹고 난 귤껍질처럼 허투루 취급하고, 짜증 섞인 목소리로 쏘아붙이기 일쑤였다.

호정란이 첫 시집을 냈을 때 일어난 일이었다.

정란은 모 대학교 평생교육원에서 2년 동안 시 작법 강의를 들었다. 정란은 강사의 권유로 그동안 써 놓은 시를 다듬어 첫 시집을 냈다. 정란은 첫 번째 시집이어서 성대한 출판기념회를 계획했다. 그런데 남편이 출판기념회를 김빠지게 만들었다.

"아무래도 나는 바빠서 출판기념회에 참석하지 못하겠어."

"당신, 갑자기 그게 무슨 말이에요?"

"정성전자 합작 투자 조인식을 하러 인도에 출장 가야 한다고."

"하필, 첫 시집 출판기념회 때 해외 출장을 가다니, 당신 참석하기 싫어 일부러 출판기념회 날짜에 맞춰 출장 스케줄 잡은 거 아냐?"

정란은 화가 나 반말로 남편에게 쏘아붙였다. 남편도 눈을 부라리며 맞받아쳤다.

"그따위 시집 낸다고 돈이 들어오나 밥이 나오나? 출판기념회가 뭐가 중요하다고 짜증을 부리는 거야?"

"천지호텔에 200명이나 초청했는데 당신이 빠지면 어떻게 하냐구?"

"뭐? 200명이나 초청해? 당신 정신 홀라당 나간 거 아냐?"

"처음 갖는 시집 출판기념회인데 성대하게 치르는 게 당연하잖아?"

"돈이 썩어나는 모양이구먼! 최소한 1인당 5만 원짜리 밥을 준다고 가정해도 천만 원이 달아날 텐데, 아이고! 아까워라."

"이럴 때 쓰려고 죽으라고 돈 버는 거 아냐?"

"호정란 여사! 정신 차리시지. 대한민국에는 1,000원짜리 라면으로 끼니를 때우는 사람이 아직도 부지기수인 거 모르나?"

"못 사는 사람들 얘기 또 하네. 이제는 하도 많이 들어 귀속이 헐겠다구."

"당신, 그따위 일에 돈을 펑펑 쓰면 월급 타서 한 푼도 안 줄 테니 알아서 해. 신용카드도 모조리 정지시켜 놓을 테니 각오해!"

"내가 돈 쓰는 게 그리 아까우면 이혼하자고."

"좋아! 말 나온 김에 우리 당장 이혼 수속 밟자."

"그러면 이 집은 내 명의로 돼 있으니까 당신이 보따리 싸 갖고 당장 나가라구."

"가벼운 중이 나가야지, 무거운 절 보고 나가라니, 말도 안 되는 소리 작작해."

주영이 입술을 비틀며 빈정거리자 정란은 막말을 서슴없이 내뱉었다.

"꼴도 보기 싫으니까 당장 내 앞에서 꺼져!"

"이 여편네, 막 나가기로 작정했구먼!"

"그래, 당신 때문에 나 미쳤다!"

정란은 눈물을 질금거리다가 물컵을 주영에게 내던졌다. 주영이 잽싸게 몸을 피하는 바람에 컵이 거실 바닥에 떨어졌다. 쨍그랑하는 날카로운 파열음과 함께 컵이 산산 조각나고 말았다. 주영은 더 이상 싸우기 싫어 2층 서재로 슬금슬금 도망치고 말았다. 부부싸움의 결과는 항상 정란의 완패로 끝났다. 싸움을 하면 주영은 몇 날 며칠 정란에게 눈길 한 번 주지 않고 냉전 상태를 유지하곤 하였다. 심하면 출장을 핑계로 집을 비우는 날도 많았다.

정란은 남편이 자신에게 무심한 건 성격 탓도 있지만, 그가 맡은 업무가 과중해 벌어지는 일로 치부하였다.

'사주영은 정성그룹의 2인자로 천문학적인 재산과 50여 개가 넘는 계열사에서 끊임없이 일어나는 복잡한 사건들, 그리고 무소불위의 권력을 소유한 회장인 아버지의 위세에 눌려 고민하고, 갈등하고, 힘겨워하고, 허우적거리다 보면 나에게 관심을 가질 마음의 여유가 없는지도 몰라.'

한동안 얼굴을 내밀지 않던 그림쟁이가 SNS에 다시 나타났다. 정란은 작품 전시회를 연다는 안내문을 보고 반가운 마음에 게시물을 공유하였다. 게시물이 삭제될지 몰라 수첩에 전시 장소와 일정을 메모해 놓았다. 정란은 작품 전시회를 축하한다는 댓글을 올리었다. 그러자 그는 감사하다고 답장 글을 달았다. 정란은 그와 영영 단절된 줄 알았다가 다시 연결되자 반갑고 기뻤다.

정란은 '그림쟁이'의 작품 전시회에 가려고 토요일인데도 일찍 헤어숍에서 머리를 손질하였다. 그리고 간단한 얼굴 마사지도 받았다. 정란은 젊게 보이려고 밝은 색상의 옷을 골라 입고 집을 나섰다. 정란은 운전하기 싫어 승용차를 집에 놔둔 채 전철을 타고 그림쟁이의 미술 작품 전시장을 찾아갔다. 전시장은 강북에 있는 허름한 빌딩의 2층이었다.

'이런 장소에서 전시회를 열면 사람들이 잘 찾아오지 않을 텐데, 좋은 장소를 빌릴 돈이 없는 모양이구먼.'

정란은 덜컹거리는 엘리베이터를 타고 2층에서 내렸다. 전시장은 오랫동안 비워 놓은 사무실처럼 썰렁했다. 전시장 앞쪽 테이블에 모자를 푹 눌러 쓰고 수염이 덥수룩한 중년 남자와 청바지를 입은 젊은 여자가 나란히 앉아 있었다. 중년 남자가 자리에서 일어나 고개를 숙여 정란에게 정중히 인사를 하였다. 젊은 여자가 사인펜을 집어 정란에게 내밀었다. 정란은 방명록에 이름을 쓰고는 사인을 한 다음 나직한 목소리로 남자에게 물었다.

"작가님이세요?"

"네, 그림쟁이 오하섭이라고 합니다."

"축하드립니다. 그리고 만나서 반갑습니다."

정란은 손을 내밀어 악수를 청하였다. 하섭은 멈칫거리다가 슬며시 정란의 손을 잡았다. 정란은 얼굴에 엷은 미소를 띠고는 자기를 소개하였다.

"실은 작가님의 SNS 친구인 호접란(호정란의 별명)입니다."

하섭은 빨리 알아보지 못한 걸 사과하면서 정란을 치켜세웠다.

"아! 그러세요? 죄송합니다. 사진과 실물하고는 많이 다르네요. 실물이 더 우아하고 젊어 보이는데요."

"예쁘게 봐주셔서 고맙습니다."

정란은 정갈한 이를 살짝 드러내고 볼웃음을 지었다. 보조개가 무척 인상적이었다. 하섭은 허둥대다가 옆에 앉아 있는 심애진에게 말했다.

"애진 씨, 호 여사님 모시고 이 앞에 있는 커피숍에서 차 한 잔 마시고 올 테니 자리를 지키고 있어요."

"네! 다녀오세요."

하섭은 앞장서서 전시장을 나왔다. 하섭은 정란과 함께 엘리베이터를 타고는 1층으로 내려왔다. 하섭은 건물 옆에 있는 커피숍으로 정란을 데리고 갔다. 정란이 자리에 앉자 하섭이 물었다.

"무슨 차를 좋아해요?"

"커피 마시지요."

하섭은 카운터로 가더니 잠시 뒤 쟁반에 커피를 얹어 갖고 자리로 돌아왔다. 정란은 하섭의 얼굴을 유심히 살펴보다가 뜬금없는 질문을 하였다.

"작가님, 혹시 초등학교 때 봉천동에서 살지 않았어요?"

"어! 그걸 어떻게 아세요?"

하섭은 놀란 눈을 하고 정란의 얼굴을 뚫어지게 바라보다가 입을 열었다.

"아! 호정란?"

"그래!"

"이게 웬일이지?"

하섭의 얼굴에 반가움과 놀라움이 번갈아 스쳐 지나갔다. 정란 역시 반가워 어쩔 줄 몰랐다. 정란은 다시 한 번 악수를 하자고 손을 내밀었다. 정란은 악수를 끝내고는 작품 전시회에 온 이유를 털어놓았다.

"내가 SNS에 시를 올리면 하섭 씨가 정성스러운 댓글을 달아 주어 도대체 어떤 남자인가 궁금해서 왔어."

"나는 SNS에서 정란 씨 얼굴 사진을 볼 때마다 보조개가 인상적이어서 관심을 많이 가졌지."

"둘이 텔레파시가 통했다는 말이네. 호호호."

정란은 몸을 흔들며 유쾌한 웃음을 터뜨렸다. 정란은 웃음을 거두고는 잠시 입을 다물었다. 하섭에게 무엇부터 물어야 좋을지 마음속으로 우선순위를 정하는 데 시간이 필요했던 것이다. 정란은 커피 한 모금을 마시고는 조심스럽게 질문하였다.

"본격적으로 그림을 그리기 시작한 건 언제야?"

"고등학교 2학년 때 전국미술대회에서 우수상을 받았는데, 그때부터 미술가가 되기로 결심했지."

"결혼은 했어?"

"음, 나 같은 가난뱅이 그림쟁이한테 여자가 따라붙겠어?"

하섭은 쓸쓸하게 웃고는 정란의 옷차림과 팔찌며, 귀걸이를 훔쳐보다가 말머리를 얼른 다른 데로 돌렸다.

"정란 씨는 남편을 잘 만났는지 지체 높은 집 귀부인 같아 보이네."

"그래? 하섭 씨 만나려고 모처럼 멋 좀 냈지."

"하여튼 전시회에 와줘서 감사해."

하섭은 이야기를 나누다가 작품 전시장을 오래 비워 놓으면 안 될 거 같아 자리에서 일어났다. 정란은 시계를 보더니 하섭에게 뚱딴지같은 말을 했다.

"나 집에 일찍 가봐야 특별히 할 일도 없는데 점심이나 함께하자고."

"그러지 뭐."

하섭은 마지못해 대답하고는 서둘러 커피숍에서 나갔다. 정란은 커피숍을 나가는 하섭의 뒷모습에서 궁핍과 불안을 읽었다.

'꺼칠한 얼굴이 몹시 피곤해 보이는구먼. 초라하고 빈티가 철철 넘치고. 하긴 무명화가가 그림만 그려서 생계를 유지한다는 게 쉬운 일은 아니지. 내가 도와줄 게 없을까? 아! 관람객이 많이 찾아오고, 그림이 많이 팔리게 전시회를 홍보해 주는 것도 나쁘지 않겠구먼.'

정란은 가방에서 휴대폰을 꺼내더니 청산일보 황세화 기자에게 전화를 걸었다.

"세화야! 나 이모야."

"어머! 이모가 어쩐 일이세요?"

"다름이 아니고 취재 좀 부탁하려고."

"이모, 시집 또 냈어요?"

"그게 아니고 내가 잘 아는 아티스트가 작품 전시를 시작했는데 기사화시켰으면 해서."

"전시회장 위치와 작가 이름을 알려줘요."

"알았다. 전시회 안내장을 스마트폰으로 찍어 보내 줄게."

"오늘 다섯 시쯤 취재하러 간다고 작가에게 전해 주세요."

"세화야, 고맙다."

정란은 황세화 기자와 통화를 마치자마자 휴대폰으로 하섭의 작품 전시회 안내장을 찍어 전송하였다.

청산일보는 국내 신문 중 구독자 수가 두 번째 많은 신문이었다. 신문사 지분 중 정성그룹 계열사들이 우회적으로 60%를 갖고 있었다. 그래서 신문사의 대표이사 선임은 정성그룹 경영전략실에서 좌지우지하였다.

정란은 커피숍에서 기다리다가 12시 20분쯤 하섭과 함께 근처 일식집으로 점심 식사를 하러 갔다. 정란은 생선 초밥과 소주 한 병을 주문하였다. 하섭은 정란이 소주를 주문하자 놀란 표정을 지으며 물었다.

"정란 씨, 대낮에 술을 마시나?"

"기분 좋으면 식사할 때에 소주 반병은 마셔."

정란은 애주가인 양 당당하게 말했다.

"언제부터 술을 마시기 시작했지?"

"술꾼이 된 건 꽤 오래됐어."

"따분할 때 적당히 술을 마시면 기분 전환이 되긴 하지."

"소주 한 병 정도 마시면 평소에는 안 떠오르던 시상이 뭉게구름처럼 피어올라 하룻밤에 시가 두서너 편씩 써지기도 하더라고."

정란은 대낮부터 소주를 마시는 이유를 그럴듯하게 합리화시켰다. 하섭은 정란의 기분을 맞춰주려고 한술 더 떴다.

"옛날부터 불후의 명작을 남긴 시인치고 술을 멀리한 사람은 없지."

"그런 의미에서 우리 건배하자고!"

정란은 소주잔을 힘차게 들어 올렸다. 정란은 "아티스트 하섭의 성공적인 전시회를 위하여!"라고 외치고는 단숨에 술잔을 비웠다. 하섭도 얼떨결에 소주잔을 비웠다. 식사가 거의 끝나가자 정란은 조심스럽게 입을 열었다.

"하섭 씨, 5시쯤 청산일보 기자가 취재차 찾아올 테니 그리 알아."

"청산일보에서 기자가 온다고? 정란 씨가 부탁했나?"

"황세화 기자라고 언니 딸이야."

"…?"

하섭은 고맙다는 말을 할까 말까 망설이었다. 자신의 전시회가 메이저 신문에 기사화되는 건 환영할 일이었다. 하지만 정란이 은근히 자신의 위세를 과시하는 것 같아 배알이 뒤틀렸다. 하섭은 자신의 속내를 직설적으로 표현하지 않고 에둘러 말했다.

"내가 봐도 내 작품이 마음에 안 드는데 기사화되면 비웃음을 사는 거 아닌지 모르겠네."

"전문가는 아니지만 그림이 해학과 분노 그리고 치열하고 강렬한 색채가 잘 어우러져 주목받기에 충분한데, 하섭 씨, 지나치게 겸손을 떠는 거 아냐?"

"정란 씨, 듣기 좋은 말만 골라 하는구먼."

"하섭 씨는 그림 그리는 데 천부적인 재능을 갖고 태어났잖아. 초등학교 때 그림을 잘 그려서 내가 강남으로 이사 가면서 초상화를 그려 달라고 부탁도 했고."

"나도 그 얘기를 할까 말까 했는데 정란 씨도 기억하고 있구먼."

하섭은 초등학교 때 겪었던 추억의 실타래를 풀어헤치기 시작했다.

정란과 하섭은 초등학교 다닐 때 같은 반에서 공부하였다. 하섭은 집이 가난해 초등학교 4학년 때부터 신문을 배달했다. 아버지가 없는 탓에 하섭이 어머니는 시장에서 채소 장사를 해 하섭을 비롯한 동생 둘을 먹여 살렸다. 하섭은 봉천동 산꼭대기 허름한 판잣집에서 살았다. 수압이 약해 밤 12시나 돼야 수돗물이 졸졸 나오는 빈민가였다. 큰 고무대야에 수돗물을 새벽까지 받아야만 하루 동안 쓸 물이 고였다.

정란은 5학년 봄에 하섭이 무단으로 이틀이나 결석하자 궁금증이 일어 단짝 친구와 함께 하섭의 집을 찾아갔다. 집에 가보니 하섭은 자전거를 타고 신문 배달을 하다가 넘어져 다리가 부러지는 바람에 깁스를 한 채 방에 누워 있었다. 하섭은 병원에 입원할 처지가 안 돼 다리에 판자 두 개를 대고 천으로 묶은 뒤 뼈가 굳기를 기다리는 중이었다. 정란은 하섭의 딱한 사정을 같은 반 학생들에게 알리고 병원비를 모금하였다. 물론 정란이 잘살아 가장 많은 돈을 냈다. 정란은 친구 한 명과 모금한 돈을 갖고 하섭의 집을 다시 방문해 어머니에게 전해 드렸다.

"아이구! 착하기도 하지 십시일반으로 돈을 추렴해서 갖고 오다니!"

하섭 어머니는 고맙고 부끄러워 치맛자락으로 눈가를 훔치었다. 이마에 땀방울이 송골송골 맺혀 있는 아이들을 안쓰러운 눈빛으로 바라보다가 하섭 어머니는 비닐 문을 열고 부엌으로 들어갔다. 잠시 뒤 하섭 어머니는 사카린을 탄 물을 컵에 부어 손으로 들고 왔다. 그리고는 정란과 다른 아이에게 마시라고 건네주며 말했다.

"우리 집에는 설탕이 없어 사카린을 탄 물이지만, 산 말랭이까지 올라오느라고 목이 탈 테니께 이거라도 마셔."

아이들은 물을 반쯤 마시고는 달다 못해 쓸쓸해 이맛살을 찡그리고는 서로 얼굴을 쳐다보았다. 친구들이 차마 말은 못하고 이맛살을 찡그린 이유를 알아차린 하섭은 창피해 쥐구멍에 숨고 싶은 심정이었다.

정란은 5학년 2학기 때 봉천동에서 강남으로 전학을 갔다. 정란은 고급 아파트로 이사 간다고 자랑단지를 늘어놓았다. 하섭은 정란을 부러운 눈으로 바라보며, 일찍 돌아가신 아버지를 또 한 번 원망하였다. 정란은 이사하기 전날 하섭을 그녀의 집 근처 공원으로 데리고 가더니 새로 산 책가방을 선물로 주었다. 책가방 안에는 연필, 책받침, 연필깎이, 그리고 크레용과 도화지가 들어 있었다. 하섭은 전학하는 정란에게 선물을 주기는커녕 거꾸로 선물을 받자니 염치가 없을 뿐 아니라 미안해 견딜 수가 없었다. 하섭은 정란이 책가방과 학용품을 주는 이유가 궁금해 물었다.

"정란아, 이거 왜 주는 거냐?"

"씩씩하게 살아가는 네가 부러워서."

"내가 부럽다고? 너, 날 놀리는 거냐?"

하섭은 이맛살을 찡그리고는 화를 버럭 냈다. 정란은 아차 말을 잘못했다 싶어 재빨리 말을 바꾸었다.

"그게 아니고, 그림을 잘 그리는 네게 부탁할 게 있어서 선물을 주는 거야."

"부탁할 거라니, 그게 뭔데?"

"내가 강남으로 이사하면 편지로 집 주소를 알려줄 테니까 내 초상화를 그려서 우편으로 보내달라고."

"음, 그래서 크레용과 도화지를 산 준 거구나?"

"그렇다니까. 그러니까 기분 좋게 책가방을 받아도 돼."

하섭은 정란의 말을 곧이곧대로 믿고 슬그머니 손을 내밀어 가방을 받았다. 정란은 가방을 준 뒤 집안 형편이 어려워 항상 기가 죽어 있는 하섭에게 용기를 북돋워 주었다.

"하섭이 너는 그림 그리는 재주가 뛰어나 어른이 되면 틀림없이 유명한 미술가가 될 거야."

"그냥 심심해서 그려보는 건데 내가 어떻게 유명한 미술가가 되냐?"

"유명한 미술가가 되겠다는 꿈을 버리지 말고 죽으라고 그리다 보면 안 되라는 법이 없다고. 너는 틀림없이 유명한 미술가가 될 테니까 두고 봐."

"정란아, 고맙다. 나를 잘 봐줘서."

하섭은 집안 형편이 어려워 같은 반 아이들한테 무시당하고 따돌림당하는 자신에게 관심을 가져 준 정란이 너무나 고마웠다. 하섭은 정란의 가슴에 안겨 엉엉 울고 싶었지만 참았다. 하섭은 손등으로 눈가를 문지르고는 정란에게 굳게 약속했다.

"그래, 꼭 유명한 미술가가 될게."

하섭은 집에 돌아오자마자 몽당연필이 빠져나갈 만큼 밑구멍이 다 해진 책가방을 쓰레기를 담아두는 마대자루에 버렸다. 그리고 정란이 준 책가방에 교과서와 공책을 가지런히 챙겨 넣었다. 하섭은 도화지를 펼쳐놓고 정란의 초상화를 그리기 시작했다. 시간이 지나면 정란의 얼굴을 잊을까 걱정되어 서둘렀던 것이다.

정란의 해맑은 얼굴, 호수같이 깊은 눈, 웃을 때마다 볼에 파이는 예쁜 볼우물, 칠흑같이 까만 머리칼. 우윳빛 뽀얀 손, 하섭은 일주일에 걸쳐 정란의 초상화 세 장을 그렸다. 그리고는 초상화를 둘

둘 말아 고무줄을 두른 뒤 식구들의 손길이 안 닿는 높은 선반에 숨기고는 정란에게서 편지가 오기를 애타게 기다렸다. 하지만 일주일을 기다려도 정란에게서 편지가 오지 않았다. 바빠서 편지를 늦게 붙여 아직 도착하지 않았을 거라고 위안하면서 하섭은 열흘, 보름, 아니 한 달을 애타게 기다렸다. 야속하게도 정란의 편지는 한 학기가 끝나도 오지 않았다.

거짓말쟁이! 나쁜 계집애!

하섭은 화가 나 정란에게 욕을 퍼부었다. 하섭은 정란이 밉다 못해 분통이 터져 그녀가 선물한 가방을 송곳으로 콕콕 찌르다가 방바닥에 내던지고 발로 마구 짓밟기도 하였다. 아니, 가방을 발기발기 찢어 쓰레기통에 버릴까 하다가 참았다.

서너 달 뒤 하섭은 정란의 초상화 세 장 중 두 장은 버리고 가장 마음에는 것을 접어 벽에 걸어 놓은 아버지 사진틀 안에 숨기었다. 아버지 사진틀은 아무도 건드리지 않을 뿐 아니라 버려질 위험이 전혀 없기 때문이었다. 하섭은 언젠가 정란을 만나면 초상화를 전해 주겠다고 벼르고 별렀다. 하지만 여기저기 이사를 다니다가 정란의 초상화가 없어지는 바람에 유야무야 되고 말았던 것이다.

"정란 씨는 그때나 지금이나 나이가 든 것 말고는 변한 게 하나도 없네."

"변한 게 없다니 그게 무슨 뜻이야?"

"그때도 오지랖 넓게 앞장서는 거 좋아하고 부자라는 걸 자랑하고 싶어 엉뚱한 짓을 해 나를 애태우더니, 오늘은 정란 씨 마음대로 기자를 부르고."

하섭은 퉁명스럽게 정란을 비난하였다. 정란은 기자에게 취재를 부탁한 이유를 솔직히 털어놓았다.

"경솔한 행동이긴 하지만, 하섭 씨가 유명세를 타서 작품이 많이 팔리기를 바라고 기자를 내 마음대로 부른 거야."

"신문 한 귀퉁이에 기사 몇 줄 났다고 유명해지고, 내 작품이 갑자기 잘 팔릴까?"

"물론 작품이 좋으면 기사가 안 나도 잘 팔리겠지. 하지만 대한민국에 그림을 그리는 아티스트가 한둘이야? 기라성 같은 작가들도 그림이 안 팔려 죽을 지경인 거 하섭 씨도 잘 알잖아?"

"안 팔리면 할 수 없는 거지 뭐."

"하늘에서 뚝 떨어진 별종이 아닌 이상 화가도 밥은 먹고 살아야 할 거 아냐?"

"맞는 말이기는 하지만, 정란 씨 도움을 받으면서까지 작품을 팔기는 싫다고."

하섭은 자존심이 상했는지 정란에게 계속 불만을 털어놓았다. 정란은 입바른 말을 하려다가 참았다.

그때 하섭의 호주머니에서 휴대폰 벨이 울리었다. 하섭은 자리에서 후다닥 일어나 휴대폰을 귀에 댄 채 밖으로 나갔다. 하섭은 통화를 마치고는 심각한 얼굴을 하고 다시 식당으로 들어왔다. 하섭은 서둘러 밥값을 내고는 정란에게 양해를 구했다.

"정란 씨, 지금 급히 가 볼 데가 있어서 나 먼저 나갈게."

"무슨 일인데 쫓기는 사람처럼 허둥대는 거야?"

"정란 씨, 미안해."

하섭은 큰길로 정신없이 뛰어가더니 택시를 잡아탔다.

정란은 불길한 예감이 들어 집에 가지 않고 식당을 나와 작품 전시장으로 다시 갔다. 전시장에 가 보니 겨우 두 사람이 그림을 관람하고 있었다. 심애진이 책상에 앉아 휴대폰으로 누군가와 통화를 하고 있었다. 통화를 마친 애진은 정란에게 먼저 말을 걸었다.

"사모님, 커피 타 드릴까요?

"한 잔 주세요."

"블랙커피를 좋아하시죠?"

"믹스 커피도 잘 마셔요."

정란은 애진이 타다 준 커피를 마시다 말고 하섭에 대해서 넌지시 물었다.

"하섭 씨가 식당에서 전화를 받고 어디론가 급히 가던데 무슨 일이에요?"

"…"

애진은 아무런 대꾸도 하지 않았다. 정란은 궁금증이 일어 애진에게 다시 물었다.

"하섭 씨한테 무슨 일이 생긴 거 맞죠?"

"선생님 가정일이라 말씀드리기 곤란합니다."

"애진 씨, 급한 일 같은데 말해 보세요."

"선생님 오시면 직접 물어보세요."

애진은 짜증 섞인 목소리로 대꾸했다. 정란은 불쾌해 얼굴을 붉히었다. 정란은 심호흡하고는 애진을 설득하였다.

"하섭 씨하고는 초등학교 때 절친하게 지낸 사이였으니까 가정일을 얘기해 줘도 괜찮아요."

"사모님, 입장 난처하니까 선생님 올 때까지 기다리세요."

애진은 울상을 지으며 사정하였다. 정란은 끈질기게 애진을 설득하였다.

"애진 씨, 하섭 씨를 도와주고 싶어서 꼬치꼬치 캐묻는 거니까 오해하지 말고 귀띔만 해 주세요."

"사모님께 이런 말씀드리면 실례가 되겠지만, 사모님과 선생님이 친구 사이라는 점 외엔 저는 아는 바가 하나도 없잖습니까? 그런 분에게 가정 사정을 시시콜콜 다 밝힌다는 건 선생님에게 큰 실례가 됩니다."

"좋아요, 내 신분을 밝힐 테니 애진 씨도 내 개인 비밀을 지켜줄 수 있죠?"

"그거야, 물론입니다."

애진은 약간 겁먹은 얼굴을 하고 떨리는 목소리로 대답하였다. 정란은 지갑에서 명함을 꺼내 애진에게 건네주며 신분을 밝히었다.

"실은 나, 정성그룹 문화재단 이사장이에요."

"아! 그러세요?"

애진의 눈이 갑자기 똥그래졌다. 애진은 눈빛으로 사과를 하고는 그제야 하섭의 어려운 처지를 털어놓았다.

"선생님 어머니께서 현재 암 투병 중이에요. 약 15개월 전에 췌장을 수술했는데 다른 장기로 전이돼서 상태가 몹시 안 좋은 것 같아요."

"아! 그렇군요. 쯧쯧⋯."

정란은 안 됐다는 듯이 혀를 찼다. 애진은 축축이 젖은 목소리로 하섭이 어머니의 병세를 구체적으로 설명해 주었다.

"어머니 상태가 심각해서 조금 전에 선생님이 병원으로 달려가신 거예요."

"어마나! 이를 어째!"

정란은 마치 자기 식구에게 닥친 일처럼 안타까워했다.

애진은 내친김에 경제적으로 고통을 받는 하섭의 처지를 낱낱이 밝히었다.

"실은 작가님이 어머니의 병원비를 마련하려고 급히 작품 전시회를 열었어요. 그동안 어머니 병원비 대느라 친척이나 친구들한테 많은 돈을 빌렸는데, 그걸 갚지 못해 빚 독촉에 시달리고 있어요. 현재 집에 들어갈 수 없어 남의 집에서 숨어 살고 있어요."

애진의 이야기를 듣고는 정란은 한숨을 푹 내쉬었다. 벼랑 끝에 몰린 하섭에 대한 동정심과 하섭 어머니에 대한 연민이 가슴을 때렸던 것이다.

'치료비에 보태 쓰라고 거저 돈을 주면 하섭이 받지 않을 건 불 보듯이 빤하고. 곤경에 처한 하섭을 도와줄 뾰족한 방법이 없을까? 아! 그림을 사주는 거야. 가능하면 많이. 그림 값으로 돈을 주면 하섭도 거절하지 않겠지.'

정란은 전시회장을 나와 은행을 찾아보았다. 은행이 보이지 않아 지나가는 여자에게 물어보았다. 여자는 300여 미터 떨어진 대로변에 은행이 있다고 알려주었다. 정란은 은행으로 달려가 현금 인출기에서 현금카드로 5만 원권 200장을 뽑았다. 인출기 옆에 비치된 은행 봉투에 돈을 담아 백 안에 넣고는 골목 안쪽에 있는 카페를 찾아갔다. 정란은 가슴이 답답하고 갈증이 나 맥주 두 병을 주문하였다.

헐레벌떡 병원에 도착한 하섭은 중환자실로 달려가 입이며 팔 등에 호스가 주렁주렁 매달려 있는 어머니의 손을 잡았다. 어머니의 싸늘한 체온에 몸이 오싹했다. "어머니! 나 왔어." 하고 말을 걸었지만, 어머니는 대답은커녕 눈조차 뜨지 못하고 힘겨운 호흡만 계속하고 있었다. 하섭은 어머니를 위해 아무것도 해 줄 수 없는 자신을 원망하였다. 평생 호강 한 번 못한 어머니가 불쌍해 눈물이 자꾸 쏟아졌다. 하섭은 노랑꽃이 핀 어머니의 볼을 손으로 쓰다듬어 주고는 병실을 나왔다. 하섭은 어머니가 죽음의 문턱에 다다른 거 같아 의사를 찾아가 단도직입적으로 물었다.

"어머니가 얼마나 더 살겠어요?"

"암세포가 온몸으로 전이돼 항암제를 투여해도 효과가 없네요."

"살아 있는 동안 고통을 덜게 통증이나 치료해 주세요."

"모르핀을 섞은 진통제를 다량 투여하니까 통증은 못 느낄 겁니다."

"그래서 어머니가 의식이 없군요."

"안 된 얘기지만 마음의 준비는 하고 계세요."

"잘 알았습니다."

옆에서 대화를 듣고 있던 하섭이 여동생은 울음을 터뜨렸다. 여동생은 의사에게 피맺힌 목소리로 어머니를 살려 달라고 애원하였다. 하지만 의사는 무표정한 얼굴을 한 채 아무런 대꾸도 하지 않았다.

하섭은 동생에게 어머니를 지켜봐 달라고 부탁하고는 의사 방에서 나왔다. 하섭은 손으로 눈가를 훔치며 화장실로 갔다. 세면대 수도꼭지를 틀어놓고는 찬물로 얼굴을 씻었다. 얼굴을 씻어도 눈물이 계속 쏟아졌다.

하섭은 병원을 나와 전철을 타고 전시장으로 돌아왔다. 전시장에 와 보니 신문사 기자가 하섭의 그림을 둘러보고 있었다. 기자는 하섭과 인사를 나누고는 본격적으로 인터뷰에 들어갔다.

"작가님, 그림은 언제부터 그리기 시작했어요?"

"초등학교 때부터 그림 그리기를 좋아했는데, 고등학교를 졸업하고 본격적으로 작가의 길로 들어섰습니다."

"존경하는 화가는 누구세요?"

"저는 이중섭 화가를 좋아합니다."

"이중섭 화가를 좋아하는 특별한 이유라도 있습니까?"

"저와 처한 환경과 취향이 비슷하니까요."

"구체적으로 어떤 면에서 비슷합니까?"

"첫 번째는 가난하다는 게 공통점입니다. 그리고 그리움과 천진난만한 세상을 그리기 좋아하는 것도 닮았지요."

"그래서 닭과 소며, 소나무, 게 물고기 같은 것을 즐겨 그리시는군요?"

"그것도 그렇고 일부 화가들은 해외에 나가 새로운 화법을 배워서 전위적이고 실험적인 작품을 생산했지만, 저는 부모가 물려 준 가난 때문에 생계를 꾸려가기 위해 막노동을 하며 그림을 그렸습니다. 저는 새로운 미술 교육을 받을 기회가 없었습니다. 그래서 나쁘게 이야기하면 진부하고 구태의연한 면도 없지 않지요."

"그건 겸손의 말씀이시고, 제가 보기에는 구도, 채색 등 표현 기법이 독특한데요."

"좋게 평가해 주셔서 고맙습니다."

기자는 잠시 말을 멈추고는 조심스럽게 하섭에게 가정 사정에 관해서 물었다.

"제가 알기로는 어머님이 암 투병 중이시라는데, 병 수발하면서 어떻게 이 많은 그림을 그릴 수 있었는지 의아합니다."

"아시겠지만 예술가들은 막다른 골목에 몰리거나 극심한 고통을 받을 때 오히려 창작 의욕이 불타오르거든요."

"위대한 작품을 남긴 작가나 화가 그리고 작곡가 중에는 불행이나 결핍을 창작열로 승화시킨 경우가 많기는 하지요."

하섭은 자신의 치부를 까발리는 거 같아 마음이 편치 않았다. 하섭은 기자에게 조심스럽게 부탁했다.

"기자님, 제 작품에 관해서만 기사를 써주시고 개인사는 가능하면 공개가 안 되었으면 좋겠습니다."

"무슨 말씀인지 잘 알겠습니다. 그런데 한 가지만 더 묻겠습니다."

"제가 보기에는 주목을 받고도 남을 작가이신데 화단에 거의 알려지지 않은 이유가 뭐에요?"

"화단에도 정치판처럼 학연, 지연 등을 매개로 끼리끼리 모이고, 끌어주고 키워 주잖아요. 그런데 저는 그 흔한 대학교 졸업장도 없고, 각종 단체에 가입하지도 않았습니다. 물론 그런 모임에 나갈 시간적 여유도 없었고요. 그러다 보니 지금까지 변방의 무명작가로 머물고 있는 거죠."

"진정한 작가이시군요. 존경스럽습니다."

"그게 아니고 무능한 환쟁이죠."

"작가님, 시간 내주셔서 감사합니다. 앞으로 계속 명작을 그리시기 바랍니다.”

　“기자님, 수고하셨습니다.”

쌍
무
지
개

인터뷰를 마치고 기자가 돌아가자마자 하섭의 휴대폰 벨이 울렸다. 하섭은 휴대폰을 귀에 갖다 댔다. 휴대폰을 타고 술 냄새가 밴 정란의 목소리가 들려왔다.

"하섭 씨, 인터뷰는 잘 끝났어?"

"방금 끝내고 기자님 돌아갔어."

"전시장 뒤편에 있는 카페에서 맥주 마시는데 얼굴 좀 보자고."

"조금만 기다려. 곧 갈 테니까."

하섭이 통화를 마치자 애진이가 얼른 다가와 손을 모아 잡고 사과했다.

"선생님, 아무래도 제가 실수를 한 거 같아요."

"갑자기 그게 무슨 말이야?"

하섭은 의아해 애진의 얼굴을 빤히 쳐다보았다.

"호정란 여사님이 자꾸 캐물어 어쩔 수 없이 어머님이 암 투병 중이라는 사실을 밝혔습니다."

"원래 호정란 그 여자, 오지랖이 넓어 남의 일에 참견 잘한다고."

하섭은 화를 내는 대신 빈정거리는 투로 말했다. 하섭은 태연한 목소리로 애진을 안심시켰다.

"애진 씨, 없는 사실을 말한 건 아니니까 미안할 거 없어."

"선생님, 정말 죄송해요."

애진은 큰 잘못이라도 저지른 것처럼 연신 고개를 숙였다. 하섭은 걱정하지 말라고 애진의 어깨를 두드려주고는 전시장에서 나왔다.

카페에 가 보니 정란 앞에 맥주병이 세 개나 놓여 있었다. 술기운 탓인지 정란의 얼굴이 볼그족족했다. 화사한 게 마치 분홍색 호접란 같았다. 하섭이 맞은편 자리에 앉자 정란은 컵에 맥주를 부어주고는 나직한 목소리로 말했다.

"하섭 씨, 스트레스받을 일이 많을 텐데 한 잔 마셔."

"나를 여러모로 도와주려고 애써줘서 고맙구먼."

하섭은 인사 치렛말을 하고는 맥주를 단숨에 들이켰다. 정란은 피곤함에 찌든 하섭의 얼굴을 훔쳐보다가 넌지시 물었다.

"어머니 병세는 어때?"

"얼마 못 사실 거 같아."

하섭은 체념 섞인 목소리로 담담하게 대꾸했다.

정란은 잠시 뜸을 들인 뒤 백에서 돈 봉투를 꺼냈다. 그리고는 하섭의 눈치를 살피다가 슬그머니 돈 봉투를 내밀었다.

"이거 하섭 씨 작품 매입 계약금이야."

"작품 매입 계약금이라니, 자다가 무슨 봉창 두드리는 소리를 하는 거야?"

하섭은 눈을 똥그랗게 뜨고 정란을 쏘아보았다. 하섭의 표정은 무슨 개수작이냐고 욕을 퍼부을 태세였다. 하섭이 불쾌한 반응을 보일 거라고 이미 예상한 터라 정란은 크게 당황하지 않았다. 정란은 동정심에서 작품을 매입하는 게 아님을 강조하였다.

"우리 문화재단에서는 앞으로 그림 값이 오를 가능성이 있는 작가의 작품은 과감하게 사들인다고. 한마디로 돈이 될 만한 작품에 투자하는 거지."

"내 자존심 살려주려고 아주 그럴싸한 이유를 들이대는구먼. 시 쓰는 여자가 소설까지 쓸 모양이지?"

하섭은 차마 화는 낼 수 없어 신랄하게 비꼬았다. 정란도 물러나지 않고 계속 하섭을 설득하였다.

"우리 문화재단에서 근무하는 큐레이터가 작품을 평가한 다음 가격을 책정하는 게 원칙이지만, 이사장인 내 직권으로 계약할 수 있으니까 이 계약금 받으라고."

"어쨌거나 이 돈 못 받아!"

하섭은 돈 봉투를 정란 앞에 내던졌다. 정란은 정색하고 하섭을 닦아세웠다.

"하섭 씨, 암 투병 중인 어머니가 그냥 돌아가시도록 내버려 둘 거야? 자식으로서 최선은 다해야 할 거 아냐? 하섭 씨, 쓸데없는 자존심 버리라고."

"정란 씨, 내 어머니가 죽든 말든 당신이 상관할 일이 아니잖아? 당신 잘난 줄 아는데, 더 이상 내 가정일에 간섭하지 마. 할 일이 없으면 집에 가서 낮잠이나 자라고!"

하섭은 분노와 야유를 섞어가며 정란을 비난했다. 정란은 동정심 때문에 개인적으로 도와주는 게 아님을 다시 한 번 강조하였다.

"우리 정성그룹은 사회 공헌 측면에서 예술가들을 지원할 뿐 아니라, 불우하거나 소외 계층 사람들에게 많은 도움을 주고 있다고. 그러니까 내 호의를 더 이상 곡해하지 않았으면 좋겠어."

"정란 씨 그 돈 불우이웃 돕기에나 쓰라고!"

"하섭 씨, 내 성의를 이렇게 무시해도 되는 거야?"

"부탁하는데 나를 더 이상 비참하게 만들지 말라니까!"

하섭은 손으로 탁자를 두드리며 울부짖었다. 하섭은 손으로 머리칼을 쥐어뜯다가 고개를 숙이고 어깨를 들먹이기 시작했다. 정란은 착잡한 얼굴을 한 채 천장을 올려다보았다. 괴로워하는 하섭의 모습을 보고 있자니 저절로 눈시울이 뜨거워졌던 것이다. 정란은 자리에서 일어나 하섭의 옆자리로 왔다. 정란은 손으로 하섭의 어깨를 두드려주며 자상한 어머니처럼 위로해 주었다.

"하섭 씨, 하늘이 무너져도 솟아날 구멍이 있다는 속담처럼, 앞으로 좋은 날이 올 거야. 그러니 용기를 잃지 말고 힘내라고. 앞으로 하섭 씨가 좋은 그림 그릴 수 있도록 내가 열심히 응원해 줄게."

정란은 백에서 티슈를 꺼내 하섭의 손에 쥐여 주었다. 하섭은 고개를 떨어뜨린 채 티슈로 눈가를 훔치었다.

그때 하섭의 스마트폰이 요란하게 울렸다. 하섭은 스마트폰을 호주머니에서 꺼내 얼른 귀에 갖다 댔다.

"선생님! 선생님, 큰일 났어요."

전시장에서 손님을 안내하는 애진의 다급한 목소리가 하섭의 귀를 후벼 팠다.

"무슨 일인데 숨넘어가는 소리를 하는 거야?"

"어떤 남자들이 전시 중인 그림을 떼어 가겠다고 난리를 피우고 있어요."

하섭은 통화를 마치고는 자리에서 벌떡 일어났다. 하섭은 꼬리에 불붙은 개처럼 정신없이 카페를 나와 전시장으로 내달렸다. 심상치 않은 일이 일어난 거 같아 정란도 하섭을 쫓아갔다. 전시회장에 가보니 인상이 험악한 중년 남자 둘이 의자에 떡 버티고 앉아 있었다. 하섭이 전시장에 들어서자 한 사내가 의자에서 벌떡 일어나더니 다짜고짜 반말을 내뱉었다.

"당신이, 전시 중인 그림 주인이야?"

"그렇소만."

한 사내가 호주머니에서 종이를 꺼냈다. 하섭이 돈을 빌릴 때 친구에게 써준 천만 원짜리 차용증이었다. 사내는 차용증을 흔들며 하섭을 개 잡듯 족쳤다.

"쥐새끼처럼 숨으면 우리가 못 찾을 줄 알았지? 사기꾼 같은 놈!"

"입이 열 개라도 할 말이 없습니다."

하섭은 머리를 조아리며 사내들에게 굽실거렸다. 사내는 다시 한 번 하섭을 다그쳤다.

"너, 이 돈 언제 갚을 거야?"

"일주일 후에 갚는다고 친구에게 전해 주십시오."

"개 풀 뜯어 먹는 소리하고 자빠졌네. 당장 돈을 갚든지, 그림을 떼어 주든지, 둘 중 하나를 택하라고."

"미안하지만 전시회가 끝나기 전에는 그림은 넘겨 줄 수 없소."

"이 새끼! 뻔뻔하기가 얼굴에 철판을 깔았구먼?"

한 사내가 달려들어 하섭의 멱살을 잡고 흔들었다. 그때 옆에서 지켜보던 정란이 눈에 힘을 주고 사내에게 소리쳤다.

"그 돈 내가 갚아 줄 테니 멱살 잡은 손 당장 놓아요!"

사내는 믿어지지 않는지 정란의 얼굴이며, 옷차림을 훑어보았다. 정란은 보란 듯이 백에서 돈 봉투를 꺼내 책상 위에 내던지며 사내에게 명령조로 말했다.

"차용증 나한테 주고 빨리 돈 세어 봐요."

한 사내가 봉투에서 돈을 꺼내 세어 보고 난 뒤 정란에게 말했다.

"이자는 안 줍니까?"

"이자를 받으려면 채권자보고 직접 오라고 하세요."

"그게 무슨 말입니까?"

"채권자가 하섭 씨 친구라면 하섭 씨 형편이 어려운 거 빤히 알 텐데 이자까지 받아야 직성이 풀리겠습니까?"

사내는 입에 비웃음을 물고 빈정거리는 투로 정란을 반박하였다.

"친구는 친구고 거래는 거래입니다."

"당신들 내 말 안 들으면 대신 갚아 줄 수 없으니 그 돈 이리 주세요."

정란이 손을 내밀자 한 사내가 정란에게 사정하였다.

"사모님, 인심 쓰는 김에 조금만 더 쓰세요. 사실 우리도 일당을 챙기려면 이자를 받아가야 합니다. 보아하니 돈 많으신 부잣집 사모님 같은데 봐주십시오."

"절대 못 주니까 빨리 가세요. 당신들 생떼 쓰면 채권추심법 위반으로 고발할 거요."

"시팔! 오늘 재수 옴 붙었구먼!"

한 사내가 욕을 섞어가며 투덜거리더니 다른 사내에게 그만 가자고 눈짓을 하였다. 사내들은 슬금슬금 전시장에서 나갔다.

정신이 반쯤 나간 하섭은 고개를 푹 숙인 채 연신 한숨만 내쉬었다. 부끄럽고, 창피하고, 비참해 쥐구멍이라도 있으면 숨고 싶은 심정이었다. 정란은 사내들한테 회수한 차용증을 하섭에게 건네주며 위로했다.

"사람이 살다 보면 이런 일, 저런 일 다 겪기 마련이니까 괴로워할 거 없어."

"정란 씨, 면목이 없구먼."

하섭이 사과하자 정란은 애진에게 A4용지를 갖다 달라고 부탁하였다. 애진이 A4용지를 갖고 오자 정란은 물었다.

"하섭 씨, 이제 작품 나한테 팔 거지?"

"…."

하섭은 가타부타 대답하지 않았다. 자존심을 내세울 명분이 없어진 터라 거절할 수도 없고, 그렇다고 얼씨구 좋다고 반길 수도 없는 노릇이었다.

"1억 원에 작품 모두 살 테니까 간단히 약정서를 쓰자고."

"1억 원이라고?"

하섭은 눈을 껌벅이며 정란을 쳐다보았다. 정란의 제안이 믿어지지 않았던 것이다. 정란은 하섭의 의중을 떠보려고 직설적으로 물었다.

"너무 액수가 적은가?"

"그게 아니고. 그러니까…."

하섭은 작품을 얼마나 받고 팔아야 좋을지 몰라 우물쭈물했다.

정란은 가격을 후려치거나 싸게 살 의도가 없음을 다시 한 번 강조했다.

"곤경에 처한 사람 약점 이용해 작품 값 내 마음대로 정할 의도는 추호도 없으니까 받고 싶은 금액 이야기해."

"정란 씨가 주는 대로 받을게."

"그러면 2억 원에 계약하자고."

"2억 원을 쳐주겠다고?"

"하섭 씨, 그것도 적어?"

"그건 절대 아니야!"

하섭은 고개를 흔들며 강하게 부인하였다. 하섭은 롤러코스터를 탄 기분이었다. 어질어질하고, 눈에 보이는 그림들이 둥둥 떠돌아다니는 것 같기도 했다. 하섭은 1억 원에서 갑자기 그림 값을 배나 올리는 정란의 말이 농담처럼 들렸던 것이다.

"정란 씨, 그림을 샀다가 작품 값이 안 오르면 난처할 거 아냐?"

"그런 걱정은 하지 않아도 되니까 계약서나 빨리 쓰자고."

정란이 재촉하자 하섭은 A4용지에 '전시 중인 작품 40점을 2억 원에 전량 매도할 것을 약정함. 단, 작품은 전시회가 끝난 후 인도함. 오하섭'이라고 써서 사인하였다. 정란은 약정서를 접어 가방에 넣고는 하섭에게 말했다.

"1억9천만 원은 내일 오후에 하섭 씨 은행 계좌로 입금할게."

번갯불에 콩 튀겨먹듯이 계약을 체결하고 난 하섭은 불안한지 정란에게 물었다.

"정란 씨, 혹시 나중에 계약 취소하는 일은 없겠지?"

"하섭 씨가 계약 취소하자고 할까 봐 겁난다."

정란은 빙긋이 웃으며 반박하였다. 하섭이 은행 계좌를 문자로 보내자 정란은 하섭에게 부탁하였다.

"하섭 씨, 급히 할 일이 있어."

"그게 뭔데?"

"현수막을 제작해서 내일 일찍 전시장 입구에 걸어 놓으라고."

"갑자기 현수막이라니?"

"'축! 작품 전량 매진'이라고 쓴 현수막을 말하는 거야."

"그것참, 기발한 생각이다!"

정란의 반짝이는 아이디어에 하섭은 감탄하였다. 정란은 의자에서 일어나며 하섭에게 말했다.

"피곤해서 나 먼저 집에 갈게. 내일 다시 연락하자고."

"그래, 빨리 집에 가서 쉬어."

정란은 택시를 타고 집에 오면서 내일 당장 2억 원을 마련할 방법이 마땅치 않아 고민스러웠다.

'통장에는 두 달 분 생활비밖에 없는데 갑자기 2억 원을 어디서 구하지? 친정어머니한테 부탁하는 도리밖에 없어….'

다음 날 아침을 먹고 나서 정란은 친정어머니에게 전화를 걸어 2억 원을 빌려 달라고 사정했다. 친정어머니는 집에서 살림하는 여자가 갑자기 2억 원이 왜 필요하냐며 꼬치꼬치 캐물었다.

"너 돈 물어줄 일을 저질렀냐?"

"엄마, 그게 아냐."

"그런 일이 아니면 갑자기 2억 원을 빌려달라는 이유가 뭐냐고?"

"엄마, 이유는 나중에 이야기할 테니까 아버지 유산인 평창 땅 판 돈 중에서 3억 원 준다고 했으니까 달라고."

"다른 데 투자했다가 불려서 줄게."

"그 돈으로 엄마보다 더 큰돈을 벌지 모르니까 은행 계좌 보내줄 테니 오전 중으로 입금해 줘. 엄마, 알았지?"

"알았으니까 은행 계좌 알려다오."

"엄마! 기대해. 돈 왕창 벌면 반은 뚝 떼어서 엄마 줄게."

"딸 덕분에 돈방석에 앉게 생겼구먼!"

한 시간 뒤 친정어머니가 2억 원을 입금하자 그중에서 1억9천만 원을 곧장 하섭의 통장으로 이체하였다. 이체하고 나서 5분쯤 지나 자 하섭에게서 전화가 걸려 왔다. 하섭은 떨리는 목소리로 고맙다 는 뜻을 전했다. 정란은 기자들이 작품을 산 사람이 누구냐고 캐물 으면 철저히 비밀에 부쳐 달라고 하섭에게 부탁했다.

「혜성처럼 나타난 천재 화가! 이중섭 작품을 능가하는 수작 다 수 전시!」

청산일보 황세화 기자가 쓴 기사의 타이틀이었다.

정란은 신문 기사를 보자마자 SNS에 올렸다. 많은 사람이 '좋아 요'를 계속 누르고 '축하한다'는 댓글을 줄줄이 달았다.

여름 휴가철이었다.

정란은 주말에 머리를 식힐 겸 바람을 쐬러 양평 남한강 변으로 거처를 옮긴 하섭을 찾아갔다. 하섭의 새로운 거처는 허름한 농가 주택을 말끔하게 수리한 집이었다. 방이 두 칸이었는데 하나는 거실로, 다른 하나는 작업실로 쓰고 있었다. 잠은 작업실 침대에서 잘 수 있도록 꾸며 놓았다. 작업실 창문을 열자 강이 훤히 내려다 보였다. 오지라서 마트가 없고, 교통이 불편한 게 흠이었다. 정란은 집안을 둘러보고는 아쉬움을 토로했다.

"집이 조금 좁은 게 아쉽구먼."

"홀아비 혼자 사는데 이 정도면 충분하지 더 커봐야 관리하기만 힘들잖아."

"하여튼 조용하고 풍광이 좋아 화가가 살기에는 안성맞춤이구먼."

정란은 마당으로 나와 텃밭에서 싱싱한 상추와 깻잎을 보고는 하섭에게 물었다.

"하섭 씨, 나가서 삼겹살 사 올 수 없어?"

"갑자기 삼겹살은 왜 찾아?"

"삼겹살을 구워서 싱싱한 상추에 싸 먹으면 맛이 기가 막힐 거 같아."

"알았어. 차를 몰고 읍내에 가서 얼른 삼겹살 사 올게."

"하섭 씨, 삼겹살만 달랑 사오지 말고 소주도 몇 병 사 오라고."

하섭이 차를 몰고 나가자 정란은 주방에서 플라스틱 바가지를 들고 나왔다. 그리고 차 안에서 차양이 큰 모자를 꺼내 썼다. 정란은 시골 아낙네처럼 햇볕이 쨍쨍 내리쬐는 텃밭에 쪼그리고 앉아 상추를 따기 시작하였다. 정란은 상추를 딴 다음 깻잎을 땄다. 깻잎을 코에 대고 냄새를 맡아보았다. 알싸한 냄새가 코를 자극했다. 순간 정란의 눈앞에 죽은 남편 얼굴이 어른거렸다. 남편과는 이런 시골에 와서 여유롭게 시간을 보낸 적이 한 번도 없었기 때문이었다. 남편과 휴가를 가면 고급 호텔에서 잠을 자고, 비싼 양식 나부랭이나 먹고, 양주나 포도주를 마시며 상류층의 부를 즐기는 게 고작이었다. 정란은 휴가가 재미있기는커녕 고역이었다.

정란은 주방에서 상추와 깻잎을 씻어 바구니에 담아 놓고는 하섭이 돌아오기를 기다렸다. 잠시 뒤 하섭이 반찬거리와 소주를 사 갖고 돌아왔다. 사온 물건을 중에서 보관해 둘 것은 냉장고에 넣고, 당장 먹을 것은 식탁에 펼쳐 놓았다. 정란은 불판에 불을 켠 다음 삼겹살을 굽기 시작하였다. 하섭은 양념과 반찬을 식탁에 차려 놓았다. 정란은 삼겹살을 누릇누릇하게 구운 뒤 접시에 놓고 가위로 먹기 좋게 잘랐다. 하섭은 소수 병마개를 딴 다음 소주잔을 채웠다. 정란은 소수잔을 들며 하섭에게 말했다.

"하섭 씨, 새로운 둥지로 이사한 걸 축하해."

"이게 다 정란 씨 덕분이지."

"아니야, 하섭 씨가 열심히 그림을 그린 결과 작품성을 인정받았기 때문이야."

"호정란 여사님, 과찬이십니다!"

"정성문화재단 이사장 때려치우고 나도 이런 데서 시나 쓰며 살아야겠다."

"이 근처에 멋진 별장을 많으니까 하나 사둬."

"아니야, 나는 서해안 바닷가에 가서 살 거야."

"서울에서 뚝 떨어져 사는 것도 나쁘지 않지."

그들은 술잔을 부딪치며 환하게 웃었다. 그들의 웃음은 천진난만하였다. 그리고 어린애들처럼 마냥 즐거운 표정이었다. 사랑은 아니지만, 사랑보다 더 따스하고 친밀한 감정이 그들의 공허한 가슴을 듬뿍 채워 주었던 것이다.

소주 한 병이 바닥나자 정란은 또 병뚜껑을 땄다. 정란은 혀를 쏙 내밀고는 하섭의 빈 잔을 채워주며 장난기 섞인 말투로 농담을 하기 시작하였다.

"하섭 씨, 분위기가 좋아서 그런지 오늘은 술이 막 땅기네."

"그렇게 마시고 집에는 어떻게 갈 거야? 대리기사 부를 거야?"

"자고 내일 새벽에 가면 되잖아."

"누가 이 집에서 재워 준대?"

"인심 한번 고약하네. 옛날에는 잘 곳이 없으면 거지도 하룻밤 재워줬다는데, 너무 야박한 거 아냐?"

"홀아비와 과부가 한집에서 밤을 보내면 무슨 일이 일어날지 불 보듯이 빤한데 절대 재워 줄 수 없어."

"홀아비 외로움 덜어 주려고 자고 가겠다는데 거절하다니, 그 심보 이해를 못 하겠구먼."

"이왕 짝을 만들려면 젊고 순박한 여자 고를 거야."

"나는 세파에 찌들고 시들어가는 꽃이라 탐이 안 난다는 말이구먼."

"무지하게 탐나지. 하지만 정란 씨 가까이했다가 독 묻은 가시에 찔려 피를 철철 흘리며 죽을 거 같아서 두려워."

"흠, 나 같은 천사에게는 그런 가시가 없는데. 한마디로 내가 싫은 모양이구먼."

농담을 주고받다가 정란은 정색을 하고 애진과의 관계를 물어보았다.

"하섭 씨, 작품 전시장에서 일했던 애진 씨하고는 어떤 사이야?"

"애인이라고 할까? 제자라고 할까? 친구라고 할까? 한 마디로 설명하기 난해하네.”

“곤란하면 답하지 말고.”

하섭은 소주를 입안에 털어 넣고 애진과의 관계를 솔솔 털어놓기
시작했다.

“애진이와 사귄 지는 꽤 오래되었어.”

“만난 지가 얼마나 됐는데?”

“걔가 여고 3학년 때 처음으로 성관계를 맺었거든.”

“하섭 씨가 강제로 덮쳤구먼.”

“꼭 그런 건 아니야. 걔도 날 좋아했어.”

“그런데 뭐가 문제야?”

“질투가 심하고, 지나치게 집착해 짜증 날 때도 있어.”

“그만큼 하섭 씨를 좋아한다는 증거 아니야?”

“지겨워서 헤어지고 싶은 때가 한두 번이 아니었어.”

“질투가 얼마나 심한데?”

“작품 전시회 끝나고 정란 씨 때문에 대판 싸웠어.”

“싸운 이유가 뭐야?”

“정란 씨와 언제부터 만나기 시작했고, 어떤 관계냐고 추궁하잖
아. 초등학교 때 헤어진 뒤 처음 만났다고 강조해도 믿지 않더라고.”

“평상시에 하섭 씨가 믿지 못하게 행동한 거 아냐?”

“그런 행동 한 적 없어! 나 그렇게 지조 없이 이 여자, 저 여자와
사귀고 잠자고 그러는 남자 아냐!”

“흠, 정말 지조 있는 남자인지 시험해 봐야겠구먼.”

정란은 보조개를 지으며 웃었다.

정란은 취기가 오르자 비틀거리며 거실로 갔다. 정란은 소파에

등을 기대더니 티셔츠 첫 번째 단추를 풀고는 눈을 감았다. 정란의 목덜미가 땀으로 촉촉이 젖어 있었다. 하섭은 작업실에서 선풍기를 들고 와 정란이 옆에 놓았다. 바람 세기를 약에 놓고 선풍기를 작동 시켰다. 정란의 얼굴을 반쯤 가린 까만 머리칼이 선풍기 바람에 살랑살랑 나부꼈다. 잠시 뒤 정란은 몸을 부리듯이 소파에 눕더니 금세 곯아떨어졌다. 하섭은 잠든 정란의 모습을 물끄러미 바라보았다. 진한 외로움이 배어 있는 정란의 얼굴이 애처로웠다.

하섭은 탁자에 어지럽게 널려 있는 반찬이며, 술병 그리고 불판을 치울까 하다가 그만두었다. 그릇 덜그럭거리는 소리에 정란이 잠에서 깨어나게 만들고 싶지 않았다. 하섭은 하품이 나고 눈꺼풀이 자꾸 내려앉아 작업실에 들어가 잠을 청했다.

하섭은 작업실에서 한 시간 정도 잠을 자고는 눈을 떴다. 정란은 여전히 잠에 빠져 있었다. 하섭은 목이 타 냉장고에서 물병을 꺼내 갖고 마당으로 나왔다. 하늘을 올려다보니 구름이 담뿍 끼어 있었다. 하섭은 마당가 살구나무 밑에 있는 평상에 앉아 부채질을 하며 더위를 식히었다.

20여 분 뒤 정란이 흐트러진 머리칼을 손으로 매만지며 마당으로 나왔다. 스트레칭을 하며 평상에 앉아 있는 하섭에게 다가왔다.

"머리가 띵한 게 소주를 너무 많이 마셨나 봐."

"술꾼이 소주 한 병 정도 마시는 건 보통 아냐?"

"왜 이리 덥지. 비가 오려나?"

정란은 티셔츠를 들썩이며 구름 낀 하늘을 올려다보고 투덜거렸다.

"정란 씨, 답답한데 강 위쪽으로 바람 쐬러 갈까? 거긴 여기처럼 수심이 깊지 않고 강가에 돌이 널려 있어 물놀이하기가 좋아."

"그럼 얼른 가보자."

정란은 승용차 트렁크 안에 있는 가방에서 반바지를 꺼냈다. 그리고는 차 안에서 바지를 갈아입었다. 정란은 타월과 속옷이 들어 있는 가방을 들고 하섭의 차에 올랐다. 차는 동네를 가로질러 강변도로로 들어섰다. 길이 좁고 꼬불꼬불하여 속력을 내지 못했다. 정란은 강가 풍경을 바라보며 연신 감탄사를 쏟아냈다. 한참 올라가자 돌이 쫙 깔려 있는 넓은 강이 나왔다. 언뜻 봐서는 넓은 내 같았다. 강둑 위에 차를 세워놓고 그들은 냇가로 내려갔다. 물놀이하며 더위를 식히는 사람들이 여럿 보였다. 정란은 평평한 바위에 생수와 타월을 놓고는 물에 발을 담갔다. 더위가 말끔히 가시는 것 같았다. 하섭도 정란 옆에 앉아 물에 발을 담갔다. 하섭은 정란의 뽀얀 발을 보다가 놀려댔다.

"편족을 신고 사는 중국 여자 발 같다."

"왜 발이 너무 작아 보여서?"

"그 발로 걸어다는 게 참 용하다."

"걱정도 팔자네."

하섭은 정란에게 바짝 다가갔다. 그리고는 웃으며 그녀에게 물었다.

"정란 씨, 내가 발 씻어 줄까?"

"왜 남의 발을 씻어준다는 거여?"

"발이 앙증맞고 귀여워서 한 번 만져 보려고."

"발 예쁘다는 소리 평생 처음 들어 보네."

정란은 볼우물을 짓고는 하섭에게 물을 끼얹었다.

"물가에 앉아 있는 모습이 냇가에서 빨래하는 시골 색시처럼 아리땁다."

하섭은 바지 호주머니에서 스마트폰을 꺼내 연신 사진을 찍었다. 정란은 그만 찍으라고 손을 내저었다.

"지금 앉아 있는 모습 그림으로 그려서 선물할게."

"하섭 씨, 예쁘게 그려줘."

하섭은 더위를 식히고는 빈 생수병을 들고 물에 들어갔다. 돌을 떠들어 다슬기를 잡기 시작했다. 정란은 비틀걸음으로 하섭에게 다가오며 물었다.

"뭐하는 거야?"

"아욱 넣고 정란 씨 해장국 끓여 주려고 다슬기 잡는 거야. 알코올 해독에는 다슬기 국이 그만이거든."

정란도 돌을 떠들고는 다슬기를 잡기 시작했다. 물속을 허정거리고 다니다가 정란은 갑자기 "아이쿠!" 하고 소리쳤다. 정란은 이끼가 낀 돌을 잘못 밟아 미끄러지면서 곤두박질쳤던 것이다. 물살이세 정란은 일어나려고 애쓰다가 엉덩방아를 찧으며 다시 주저앉았다. 정란은 겁먹은 얼굴을 하고 하섭에게 소리쳤다.

"하섭 씨, 내 손 좀 잡아줘!"

"어린애도 아닌데 혼자 일어나 봐."

하섭은 빙글거리며 웃다가 정란의 손을 잡아 일으켰다. 정란의 티셔츠며 반바지에서 물이 뚝뚝 떨어졌다. 하섭은 두 팔로 정란을 번쩍 안아 헉헉거리며 자갈밭으로 나왔다. 하섭은 돌 위에 정란을 내려놓고는 이기죽거렸다.

"와! 쇠뭉치를 달아맨 것처럼 무지하게 무겁구먼."

"당연하지. 옷이 물에 흠뻑 젖었으니까 무거울 수밖에 없지."

"핑계 한 번 근사하구먼."

"하기야, 깡말라 빈티 나는 여자보다는 토실토실한 여자가 잠자리에서는 좋지."

하섭이 빙글거리며 놀려대자 정란은 손가락으로 하섭의 팔을 꼬집었다. 하섭은 이맛살을 찡그리고는 "아!" 하고 소리쳤다.

"먹구름이 밀려오는데 강에서 나가자."

하섭은 정란의 손을 잡고 자갈밭을 걸어 강둑으로 올라왔다. 그때 우르르 쾅하면서 천둥소리가 귀를 때렸다. 굵은 빗방울이 후두두 떨어지기 시작했다. 정란은 승용차 뒷문을 열려고 하다가 멈추고는 하섭에게 말했다.

"젖은 속옷 갈아입을 때까지 차 안에 들어오지 말고 밖에 서 있어."

"아니, 장대비를 맞으며 밖에 서 있으란 말이야?"

하섭이 볼멘소리로 쏘아붙였다.

"그게 정숙한 여자에 대한 예의이지."

"어차피 한 번은 정란 씨 나체를 봐야 하는데 오늘 보면 되겠다."

"그건 또 무슨 말이야?"

"정란 씨 누드화를 그리는 게 소원이거든?"

"모델료 얼마나 줄 건데?"

"돈은 줄 수 없고 정란 씨와 하룻밤 자 줄게."

"그 방법도 좋겠다."

정란이 하얀 이를 드러내며 웃었다. 정란은 차 뒷문을 열더니 하섭의 손을 잡아끌었다. 정란은 시트에 앉자마자 물에 젖은 티셔츠를 끙끙거리며 벗더니 등을 하섭에게 들이밀고 브래지어 후크를 따라고 재촉했다. 그리고는 등에 남아 있는 물기를 훔쳐 달라고 타월을 건네주었다. 하섭은 타월로 정란의 젖은 머리칼 훔치고는 어깨와 등의 물기를 닦아 주었다. 정란은 몸을 돌리더니 하섭의 티셔츠를 벗기려고 달려들었다. 하섭은 얼른 정란을 밀어내고는 차 안에서 튀어나왔다. 소나기가 세차게 쏟아져 차 앞문을 열고 운전석에 앉았다.

'절대 정란과 섹스를 해서는 안 돼. 정란은 잠시 갈증을 달래려고 마셨던 빈 맥주 캔을 찌그려서 쓰레기통에 버리듯, 싫증이 나면 언제라도 나를 버리고도 남을 여자야. 내가 집착하면 돈을 주고 폭력배를 시켜 병신을 만들어 놓을지 누가 아나. 그런 망신을 당하지 않으려면 친구처럼 어울리다가 적당한 기회에 각자 갈 길을 가면 되는 거야.'

정란은 승용차 뒷좌석에서 나와 운전석 옆자리로 쳐들어왔다. 정란은 죽일 놈 잡듯이 하섭을 다그쳤다.

"하섭 씨, 왜 피하는 거지? 내가 싫은 거야?"

정란은 옆으로 몸을 돌리더니 손바닥으로 하섭의 뺨을 갈기었다. 얼떨결에 얻어맞는 하섭은 화를 내기는커녕 반말로 사과했다.

"정란 씨, 실망시켜서 미안해."

"호정란 자존심을 이리 깔아뭉개도 되는 거냐구?"

"정란 씨, 우리는 사랑하면 안 돼."

"왜? 안 된다는 거야?"

"너와 사랑하면 내가 미칠지 모르니까?"

"나는 미친 사랑 한 번 해봤으면 원이 없겠다!"

정란은 차에서 후닥닥 뛰어내리더니 비를 맞으며 강둑을 따라 걸어갔다.

하섭은 정신을 가다듬고는 차를 몰아 천천히 정란의 뒤를 따랐다.

빗줄기가 약해지면서 검은 구름이 서서히 걷히기 시작하였다. 구름 사이로 해가 얼굴을 반쯤 내밀자 강 건너 언덕에 영롱한 무지개가 떠올랐다. 자세히 보니 쌍무지개였다.

정란은 무지개를 한참 바라보다가 길가에 있는 원두막으로 갔다. 정란은 노랗게 익은 참외 세 개를 샀다. 정란은 주인한테 칼을 빌린 뒤 원두막 옆에 설치한 파라솔 밑에 있는 의자에 앉아서 참외를 깎기 시작했다. 정란은 참외를 깎다가 손을 치켜들고는 악하고 외마디소리를 내질렀다. 하섭은 정란에게 뛰어와 손을 잡고 살펴보았다. 왼쪽 검지에서 검붉은 피가 뚝뚝 떨어졌다.

"아이구! 칼로 손을 베었구먼. 잠깐 기다려!"

하섭은 승용차로 달려가 타월을 들고 다시 정란에게 뛰어왔다. 하섭은 칼로 타월을 잘라 정란의 손가락을 칭칭 동여맸다.

"안 아파?"

"조금 쓰라리구먼!"

"왕비처럼 손 하나 까딱하지 않고 살아서 그런지 걸핏하면 사고를 치는구먼. 아까는 물에서 고꾸라지더니, 이젠 손가락을 베어 먹고."

"요새 내가 제정신이 아닌가 봐."

정란은 우울한 목소리로 말했다. 하섭은 정란의 얼굴을 훔쳐보고는 조심스럽게 물었다.

"정란 씨, 회사에서 좋지 않은 일 있었나?"

"죽은 남편 사주영이가 내연녀를 뒀더라고. 게다가 아들까지 낳았어."

"아이고! 충격 엄청 받았겠네!"

"충격보다는 배신감이 더 컸지."

정란은 손으로 눈가를 훔치었다. 정란은 한숨을 푹 내쉬고는 체념한 듯 모든 책임을 자신에게 돌렸다.

"내가 여자로서 매력이 없고, 아내의 역할을 제대로 못 해서 남편이 다른 여자를 본 거니까 모든 게 다 내 탓이야."

"정란 씨, 그렇게 마음먹는 게 어쩌면 상처 덜 받고, 남편에 대한 미움도 가슴에서 빨리 지울 수 있을 거여."

"그래서 적당한 시기에 사씨 집안과 인연을 끊고 새로운 삶을 시작할 거야."

"정란 씨, 아주 현명한 결정을 내렸구먼."

하섭은 용기를 내라고 정란을 한껏 치켜세웠다. 정란은 위안을 얻었는지 자리에서 일어나며 환한 표정을 지었다.

하섭은 집에 돌아오자마자 정란의 손가락에 동여맨 타월 천을 풀었다. 상처 부위에 피부 연고를 바르고는 손가락에 밴드를 감아 주었다. 정란은 소파에 기대앉더니 하섭에게 사과했다.

"하섭 씨, 아까 뺨을 때려 미안해."

"정란 씨가 스트레스만 해소된다면 얼마든지 맞아 줄 수 있어."

"그러면 한 번 때릴 때 100만 원 줄 테니 가끔 맞아 줄래?"

"아! 그 아이디어 좋네. 요새 실업자들이 득실거리는데 너도나도 그 일 하려고 눈에 불을 켜고 달려들겠는데."

"인터넷에 스트레스 해소용으로 맞아 주는 직업을 소개해 보면 인기가 짱이겠는데?"

"내가 먼저 시작해 봐야겠구먼."

"직업적으로는 곤란하고, 가끔 나한테만 맞으라고."

"알았어!"

"하섭 씨, 농담 그만하고 집에 가게 대리운전 기사 불러줘."

정란은 대리기사가 올 때까지 정자에 앉아 기다렸다. 정란은 그림을 미리 많이 그려 놓으라고 하섭에게 미리 귀띔해 주었다.

"하섭 씨, 우리 문화재단에서 미술작품을 대량 구매할 계획이니까 열심히 그림 그려 놓으라고."

"몇 점이나 필요한데?"

"모두 500여 점을 구매할 거야."

"밤낮없이 죽어라 그림을 그려야겠구먼."

"그렇다고 무리하지는 마."

"정란 씨 좋은 정보 미리 알려 줘서 고마워."

"나는 하섭 씨 덕분에 오늘 하루 재미있었어."

"콧바람 쏘이고 싶으면 언제든지 찾아오라고."

"애인 있는 남자 만나 봐야 재미없어서 앞으로는 애인 없는 남자 만날 거야."

"정란 씨, 미안해. 곤경에 처한 나를 구해 줬는데 해 줄 수 있는 게 아무것도 없어서 면목이 없구먼."

"무엇을 바라거나 목적을 갖고 하섭 씨 작품을 산 게 아니고, 순수한 마음에서 그림을 사 준 거니까 부담스럽게 생각하지 말라고."

"역시 정란 씨는 어렸을 때나 지금이나 다정다감하고 멋진 여자야!"

하섭은 엄지손가락을 척 들어 올리며 정란을 칭찬했다. 정란은 기분이 좋은지 볼우물을 지으며 크게 웃었다.

30분쯤 지나자 50세쯤 된 여자 대리운전 기사가 도착하였다. 하섭은 집 앞에서 정란이 탄 승용차의 뒷모습을 지켜보며 잘 가라고 연신 손을 흔들어 주었다.

일
거
양
득

정란이 전시장에서 구매한 하섭의 그림 40점과 추가로 구매한 작품을 정성그룹 계열사 사장 방에 걸어 놓자 갖가지 반응이 들어왔다. 어떤 사장은 그림이 참 마음에 든다고 고마움을 표하였고, 어느 사장은 자신은 풍경화를 좋아하니 작품을 바꾸어 달라고 요청하였다. 정성화학 부회장은 이왕이면 사장 이하 임원 방에도 그림을 걸어 놓았으면 좋겠다고 건의하였다. 정란은 건의를 받아들여 사장 이하 임원들의 방에도 작품을 비치하기로 결정하였다. 정란은 사무국장에게 계열사 임원들 방에 비치할 작품을 최단 시일에 구매하라고 지시했다. 그러면서 경비를 절감하려고 작품 값을 지나치게 후려칠 가능성도 없지 않아 주의를 주었다.

"사무국장님, 작품을 구입할 때 작가들에게 대기업의 지위를 이용해 '갑질'을 한다는 인상을 받지 않도록 조심해 주세요."

"어떤 점을 조심하라는 건지 구체적으로 말씀해 주시면 좋겠는데요.”

사무국장은 정란의 지시가 애매모호해 보충 설명을 요청하였다.

“화가들은 경제적으로 어려움을 겪는 분들이 많으니까 지나치게 작품 가격을 후려치지는 마세요.”

“부르는 대로 가격을 쳐줄 수는 없잖습니까?”

“예산 구애받지 말고 제값을 쳐주세요. 문화재단에서 미술품을 구입하는 건 우리나라 미술 발전에 기여함과 동시에 기업 이윤을 사회에 환원하는 차원에서 화가들에게 경제적 도움을 주려는 목적도 있으니까요.”

“이사장님 뜻 충분히 반영하겠습니다.”

사무국장은 고개를 끄덕이더니 정란의 환심을 사고 싶은지 이상한 말을 꺼냈다.

“이사장님이 회사에 기증하신 작품 구매 비용이 얼마인지 여쭤봐도 되겠습니까?”

“사무국장님, 그건 왜 알려고 하세요?”

“문화재단에서 작품 구매 대금을 지급해 드려야지요.”

“제가 문화재단 이사장에 취임한 기념으로 회사에 기증한 거니 괜한 걱정은 하지 않으셔도 됩니다.”

“작품이 한두 점도 아니고 40점이나 되는데…. 저희가 미리미리 챙겨드렸어야 하는데 너무 늦은 거 같습니다.”

“사무국장님이 급여를 높게 책정해 주신 덕분에 그런 돈 안 받아도 먹고 사는 데 전혀 지장이 없습니다. 그러니 돈 챙겨 주실 생각 마세요.”

“이사장님, 적지 않은 돈일 텐데 정말 안 받으시겠어요?”

"정 주고 싶으면 나중에 내가 달라고 할 때 지출하세요."

"이사장님, 그 방법도 좋겠습니다."

정란이 타협안을 내자 사무국장은 홀가분한 표정을 짓고 사무실에서 나갔다.

'사무국장 저 양반 나한테 그림 값을 주려고 안달하는 이유가 뭔지 모르겠네. 단순히 아부만은 아닌 거 같은데.'

며칠 뒤 정란은 그동안 미뤄 두었던 그룹 로고 교체 작업을 착수하였다.

정란은 문화재단 소속 사원들을 대상으로 현재 사용 중인 그룹 로고에 대한 설문 조사를 실시하라고 사무국장에게 지시하였다. 사무국장은 설문 조사를 실시하는 이유가 궁금해 정란에게 물었다.

"이사장님, 그룹 로고에 대한 설문 조사는 왜 하시는 거지요?"

"현재 사용 중인 그룹 로고를 교체할 계획입니다."

"그건 문화재단 소관 업무가 아니고 그룹 홍보실 업무인데요?"

사무국장은 정란의 지시에 이의를 제기하였다. 정란은 업무 분장을 몰라서 지시하는 게 아님을 밝히었다.

"사무국장님 말이 맞아요. 하지만 그룹 로고를 만든 지 20년이 지났는데, 어느 누구도 바꿀 생각을 하지 않아서 내가 나선 겁니다."

"그룹 로고를 바꾼다는 게 간단치 않습니다. 모든 서류와 건물, 차량, 제품 등에 표기된 로고를 모조리 바꾸려면 천문학적인 돈이 들어가기도 하고요."

"많은 돈이 들어가는 건 나도 압니다. 그러나 기업 경영 환경도 달라졌을 뿐 아니라 소비자나 국민들의 기업에 대한 기대가 높아졌으면 기업의 이미지도 바꿀 필요가 있는데 사무국장님은 어떻게 생각하세요?"

"이사장님 말씀이 틀린 건 아닙니다만, 바꾸는 것만이 능사는 아니라고 봅니다."

정란은 구태의연한 사고방식에 젖어 있는 사무국장에게 향후 경영 방침을 밝히며 분발을 촉구하였다.

"사무국장님, 문화재단은 앞으로 정성그룹 기업 문화와 이미지 쇄신 활동에 적극적으로 뛰어들 계획입니다. 그러면 다른 부서에서 월권이니, 업무 영역 침입이니 시비를 걸어오겠지요. 하지만 그런 시비나 반발에 개의치 마시고 참신한 아이디어를 많이 내도록 사원들을 독려해 주시기 바랍니다."

정란의 설득에 사무국장은 반대 의사를 접었다. 그 대신 여론조사의 대상 범위를 넓히자는 의견을 제시했다.

"그러면 문화재단뿐 아니라 정성그룹 계열사 사원들을 대상으로 설문 조사를 한 다음 그 결과를 보고 최종 결정하시면 어떨까요?"

"설문 조사를 계열사까지 확대하는 건 시간이 너무 많이 걸립니다."

"그러면 이사장님 지시대로 문화재단 사원들을 대상으로만 설문 조사를 실시하겠습니다."

"설문 조사는 무기명으로 하세요."

"물론 무기명으로 해야 사원들이 눈치 안 보고 소신껏 의사를 표명하겠지요."

"답변하기 쉽게 설문을 선택형으로 하는 방법도 연구해 보시고요."

"가장 효과적이면서 합리적인 방법을 강구하겠습니다."

사무국장은 정란의 꼼꼼하면서도 치밀한 지시에 혀를 내둘렀다. 사무국장은 정란이 자리나 지키는 오너의 며느리에 불과할 거라고 예단했다가 의외로 문제의식이 강하고 변화를 추구하는 열린 자세에 바짝 긴장하였다.

설문 조사 결과 90% 이상의 사원들이 그룹 로고 변경을 찬성하였다. 너무나 뜻밖의 결과에 정란도 놀랐다. 정란은 그만큼 사원들이 기업 경영에 일대 혁신이 일어나기를 갈망한다는 의미로 받아들였다.

정란은 설문 조사 결과를 정리한 서류를 갖고 우지상 그룹 홍보실장을 찾아갔다. 홍보실장은 나이가 많아 사장으로 승진하지 못하면 옷을 벗고 회사를 떠날 처지에 놓여 있었다. 홍보실장은 그룹 2인자인 정란이 직접 찾아온 게 황송한지 허풍을 떨며 환대하였다.

"아이구! 이사장님께서 누추한 곳까지 직접 찾아오시고 몸 둘 바를 모르겠습니다. 이사장님, 제 자리에 앉으시지요."

우지상은 정란에게 소파의 상석을 내주며 연신 굽실거렸다. 정란은 자리에 앉자마자 홍보실장에게 찾아온 용건을 밝히었다.

"홍보실장님께 부탁드릴 일이 있어서 급히 방문했습니다."

"부탁이 아니고 지시라고 해야 옳겠지요?"

홍보실장은 겸손을 떨면서 몸을 바짝 낮추었다. 정란은 들은 척도 않고 밀어붙였다.

"섭섭하실지 모르겠지만, 그룹 로고를 바꾸겠다고 제가 직접 건의 말씀을 드렸으니 회장님께서 흔쾌히 승인해 주시더군요."

"문화재단에서 그룹 로고를 바꾸다니 그게 무슨 말씀입니까?"

우지상의 얼굴이 갑자기 굳어졌다. 홍보실장은 처음과 달리 사무적인 태도로 정란에게 이의를 제기하였다.

"이사장님, 그룹 로고 교체 작업은 엄연히 홍보실 업무인데 무슨 말씀을 하시는지 도대체 이해가 안 됩니다."

"저도 로고 교체 업무가 홍보실 소관이라는 거 모르는 바 아닙니다."

"그렇다면 로고 교체 작업은 저희들이 추진해야 하는 거 아닌가요?"

정란은 책임은 다하지 않고 권한만 주장하는 홍보실장이 얄미워 날카로운 목소리로 닦아세웠다.

"한 가지 묻겠습니다. 실장님께서는 그룹 로고를 바꿀 생각이나 하셨습니까?"

"특별히 문제가 없는데 바꿀 이유가 없잖습니까?"

"무슨 근거로 문제가 있다, 없다 단정적으로 말씀하십니까?"

"우리 그룹을 상징하는 데 부족함이 없을뿐더러 로고에 대해 이렇다저렇다 불만을 토로하는 사람이 없으면 계속 사용해도 되는 거 아닌가요?"

"과연 그런지 이 설문 조사 결과를 읽어 보시지요."

정란은 문화재단에서 실시한 설문 결과 보고서를 우지상에게 건네주었다. 우지상은 서류를 찬찬히 넘겨보고는 설문 결과를 신뢰할 수 없다는 투로 말했다.

"문화재단에 근무하는 사원들이야 이사장님 지시라는 건 빤히 알기 때문에 일사불란하게 찬성하는 건 당연하잖습니까?"

"그런 선입견을 갖지 못하게 무기명으로 물어보았습니다."

"그렇더라도. 하지만…."

우지상은 반론을 제기할 말이 떠오르지 않는지 반벙어리처럼 갑자기 말을 더듬었다. 정란은 여기서 밀리면 죽도 밥도 안 될 게 빤해 홍보실장에게 일방적으로 통보하였다.

"작업 기간은 한 달을 드릴 테니 설문 조사 내용을 참고하시어 두 개의 시안을 만들어 주셨으면 합니다. 그 시안 중에서 하나를 새로운 로고로 확정하겠습니다."

"…?"

'막무가내로 밀어붙이고, 이 여자 보기하고는 딴판이네. 아무리 며느리이지만 수십 년 동안 사용한 그룹 로고를 바꾸겠다고 회장을 설득하는 게 결코 쉬운 일이 아닌데, 이 여자 파워가 대단하네. 여기서 계속 이의를 제기해봐야 미운털만 박히니까 못 이기는 체하고 받아들이는 게 좋겠구먼.

"이사장님, 지시대로 따르겠습니다."

"문화재단이 추진하는 프로젝트에 참여해 주셔서 감사합니다."

정란이 흡족한 반응을 보이자 우지상은 울상을 지으며 엄살을 떨었다.

"한 달은 너무 촉박합니다. 현재 진행하는 업무를 중단하고 디자이너들이 모두 매달려야 하는데 저희들 사정도 감안해 주세요."

정란은 홍보실장의 엄살을 한쪽 귀로 흘려버리고 일사천리로 밀어붙였다.

"홍보실 자체 인력으로 안 되면 외부 전문가를 동원해서라도 한 달 안에 끝내주세요. 소요 예산은 충분히 지원해 드리겠습니다."

"이사장님, 2주간만 시간을 더 주십시오."

"일주일을 더 드릴 테니 수고 좀 해 주세요."

우지상은 계열사 사장을 비롯해 고위 임원 인사권까지 갖고 있는 정란의 비위를 상하게 해서는 안 되겠다 싶어 마침내 승복하고 말았다.

"가능하면 기한 내에 작업을 마치도록 최선을 다하겠습니다."

"홍보실장님, 협조해 주셔서 고맙습니다."

정란은 입가에 부드러운 미소를 머금고는 우지상에게 손을 내밀어 악수를 청했다.

정란이 방에서 나가자 홍보실장은 넋 나간 사람처럼 멍하니 천장을 올려다보다가 책상을 주먹으로 내리쳤다. 정란을 물렁한 게처럼 얕보았다가 거시기 물린 것처럼 창피하기도 하고 자존심이 왕창 상했던 것이다.

'호정란 이 여자, 겉으로는 순둥이처럼 보이는데 독한 구석이 있네. 죽은 사주영 부회장하고는 딴판이야. 마치 사주영 부회장의 한을 풀어주려고 회사에 들어온 여자 같아. 그럴지도 모르지, 사주영은 회장 눈치 보기 바빴고, 마음이 여리고, 주관이 뚜렷하지 못해 참모들에게 질질 끌려다니다가 자기 뜻도 펴보지 못하고 창창한 나이에 죽었으니 한이 맺혔겠지.'

'고위 임원 네놈들이 우리 남편을 잘 보좌했으면 좋은 경영 성과를 내 회장한테 인정받았을 텐데. 그랬더라면 기가 살아 절대 비명횡사하지 않았을 거 아니냐? 네놈들 어디 한 번 뜨거운 맛 좀 봐라. 남편이 죽는 바람에 끈 떨어진 뒤웅박 신세가 됐지만, 내 지시를 옆집 개 짓는 것쯤으로 치부하다간 하루아침에 목이 덜렁 날아

간다. 기다려라. 그동안 비리와 부정에 익숙해 쌀 찐 돼지가 된 놈들은 싹 쓸어 낸 뒤, 정성그룹을 손아귀에 틀어쥐고 호정란의 공화국으로 만들 테니.'

우지상은 이 기회에 호정란의 환심을 사는 것도 나쁘지 않겠다고 생각했다. 호정란한테 점수를 따면 사장으로 진급하는 데 도움을 받을 수 있고, 잘하면 부회장까지 올라가는 행운을 얻을 수도 있다고 우지상은 김칫국을 홀짝홀짝 마셨다.

며칠 뒤 홍보실장은 정란에게 전화를 걸어 안부를 물었다.
"이사장님, 저 우지상입니다. 안녕하시지요?"
"홍보실장님 덕분에 탈 없이 잘 지내고 있습니다."
"요새 이사장님이 주신 미션을 수행하느라 골이 지끈지끈 아픕니다."
"정성그룹의 이미지 혁신 작업인데, 물론 쉽지 않겠지요."
"오늘 저녁 식사 같이하시겠어요? 식사하면서 보고드릴 일도 있고요."
"그거 좋습니다."
"장소를 정해 이사장님 휴대폰으로 문자 드리겠습니다."
"그러세요."
정란은 퇴근 후 명동에 있는 레스토랑에서 우지상을 만났다. 우지상은 시간을 내주어 고맙다고 인사치레 말을 잊지 않았다. 처음 만났을 때와는 180도 달라진 태도에 정란은 의아했다.

'이 작자가 뭔가 아쉬운 소리를 하려고 만나자고 한 것 같은데 그게 뭘까? 얼굴 생긴 게 꼭 모사꾼 같은데 너무 가까이하면 난처한 일이 벌어질지 몰라.'

우지상은 대 봉투에서 책 한 권을 꺼내더니 앞표지 뒷장에 사인을 한 뒤 정란에게 건네주었다.

"제가 틈틈이 신문에 기고한 칼럼을 모아 펴낸 책입니다."

"아니, 실장님 작가이시군요. 몰라봐서 죄송합니다."

"심심풀이로 써 본 겁니다. 이사장님은 시를 쓰신다면서요?"

"노느니 염불한다고 집에서 빈둥거리며 시를 썼습니다."

"이사장님, 시를 잘 쓰실 거 같은데 시집 한 권 주세요."

"기회가 되면 드릴게요."

우지상은 두 손으로 포도주를 정란의 컵에 직접 부어 주고는 이어서 그의 컵을 채웠다. 우지상은 컵을 들어 정란의 잔에 살짝 부딪혔다. 우지상은 포도주로 입술을 축이고는 정란을 치켜세웠다.

"이사장님은 일 욕심이 많으신 거 같아요."

"욕심이 많은 게 아니고, 제 임무를 성실히 수행하려고 노력할 뿐입니다."

"정성그룹의 2인자이신데 쉬엄쉬엄 일한다고 욕할 사람 아무도 없습니다."

"목에 힘이나 주고 빈둥빈둥 놀면서 회사 돈 축내면 임직원들이 좋아하겠습니까?"

"물론 그렇겠지요."

우지상은 정란의 말에 맞장구를 치고는 말머리를 다른 데로 돌렸다.

"이사장님께서 문화재단 이사장에 취임하신 이후에 추진했던 일들을 기사화시켰으면 좋겠는데 어떻게 생각하시는지요?"

 "대단한 일을 한 것도 아닌데 굳이 기사화시킬 필요가 있겠습니까?"

 "제가 보기에는 이사장님이 추진하셨고, 추진 중인 프로젝트들은 기업 홍보용으로는 안성맞춤입니다."

 "제 편견인지 모르겠지만, 소비자들이나 일반 국민들은 기업들이 쏟아 내는 홍보성 기사는 그다지 신뢰하지 않는 거 같습니다."

 "이사장님, 기업 홍보 활동을 왜 그렇게 부정적으로 생각하세요?"

 우지상은 정란의 비판이 못마땅한지 이맛살을 찌푸렸다. 정란은 더욱 강도를 높여 기업들의 행태에 대해서 비판하였다.

 "홍보 기사를 신뢰하지 않는 것은 지금까지 대기업들이 정치인들 못지않게 표리부동한 짓을 밥 먹듯이 저질렀기 때문입니다."

 "표리부동한 짓을 밥 먹듯이 저지르다니, 그건 또 무슨 말입니까?"

 "겉으로는 좋은 기업, 착한 기업인 체하면서 뒤로는 온갖 비리나 부정을 저질러 왔으니, 소비자나 국민들이 불신할 수밖에 없잖습니까? 정성그룹도 다른 기업보다 더했으면 더했지 크게 다르지 않아요."

 정란의 신랄한 자아비판에 우지상의 얼굴이 심하게 일그러졌다. 그룹 회장의 며느리가 감히 자기 얼굴에 침 뱉는 말을 거침없이 쏟아낼 줄은 상상도 못 했던 것이다.

 '그래서 회사에 발을 들여놓자마자 판을 뒤엎을 것처럼 마구 일을 벌이는구면. 외모는 현모양처처럼 자애롭고 인정이 넘치는 아줌마 같은데, 언행은 냉철하고 비판적이네. 맞아! 호정란 이 여자의 비판

이 결코 틀린 건 아냐. 정성그룹의 치부와 허점을 정확히 집어낸 거야…'

"앞으로는 이사장님이 원하시는 방향으로 홍보 전략을 바꾸겠습니다."

"그러면 더할 나위 없이 좋지요."

정란이 기다렸다는 듯이 맞장구를 쳐주자 홍보실장의 일그러졌던 얼굴이 다리미로 다린 것처럼 쫙 펴졌다.

'젠장, 혹을 떼려다가 혹을 하나 더 붙인 꼴이 되었구먼. 호정란 이 여자가 설치는 바람에 앞으로 밤잠 못 자는 임원들이 많겠구먼. 아니 회장님도 럭비공처럼 어디로 튈지 모르는 과부 며느리 때문에 조마조마하겠어. 하지만 가식이 없고 진솔해서 믿음이 가네. 이런 여자를 마누라로 삼으면 오뉴월에 늘어진 개 팔자보다 더 호강하겠구먼.'

작업을 시작한 지 40여 일 만에 정성그룹 로고가 독수리에서 파랑새로 바뀌었다. 모든 사람이 꿈을 실현할 수 있는 착한 기업이라는 이미지를 심어주는 데 적합한 로고라는 평가를 받았다. 각종 언론에서 정성그룹의 새로운 로고 아이디어는 문화재단 이사장이 낸 것이라는 점을 부각시켰다. 홍보실장이 정란의 공적을 알리기 위해 일부러 언론사에 부탁한 결과였다.

사광구 회장은 기사를 보고 정란을 자택으로 불렀다. 사광구 회장은 모처럼 환한 표정을 짓고 정란을 칭찬하였다.

"호 이사장, 정성그룹 로고 바꾸느라고 그동안 애썼다."

"회장님, 격려해 주셔서 감사합니다."

"홍보실장이 팔색조 같은 아이디어 우먼이라고 이사장을 극찬하더구먼."

"회장님, 홍보실장은 원래 허풍이 심한 사람 아닙니까?"

"남자는 적당히 허풍을 떨 줄 알아야 큰일을 할 수 있는 법이여. 이사장, 고생했으니 부회장으로 승진시켜 주마."

"회장님, 사장 대우도 오감한데, 1년도 안 돼 부회장으로 승진한다는 건 말이 안 됩니다."

"말이 안 될 게 뭐가 있나? 능력이 되고, 경영상 필요하면 하루만에도 사장에서 부회장으로 승진을 시킬 수 있는 거지."

"회장님, 저는 승진할 의사가 없으니 홍보실장이나 사장으로 승진시켜 주세요."

"이사장, 홍보실장하고 자주 만나는 사이인가?"

회장은 눈을 깜박이며 홍보실장과의 관계를 의심하는 투로 물었다. 정란은 어이가 없어 항의 조로 질문하였다.

"회장님, 저 혼자 됐지만 아무 남자하고 만나거나 어울려 다니는 여자 아닙니다."

"홍보실장은 침이 마르도록 이사장을 치켜세우고, 이사장 자네는 홍보실장을 사장으로 승진시켜 달라고 부탁하는 게 이상해서 하는 말이여. 두 사람이 짜고 치는 고스톱 같기도 하고."

"회장님, 그런 사심은 눈곱만큼도 없습니다. 다만 이번 로고 교체 작업을 하는데 홍보실장이 적극적으로 협조해 주었고, 저 때문에 고생을 많이 해서 특별 승진을 시켜 주십사 건의 말씀 드리는 겁니다."

"그래? 그렇다면 사장으로 승진시켜 주지."

"회장님, 감사합니다."

홍보실장이 사장으로 특별 승진을 하자마자 정란에게 전화를 걸어왔다. 홍보실장은 정란에게 진심으로 감사의 뜻을 전했다.

"이사장님, 사장으로 승진하도록 애써주셔서 감사합니다. 이 신세를 어떻게 갚아야 할지 모르겠습니다."

"실장님, 그런 걱정은 안 하셔도 됩니다. 앞으로 회사 일이나 열심히 하십시오."

"정성그룹을 위해 분골쇄신하겠습니다."

"그리고 문화재단 발전을 위해 많은 협조 부탁드립니다."

정란이 전화를 끊으려고 하자 우지상은 부탁 아닌 부탁을 하였다.

"실례가 될지 모르겠는데 조그만 선물 보내드릴 테니 꼭 받아 주십시오."

"선물 같은 거 보내시면 앞으로 실장님과 담을 쌓고 지낼 겁니다."

"값싼 것이니 전혀 부담 갖지 마세요."

우지상은 제 할 말만 하고 얼른 전화를 끊었다.

정란은 안 받겠다고 거절은 했지만, 우지상이 보내겠다는 선물이 무엇인지 궁금했다. 그리고 오너 며느리한테 선물을 보낼 마음을 먹은 우지상의 용기가 대단하다고 생각했다.

주말이었다.

토요일이어서 정란은 모처럼 늦잠을 잤다. 10시쯤 일어나 커피와 토스트로 아침 식사를 하는데 초인종이 울리었다. 정란은 문 앞으로 가 비디오폰 버튼을 눌렀다. 자세히 보니 출입문 앞에 꽃다발을 든 여자가 서 있었다.

'아침에 누가 꽃을 보냈지? 보낼 사람이 없는데 이상하네.'

정란이 출입문을 열자 젊은 아가씨가 입가에 미소를 머금고 정란에게 물었다.

"호정란 여사님이세요?"

"네. 제가 호정란입니다."

"꽃 배달 왔습니다."

발랄한 아가씨가 싱싱하면서 화사한 꽃다발을 정란에게 안겨 주었다. 정란은 얼떨결에 꽃다발을 받고 말았다. 꽃 배달 온 여자는 정란에게 미리 알려 주었다.

"매주, 토요일 10시에 꽃을 배달해 드릴 겁니다."

"꽃을 배달시킨 사람이 누구예요?"

"꽃다발 안에 메모지가 꽂혀 있습니다.

"그래요?"

정란은 꽃송이 안에 들어 있는 메모지를 펼쳤다. 정란에게 꽃을 보낸 사람은 다름 아닌 홍보실장 우지상이었다.

「이사장님, 저에게 베풀어 주신 호의에 다시 한 번 감사드립니다. 제 마음을 꽃으로 대신 전해 드립니다. 즐거운 주말 보내세요. 우지상」

정란은 메모를 읽어 보고는 황당해 꽃을 탁자 위에 내던졌다.

'우지상, 이 남자 웃기네. 이팔청춘도 아니고 나하고 사랑 놀음을 하자는 거야 뭐야. 아니야, 또 다른 뭔가를 노리고 수작을 거는지도 몰라. 사장까지 승진했는데 부회장을 노리고 하는 짓은 아닌 거 같은데 그 꿍꿍이가 뭘까? 구린 짓을 많이 해 인사 태풍이 몰아치

면 목이 훌러덩 날아갈까 봐 미리 손을 쓰는 것 같기도 한데…'

정란은 우지상에게 꽃 잘 받았다고 휴대폰으로 문자를 보냈다. 그리고는 더 이상 꽃을 보내지 말라고 부탁하였다. 그러자 우지상은 아무런 뜻은 없고, 한 주 동안 쌓인 스트레스를 풀라고 보내는 꽃이라고 그럴싸한 명분을 끌어다 붙였다. 정란은 날카로운 목소리로 우지상에게 경고하였다.

"사장님, 꽃을 보낸 사실이 임직원들에게 알려지면 사장님이나 저나 스캔들에 휘말릴지 모르니 더 이상 보내지 마세요!"

"스캔들이라니요? 저도 싱글이고, 이사장님도 싱글이신데 문제 될 게 없잖습니까?"

"실장님, 정성그룹에서 유종의 미를 거두려면 피차 언행을 조심하는 게 좋습니다."

"이사장님, 고자리 무서워서 장 못 담겠습니다."

"그건 또 무슨 말입니까?"

"사람이 신세를 졌으면 어떤 방법이든지 사례를 하는 게 인간의 도리라고 생각해서 꽃을 보낸 겁니다. 만년 부사장이나 하다 정성그룹을 떠날 텐데 이사장님 덕분에 사장까지 올라왔는데 고마움을 모르면 인간이 아니지요."

"부사장이나 사장이나 도토리 키 재기에 오십 보 백 보 아닌가요?"

"이사장님, 전혀 아닙니다. 군으로 치면 부사장은 중장, 사장은 대장과 같은 대우를 받는데 도토리 키 재기라니요? 어불성설입니다."

"하여튼 저는 실장님 사장 승진에 영향력을 행사한 적이 없습니다. 그러니 선물을 받을 이유가 전혀 없습니다."

정란이 사적으로 접근을 못 하게 방패막이를 치자 우지상은 진지하게 사과하였다.

"이제 보니 제 생각이 짧았던 모양입니다. 이사장님, 잠시나마 심려를 끼쳐 죄송합니다."

정란은 통화를 마치고는 짜증이 나 휴대폰을 소파에 내던졌다.

'우지상 저 인간 내가 좋아서 꽃다발을 보낸 게 아니야. 분명 다른 목적을 갖고 접근을 시도한 거야. 나와 가까이 지내다가 그동안 저지른 비리가 터져 나와 궁지에 몰리면 도움을 받으려고 수작을 부리는지도 몰라.'

해
결
사

㈜태양산업 이경희 사장이 먼저 정란에게 전화를 걸어왔다.

"이사장님을 뵙고 싶은데 시간을 내주실 수 있나요?"

"바빠도 시간을 내야지요. 6시 30분에 지난번에 만났던 호텔 카페에서 만나요."

"시간 맞춰 그리로 나가겠습니다."

　경희는 약속 장소에 먼저 와 정란을 기다렸다. 정란이 레스토랑에 들어서자 경희는 자리에서 일어나 고개를 숙였다. 정란이 자리에 앉으며 경희의 표정을 살피다가 물었다.

"경희 씨, 오늘은 피곤해 보이네?"

"요새 일거리가 많아서 바쁩니다."

"젊다고 너무 무리하지 말아요."

　경희는 식사를 주문하고는 정란에게 급히 찾아온 이유를 밝히었다.

"이사장님, 정성전자의 협력업체인 호소전기가 억울한 일을 당해서 하소연하려고 찾아뵈었습니다."

"경희 씨가 발 벗고 나설 정도면 심각한 사건인 모양이네요."

"심각한 게 아니고, 어이없는 일이라고 할까요? 아니, 코미디 같은 일이라고 해야 맞겠네요."

"어떤 사건인지 궁금증을 자아내네요."

"호소전기라는 협력업체가 정성전자의 승인을 받지 않고 경쟁사에 부품을 싸게 납품을 했다는 이유로 재계약을 거부당했습니다."

"그건 간섭을 넘어 대기업의 횡포 아닙니까?"

"협력업체 신세는 옛날로 치면 소작을 하는 농민 처지나 마찬가지입니다. 지주가 달라는 대로 소작료를 줘야 하고, 하루아침에 농토를 빼앗겨도 찍소리 못하고 당하는 소작농의 처지나 다를 바가 없습니다."

"아직도 협력업체를 그런 식으로 다루는 대기업이 존재한단 말입니까?"

"이사장님, 많은 대기업이 말로는 협력업체와 상생한다고 떠들어대지만, 구두선에 지니지 않습니다."

"정성그룹 계열사들은 다른 줄 알았더니 전혀 아니네요."

정란은 한심하고 답답한지 한숨을 푹 내쉬었다. 경희는 촉새처럼 고자질을 한 거 같아 마음이 편치 않았다.

"이사장님, 골치 아픈 일만 자꾸 보고해서 죄송합니다."

"경희 씨, 사과할 거 없어요. 조직에 고발정신이 투철한 사람이 많아야 부정부패가 줄어듭니다."

"그러면 앞으로 자주 찾아뵙고 협력업체들의 어려움이나 억울한 사연을 털어놔도 되겠습니까?"

"그거 대환영입니다."

정란은 싱긋이 웃으며 경희의 손을 꼭 잡았다. 경희는 회장 며느리에다가 그룹 2인자인데도 회사를 감싸지 않고, 공정한 태도를 견지하며, 잘못된 것을 바로 잡으려고 애쓰는 정란이 마음에 쏙 들었다. 아니, 존경스럽기까지 했다.

며칠 뒤 정란은 경희가 준 자료를 강효순 감사실장에게 넘겨주었다. 그리고 철저히 조사해서 정성그룹의 임원이나 사원들이 협력업체를 대하는 마음가짐이나 관리 방식을 바꾸는 계기로 삼아 달라고 간곡히 부탁하였다.

호소전기와 정성전자와의 납품 계약이 만료되기 일주일 전이었다.

새로 발령받은 정성전자 협력업체 담당 전무가 11시에 호소전기를 방문하겠다고 긴급히 연락이 왔다. 전화를 받자마자 영업 담당 장 이사가 방태제 사장에게 이 사실을 보고했다. 방태제 사장은 시큰둥하게 받아들였다.

"자식들, 올 테면 오라지 뭐."

"사장님, 점심 식사 예약을 어디로 할까요?"

"점심 식사 예약할 필요 없어요. 회사 구내식당에서 먹도록 준비시키세요."

"사장님, 협력업체 담당 전무인데 너무 소홀히 대접하는 거 아닙니까?"

"아니, 정성전자 전무 놈 입은 금테 둘렀다고 합디까?"

"그래도 그렇지, 반찬도 시원찮은 회사 짬밥을 대접하는 건 예의에도 벗어난 거 아닌가요?"

"협력업체 담당 임원이 식당 짬밥을 먹어봐야 협력업체 실상을 정확히 알게 될 거고, 그래야 협력업체의 애로 사항을 해결해 주려고 노력할 거 아닙니까?"

사장은 목울대에 힘을 주고 열변을 토했다. 장 이사는 걱정이 돼 속으로 구시렁거렸다.

'사장님, 회사 접으려고 작정한 모양이구먼? 저승사자나 마찬가지인 협력업체 담당 임원을 아무렇게나 대했다가 날벼락을 맞으면 어쩌려고 똥배짱을 부리나 모르겠네.'

오전 11시 정각에 정선전자 협력업체 담당 전무이사가 호소전기에 도착하였다. 장 이사가 그를 사장실로 안내하였다. 사장과 명함을 주고받은 뒤 정성전자 전무이사는 손을 앞으로 모으고는 사장에게 머리를 숙였다.

"사장님, 납품 연장 계약을 보류하겠다고 일방적으로 통보한 거 사과드립니다. 그리고 협력업체 관리 방식을 점진적으로 바꾸어 나가겠습니다. 또한, 협력업체에 군림하는 일은 절대 없을 겁니다."

"정성전자에 납품하다가 오장육부가 썩어 문드러져서 내 명대로 못 살 것 같아 공장 문 닫으려고 했더니 재고해야겠군요."

방태제 사장이 그동안 쌓인 불만을 터뜨리자 전무이사의 얼굴이 벌겋게 달아올랐다.

"그동안 사장님께 심려 끼쳐 드린 점 송구스럽게 생각합니다."

전무이사는 다시 한 번 사과하고는 계약서가 든 봉투를 사장에게 건네주었다. 사장은 봉투에서 계약서를 꺼내 읽어 보았다. 사장은 납품단가가 인상된 걸 확인하고는 의아한 표정을 지었다.

"납품단가를 10% 인상해 주다니, 이게 어쩐 일입니까?"

"납품단가를 일방적으로 정하는 등 그동안 횡포를 많이 부린 데 대해서 보상하는 차원으로 단가를 인상했습니다."

"납품단가를 자진해서 인생해 주고, 살다 보니 별일을 다 보네요."

방태제 사장이 빈정거리는 투로 말하자 전무이사는 협력업체와 거래 방식을 바꾸겠다고 약속했다.

"향후에는 협력업체와 사전에 협의한 뒤 납품단가, 납품 일자, 결제 조건 등을 결정하겠습니다."

"전무님, 듣던 중 반가운 소식입니다."

방태제 사장은 빙긋이 웃으며 계약서에 서명날인 했다. 방태제 사장이 계약서를 내밀자 전무이사는 두 손으로 받으며 말했다.

"사장님, 앞으로 어려운 일이 있으면 하시라도 저희들에게 말씀해 주십시오."

'썩을 놈들, 빽줄이 무섭기는 무서운 모양이구먼.'

정성전자 전무이사를 배웅하고 사장실로 헐레벌떡 달려온 장 이사는 천둥소리에 놀란 개처럼 눈을 쓱벅거리다 사장에게 물었다.

"사장님, 저승사자보다 더 무서운 정성전자 협력업체 담당 전무가 직접 찾아와 사과하고 재계약을 직접 체결하다니, 세상이 확 뒤집힐 모양입니다."

"위에서 내려찍으니까 똥줄이 바짝바짝 탔던 모양이야."

방태제 사장은 전쟁터에 나갔다가 전리품을 잔뜩 챙긴 개선장군처럼 의기양양하게 말했다.

"사장님, 위에서 내려찍다니, 그건 또 무슨 말인가요?"

"장 이사, 못 들었소? 회장 며느리 호정란이라는 여자가 정성그룹에 회오리바람을 일으키고 있다는 소문 말이오?"

"언뜻 듣기는 했습니다만, 그 여자의 파워가 그렇게 센가요?"

"비리를 저질렀거나 기득권에 안주하려고 저항하다가 하루아침에 낙동강 오리알 신세가 된 임원이 한둘이 아니라고 들었소."

"여풍이 센 세상이긴 하지만 무시무시한 여자인가 봅니다."

"차기 정성그룹 총수 자리에 오를 가능성이 크다고 들었소."

"정성전자가 재채기하면 협력업체는 독감에 걸리는데, 저희들도 정신 바짝 차려야겠군요."

"그래서 하는 말인데 당장 우리 회사도 특단의 대책을 세워야 하니까 점심 식사 후에 간부들을 회의실에 소집하시오."

"사장님, 팀장급 이상 참석시키면 되겠지요?"

"그래요."

점심 식사가 끝나자 팀장급 이상 간부들이 사장실 옆 회의실에 모였다. 사장은 비장한 목소리로 간부들에게 변화의 필요성을 강조하였다.

"지금 정성그룹에 대대적인 혁신의 바람이 불고 있소. 우리가 살아남으려면 기술 개발, 시스템 혁신, 그리고 기존 사고의 틀을 바꿔야 합니다. 오전에 정성전자 협력업체 담당 전무가 직접 회사를 방문하였고, 납품 연장 계약을 체결하였소. 우리가 요구하지도 않았는데 납품단가를 10% 인상해 주었소. 위에서 압력을 넣으니까 잘 보이려고 선심을 쓴 게 틀림없소. 그 선심이 독이 될 수 있으니 기술 개발에 투자하고, 부품의 품질을 높이는 데 활용해야 합니다."

방태제 사장은 호소전기에 부품을 납품하는 2차 협력업체들의 납품가를 5% 인상하겠다고 선언했다. 그리고 부품 불량률을 현재 5%에서 0%가 될 때까지 교육과 시설 투자를 강화하겠다고 힘주어 말했다. 사장은 마지막으로 다음 달부터 전 사원들의 급여를 기본급 기준 10% 인상해 주겠다고 약속했다.

정란은 정성그룹 사원들이 인문학적 소양을 기르기 위해 책 읽기와 글짓기 촉진 방안을 수립하라고 사무국장에게 지시하였다. 사무국장은 즉시 TFT팀을 구성하였다. 이사가 TFT팀장을 맡았고 팀장급 1명, 과장급 1명, 대리급 2명, 사원 3명, 총 7명이 치열한 토론과 아이디어를 총동원해 일주일 만에 방안을 수립하였다.

그 내용을 보면 정성문화재단에서 소설과 시, 수필 등 문학작품을 분기별로 5,000권을 구매해서 계열사 본사와 각 공장의 자료실에 비치해 주고, 사원들은 그 책을 읽은 뒤 독후감을 제출하면 심사 과정을 거쳐 포상하는 방안을 내놓았다.

상금은 대상 3명에 1,000만 원, 최우수상 10명에 7백만 원. 우수상 20명 500만 원, 장려상 30명 300만 원을 지급하는 내용이었다.

또한, 입상한 독후감을 모아 책으로 발간한 뒤 전 계열사 자료실에 배부하여 모든 사원이 읽도록 할 계획이었다.

TFT팀장의 브리핑을 받고 정란은 흡족한 표정을 짓고 칭찬을 아끼지 않았다.

"좋은 의견을 냈네요. 팀장님과 팀원님들 정말 고생 많았어요."

"이사장님, 칭찬해 주셔서 감사합니다."

제출한 안이 퇴짜 맞을까 봐 바짝 긴장을 했다가 칭찬을 받자

TFT팀장은 좋아서 어쩔 줄 몰랐다. 정란은 빙긋이 웃고는 보완할 점을 지적하였다.

"그런데 책 선정 기준이나 선정 절차, 그리고 포상 기준은 다 좋은데 문제점이 하나 있네요."

"…?

회의실 분위기가 찬물을 끼얹은 것처럼 조용했다. TFT팀장은 제출한 안이 무사히 통과할 줄 알았다가 문제점을 지적받자 당황했다. 정란은 부드러운 목소리로 말을 이었다.

"다른 게 아니고, 남자 사원 같은 경우 부인이 책을 읽고 대신 독후감을 써냈을 때 그걸 걸러내는 방안이 없어요."

"죄송합니다. 미처 그 문제까지 검토하지 못했습니다."

팀장은 정란의 날카로운 지적에 변명의 여지가 없어 무조건 사과하였다.

"처음 하는 일이니 예상되는 문제점을 찾아내지 못할 수도 있겠지요. 입상 후보자들을 대상으로 그들이 제출한 독후감을 직접 작성했는지 확인할 수 있는 방안을 강구해 보세요."

"독후감을 200자 원고지에 자필로 직접 작성해서 제출하거나 현지를 방문해 면담을 하는 등 여러 가지 방안을 찾아 보겠습니다."

정란은 보완 지시를 마치고는 결재판 안에서 하얀 봉투를 꺼내 팀장에게 주었다.

"이거 내가 개인적으로 주는 격려금이니까 받으세요."

"이사장님, 개인 일을 시킨 게 아닌데 격려금을 개인 돈으로 주시면 안 되지요."

옆에 앉아 있던 사무국장이 만류했다. 그러자 정란은 싱긋이 웃고는 사무국장에게 말했다.

"또 여러분들에게 부탁할 일이 있어서 내 개인 돈을 주는 겁니다."

"…?"

사무국장을 비롯한 TFT팀원들은 무슨 지시를 내릴지 몰라 바짝 긴장하였다. 정란은 조심스럽게 입을 열었다.

"정성그룹 사원들만 대상으로 독후감을 모집하여 포상하자니 협력업체 사원들에게 미안한 마음이 드네요. 크게 생각하면 협력업체 사원들도 정성그룹 가족인데, 우리 문화재단에서 인문학적 소양을 기르는 활동에 동참하면 혜택을 주는 방안을 찾아봤으면 좋겠습니다."

"이사장님, 그거참 좋은 아이디어네요."

TFT팀장이 정란의 아이디어에 적극적으로 찬성하였다. 다른 팀원들도 고개를 끄덕이며 정란의 제안에 공감을 표하였다.

"이사장님, 시간을 주시면 저희들이 좋은 방안을 도출해 보겠습니다."

"협력업체에 책을 구입해 배부하는 건 예산이 너무 많이 드니까 곤란하고, 체험담, 수기나 성공사례 등을 모집하여 포상하는 방법도 있긴 하지요."

"협력업체 모임인 '협정회'로부터 의견을 받아 좋은 방안을 찾아보겠습니다."

"여러분들께 부담스럽고 골치 아픈 일거리를 계속 시켜서 미안하기 짝이 없네요."

정란은 팀장을 비롯한 팀원들과 일일이 악수를 나누며 그동안의 노고를 치하했다.

며칠 뒤 정란은 책 읽기와 글짓기 촉진 방안에 대한 보고서를 만들어 갖고 시아버지인 사광구 회장을 찾아갔다. 정란은 회장에게 보고서를 건네주고는 구두로 설명하였다. 보고를 받은 회장은 쩝쩝 입맛을 다시고는 이마에 내 천자를 그리었다.

　"이건 사원들 보고 일은 하지 말고 근무시간에 소설이나 시집을 읽으라는 얘기 아니야?"

　"회장님, 요새는 옛날과 달리 징검다리 휴일도 많고, 근무시간이 짧아 마음만 먹으면 집에 가서 얼마든지 책을 읽을 수 있습니다."

　"그리고 상금이 너무 많아!"

　"회장님, 그 정도 상금을 줘야 사원들이 적극적으로 참여합니다."

　"그리고 협력업체 사원들까지 상금을 주려면 예산이 엄청나게 들 거 아니냐?"

　"회장님, 책 읽기나 글짓기에 드는 돈을 비용으로 보시지 말고, 투자로 보셨으면 좋겠습니다."

　"그렇게 나가는 돈이 비용이지 무슨 투자냐?"

　회장은 고개를 좌우로 흔들며 완강하게 반대하였다. 정란은 결의에 찬 목소리로 회장을 설득하기 시작하였다.

　"회장님, 앞으로 기업이 계속해서 성장 발전하려면 좌뇌형 사원보다는 창조력이 뛰어나고, 자유분방하고, 상상력이 풍부한 우뇌형 사원이 많아야 합니다. 책 읽기 운동이 단기적으로 효과가 나타나지 않더라도 장기적으로 파급효과가 나타날 것입니다."

　"효과가 나타난다고 어떻게 장담할 수 있느냐 말이다."

　"책 읽기와 글짓기 촉진 운동은 정성 문화재단 설립 목적인 한국 문화 예술의 발전과 우수한 작가를 발굴 육성하는 데 적잖이 기여할 것입니다."

정란은 소신을 굽히지 않고 줄기차게 밀어붙였다. 회장은 한 가지 조건을 달고 마지못해 승인해 주었다.

"막대한 예산을 투입하고서 효과를 못 보면 문화재단 이사장을 그만둘 각오를 해라."

"결과가 나쁘면 제가 모든 책임을 지고 깨끗이 물러나겠습니다."

"아주 각오가 대단하구먼. 그러면 시행해 보라고."

"회장님, 감사합니다."

사광구 회장은 엉뚱한 사업을 자꾸 벌이는 며느리가 불안하였지만, 한편으로 기특하기도 했다. 사광구 회장은 사업을 벌여 큰 성과를 거둔 임원을 제일 좋아했고, 실패가 두려워 아무런 사업도 벌이지 않는 임원을 제일 싫어했다.

'며느리를 집에서 살림 따위나 하는 시시껄렁한 여자로 봤더니만 그게 아니구먼. 이제는 여장부가 다 되었어. 며느리를 정성그룹 후계자로 삼을까? 아니야, 아직도 한국 사회에서는 여자가 재벌 그룹 총수가 되면 문제점이 많아. 정관계 인맥 형성도 쉽지 않고, 비상 경영 체제에서는 강인한 체력이 필요한데 한계가 있어. 누구에게 회장 자리를 물려줘야 좋을지 모르겠네. 지금 계열사 사장 중에 회장감이 있기는 한데 피가 안 섞인 놈은 믿을 수가 없단 말이야. 며느리와 재혼을 시킨 뒤 회장 자리를 물려주면 어떨까.'

정란은 책 읽기와 글짓기 촉진 운동이 회장의 승인을 받자 도서 선정위원회 구성에 착수하였다. 정란은 홍재석 작가가 도서 선정위원장으로 적합한 거 같아 먼저 전화로 의사를 타진해 보았다.

"선배님이 아이디어를 내주신 책 읽기와 글짓기 프로젝트가 이사회를 통과했는데, 저를 도와주셨으면 합니다."

"이번에는 뭘 도와줄까요?"

"선배님께서 도서 선정위원장을 맡아 주셨으면 좋겠습니다."

"나 같은 무명작가가 그런 중요 사업에 참여하다니, 정성문화재단에 누가 됩니다."

"선배님, 저는 유명세를 타는 작가를 도서 선정위원장으로 위촉할 마음이 전혀 없습니다."

"딱히 그럴 이유라도 있나요?"

"유명작가를 도서 선정위원장으로 위촉하면 지인, 친구, 제자 등으로부터 청탁이 들어올 게 빤합니다. 그러면 저희들이 원하는 작품을 선정하기가 어렵죠."

"끼리끼리 문화가 팽배한 문단 구조로 봐 그럴 가능성은 얼마든지 있지요."

"그래서 문단에 기웃거리지 않고 오직 글쓰기에만 전념하는 선배님 같은 분을 도서 선정위원장으로 모시려고 하는 겁니다."

"고맙기는 한데 사양하겠습니다."

"도서 선정위원장은 선배님처럼 기업에 대해서 지식이 많고, 문제점을 속속들이 아는 분이 맡으셔야 합니다."

"물론 그런 이력이 기업에 종사하는 사람들에게 어떤 작품이 유용할지 판단하는 데 다소 도움은 되겠지요."

"다소가 아니고 많은 도움이 될 거 같습니다."

"글쎄요."

"하여튼 선생님을 도서 선정위원장으로 모실 테니 수락해 주십시오."

"마음이 내키지 않습니다."

"선배님, 일주일 시간을 드릴 테니 긍정적인 방향으로 검토해 주세요."

일주일이 지나도 홍 작가로부터 가타부타 답이 오지 않자 정란은 급한 마음에 다시 전화를 걸었다. 홍 작가는 여전히 도서 선정위원장직을 맡을 의향이 없다고 거절하였다. 정란은 섭섭하기도 하고 이해가 안 가 홍 작가에게 거절하는 이유를 캐물었다.

"선배님, 제 부탁을 거절하는 이유가 뭐지요?"

"책임을 질 일은 이제 하기 싫습니다."

"책임질 게 뭐가 있습니까?"

"책을 엉터리로 선정했느니, 출판사나 작가들 로비를 받고 선정했다는 둥 뒷소리가 나올지도 모르는데 골치 아픈 일에는 이제 뛰어들기 싫습니다."

"선배님, 모든 책임은 제가 질 테니 그런 걱정 안 하셔도 됩니다."

"하여튼 저는 사양하겠으니 다른 작가에게 부탁하세요."

"설명이 부족해 의사 결정을 못 하시는 거 같은데 강대남 시인하고 내일 직접 찾아뵙겠습니다."

"날 찾아와도 내 마음은 달라지지 않을 테니 수락은 기대하지 마세요."

"무조건 내일 서해시에 갈 테니 도망가지 마세요."

"어휴! 호정란 씨 정말 못 말리는 여자야!"

다음 날 정란과 강대남은 등산복 차림을 하고 용산역에서 만났다. 정란은 화장을 공들여 했고, 립스틱도 밝은색으로 발랐다. 앙증맞은 이어링이며, 보석이 박힌 목걸이까지 맸다. 강대남은 빙글빙글 웃으며 정란을 놀려댔다.

"정란 씨, 애인 만나러 가는 여자처럼 있는 멋, 없는 멋 다 냈네."

"예쁘게 보여서 나쁠 거 없잖아?"

"정란 씨, 홍 작가와 호젓한 바닷가에서 데이트하러 가는 거 같은데 나는 뭐야?"

"대남 씨가 사랑의 징검다리 노릇을 해 주면 나도 그에 대한 보답을 충분히 할게."

"정란 씨, 그게 정말이야?"

"우리 회사 홍보실장이 싱글인데 소개해 줄게."

"어떻게 생겼는데?"

"잘생긴 편은 아니지만, 그렇다고 못생긴 것도 아냐."

"못생긴 남자 싫어."

"우리 나이에 얼굴 뜯어먹고 살건 아니잖아?"

"이왕이면 얼굴도 잘생기고 체력도 강해야 멋진 사랑을 할 거 아냐?"

"대남 씨, 정자 좋고 물 좋은 곳 고르다 해 넘긴다는 속담 알아, 몰라?"

"일단 정성그룹 홍보실장 소개해 줘."

대남이 승차권을 사서 건네주자 정란은 홍 작가에게 기차 도착 시간을 문자로 날리었다. 잠시 뒤 홍 작가는 서해역에서 기다리겠다고 문자를 보내왔다.

정란과 대남이 서해역에 도착하자 홍 작가는 미리 나와 기다리고 있었다. 재석은 그녀들을 승용차에 태워 바닷가 커피숍으로 데리고 갔다. 커피숍에서 홍 작가와 연배가 비슷한 남자가 기다리고 있었다. 홍 작가는 정란과 대남에게 그 남자를 소개하였다. 남자는 시인 안소월이라고 찍힌 명함을 정란과 대남에게 내밀었었다. 세 사람이 번갈아 명함을 주고받으며 인사가 끝나자 홍 작가가 빙긋이 웃으며 정란에게 뜬금없는 말을 했다.

"정란 씨, 안소월 시인님께 고맙다고 인사하세요."

"선배님, 그게 말씀이세요?"

정란은 어리둥절한 표정을 지었다. 홍 작가는 안소월 시인에게 인사를 하라는 이유를 설명했다.

"다름이 아니고 안소월 시인님이 나보고 도서 선정위원장을 맡으라고 끈질기게 설득하는 바람에 마음을 바꾸었습니다."

"아! 그러세요? 안 시인님 정말 고맙습니다."

정란은 볼우물을 지으며 안소월 시인에게 고개를 숙였다. 안소월 시인도 싱긋이 웃었다.

소개가 끝나자 홍 작가는 점퍼 호주머니에서 A4용지 두 장을 꺼낸 뒤 한 장을 정란 앞에 펼쳐놓았다. 정란은 종이에 쓴 내용을 읽어 보았다. 정란이 다 읽고 나자 홍 작가가 먼저 입을 열었다.

"이사장님이 거기에 열거한 조건을 수용하면 도서 선정위원장을 맡겠습니다."

"위원장님이 분과위원 추천권을 갖는 건 당연합니다. 그리고 작품 선정위원에게 독후감 심사권을 주는 것도 긍정적인 방향으로 검토하겠습니다."

"이사장님, 고맙습니다."

"저도 홍 작가님께 몇 가지 부탁하고 싶은 게 있습니다."

"거리낌 없이 말씀해 주세요."

"선정위원에 여성 작가나 여성 시인도 참여시켜 주었으면 좋겠습니다."

"그거야 당연합니다."

"그리고 작품을 선정하는데 고전과 현대 작품 비중이 엇비슷했으면 좋겠습니다."

"이사장님, 그거 좋은 의견입니다."

"그러면 다음 주까지 작품 선정위원님들의 이력서를 제출해 주시면 빠른 시일 안에 위촉장 수여식을 갖겠습니다."

정란이 먼저 손을 내밀어 홍 작가에게 악수를 청하였다. 두 사람이 손을 잡자 강대남과 안소월은 힘차게 박수를 쳤다.

홍 작가는 도서 선정위원장직을 수락한 다음 세 사람을 승용차에 태워 자기 집으로 데리고 갔다. 홍 작가 집은 바다가 보이는 해변가에 자리 잡고 있었다. 주택은 아담하고 깔끔하였다. 마당에는 잔디가 곱게 자라 보기가 좋았다. 집 옆에 있는 공터에는 갖가지 꽃들이 활짝 피어 있었다. 종류가 너무 많아 이름 모르는 꽃도 숱했다. 마당가에 있는 등나무 아래 나무 의자와 탁자가 놓여 있었다. 탁자 위에 차려 놓은 푸짐한 음식이 식욕을 돋웠다. 갖가지 채소와 양념, 그리고 방금 잡은 방어회, 주꾸미, 소라, 해삼, 멍게 등 싱싱한 회가 먹음직스러웠다. 홍 작가가 회를 사다 주고 이웃집 아주머니에게 상차림을 부탁한 모양이었다.

정란은 탁자에 차려 놓은 각종 회를 보고는 들뜬 목소리로 말했다.

"선배님, 진수성찬을 차리셨네요?"

"서울에서 귀한 손님들이 오셨는데 대접이 소홀한지 모르겠습니다."

"시끌벅적한 횟집보다는 운치 있고 오붓해 이런 자리가 백 배 낫지요."

"자 우리 술 한잔합시다."

홍 작가는 진한 자주 빛 포도주를 손님들 잔에 부어 주고는 건배를 제의했다. 네 사람은 모두 잔을 들고 "정성문화재단 발전을 위하여!"를 크게 외쳤다.

점심 식사를 마친 뒤 네 사람은 산책을 하려고 해변으로 나갔다. 바람이 불지 않아 바다는 잔잔하였다. 바캉스 시즌이 지나 찾아온 사람이 없는 탓에 해변은 한적하였다. 처음에는 네 사람이 뭉쳐 걷다가 자연스럽게 홍 작가는 정란과 강대남은 안소월 시인과 짝이 되어 모래사장을 걸었다. 강대남이 일부러 정란과 홍 작가가 이야기를 나눌 기회를 주기 위해 취한 행동이었다. 정란은 한참 걷다가 홍 작가와 바위 위에 나란히 앉았다. 정란은 바다를 물끄러미 바라보다가 홍 작가에게 물었다.

"선배님, 바닷가의 외딴집에서 혼자 살면 쓸쓸하고 외롭지 않으세요?"

"외롭지만 견뎌야지 어떻게 합니까?"

"부인과 사별하신 지 10년이나 지났으면서 왜 혼자 사세요?"

"몇몇 여자를 만났지만 하나같이 마음에 안 들어 그만두었습니다."

"어떻게 마음에 안 들었는데요?"

"건강하고 공부를 많이 한 여자는 문학에 관해 관심이 없고, 문학에 관심이 있는 여자는 건강이 나쁘거나 경제적으로 도와줘야 하고, 하여튼 마음에 드는 여자 만나기가 하늘에서 별 따기보다 힘들더라고요."

"젊었을 때 만난 부부들도 중년이 되면 갈등을 일으켜 이혼하거나 무늬만 부부로 사는 경우가 많은데, 중년의 나이에 만나는 남녀가 천생배필처럼 딱 맞아떨어질 리가 없지요."

"게다가 노골적으로 금전적인 도움을 받을 목적으로 접근하는 여자가 많더라고요. 그래서 외롭지만 죽을 때까지 혼자 살기로 작정했습니다."

"얘기를 듣고 나니 선배님이 갑자기 안쓰러워 보이네요."

"정란 씨, 그렇다고 나 동정할 필요 없어요."

"강한 체하지 마세요. 선배님 얼굴에서 때때로 외로움이 진하게 묻어나거든요."

"나는 세월이 많이 지나 아내 잃은 아픔이 거의 가시었지만, 정란 씨는 남편 잃은 아픔을 치유하려면 많은 시간이 필요할 거요."

"남들은 복이 철철 넘쳐 주체를 못 하는 여자라고 부러워했겠지만, 실은 빛 좋은 개살구에 지나지 않았습니다. 평범한 가정주부들이 누리는 소소하고 아기자기한 행복마저 누린 적이 거의 없었어요. 더욱이 정성그룹 계열사에서 일어난 갖가지 사건 사고 때문에 간접적으로 엄청 스트레스를 받으며 살았습니다."

어느새 정란의 목소리가 축축이 젖어들었다. 정란은 갑자기 어깨를 들먹이며 울기 시작하였다. 홍 작가는 정란의 손을 잡아 주었다. 그리고 어깨를 두들겨 주며 위로의 말을 했다.

"정란 씨, 황혼의 들녘에서 이삭줍기할 나이까지 살다 보면 소설

한두 권쯤 쓸 정도로 숱한 우여곡절을 겪기 마련입니다."

홍 작가가 위로해 주자 정란은 손으로 눈가를 훔치고는 또 다른 부탁을 하였다.

"선배님, 말 나온 김에 정성그룹 대신 제가 살아온 이야기를 소설로 써주실래요?"

"정란 씨 마음에 드는 소설을 쓰기가 쉽지 않을 텐데요."

"어렵게 생각 말고 작가님이 절 보고 느낀 대로 쓰면 됩니다."

"정란 씨를 위험한 상속녀로 묘사해도 되겠습니까?"

"미친년으로 묘사하든, 천사로 미화시키든, 저는 선배님 소설의 주인공이 되는 것만으로 대만족입니다."

"정란 씨 말투가 점점 거칠어지네요."

"제 가슴에 응어리가 그만큼 많이 쌓였다는 얘기입니다."

"응어리를 빨리 해소하지 않으면 병이 될 수도 있는데."

"선배님이 제 응어리 풀어 주세요."

"나는 정란 씨 가슴에 쌓인 응어리를 풀어줄 능력도, 자격도 없습니다."

홍 작가는 세차게 고개를 흔들었다. 정란은 후닥닥 홍 작가의 손을 잡더니 긍정적인 대답을 유도하였다.

"선배님, 이팔청춘도 아닌데, 만나면 설레고, 가슴 속에 켜켜이 쌓여 있는 이야기보따리를 마냥 풀어놓고 싶고, 긴긴 시간을 함께 보내고 싶은 남자면 충분한 자격을 갖춘 거 아닌가요?"

"정란 씨, 나를 한참 잘못 보았으니까 다른 데 가서 그런 남자 부지런히 찾아봐요."

홍 작가가 손사레를 치며 돌 위에서 일어나자 정란은 그의 손을

잡아당겨 다시 앉혔다. 그리고는 그의 가슴에 안기더니 절절한 목
소리로 애원했다.

"선배님, 우리 사랑해요. 아름답게 그리고 미친 듯이!"

신 들 린

칼 춤

정란은 서해안 바닷가에서 오후 시간 내내 보내고는 저녁 8시쯤 서울로 다시 돌아왔다. 버스터미널에서 강대남과 막 헤어져 택시 승차장으로 가는데 휴대폰에서 문자 도착 알림 소리가 들려왔다. 정란은 휴대폰을 가방에서 꺼내 문자를 읽어 보았다. 뜻하지도 않게 홍보실장 우지상이 보낸 문자였다.

「이사장님, 급히 보고드릴 사항이 있는데 지금 뵐 수 있을까요?」

정란은 무슨 일인가 궁금해 즉시 우지상에게 전화를 걸었다.
"우 실장님, 보내주신 문자를 봤는데, 급히 보고할 사항이 뭔가요?"
"이사장님 신상에 관련된 일입니다."
"그래요? 저 남부 버스터미널에 있는데 이 근처에서 뵙지요."

정란은 버스터미널 건너편 카페에서 우지상을 기다렸다. 30분쯤 지나자 우지상이 간편복 차림을 한 채 카페로 달려왔다. 우지상은 주위를 휙 둘러보고는 자리에 앉았다. 우지상은 정란의 옷차림을 눈여겨보더니 조심스럽게 입을 열었다.

"이사장님, 시골에 바람 쐬러 갔다 오신 모양이죠?"

"네, 아는 작가분을 만나고 오는 중입니다."

"누군가 미행하는 낌새를 못 느끼셨나요?"

"절 미행을 하다니요? 누가 저를 미행한단 말입니까?"

정란은 의아한 눈길로 우지상을 바라보았다. 우지상은 잠시 뜸을 들이더니 우려 섞인 목소리로 말했다.

"고위 임원들이 이사장님의 약점을 잡으려고 혈안이 돼 있습니다."

"제 약점을 잡다니, 무슨 목적으로 내 약점을 잡으려고 발광하는 거죠?"

"이사장님을 정성그룹에서 축출하려는 임원들이 꽤 많습니다."

"나를 축출하다니, 그 임원들 어지간히 할 일이 없는 사람들이 구면."

정란은 빙긋이 웃으며 태연하게 받아넘겼다. 홍보실장은 회사에서 쫓아내려는 이유를 보다 구체적으로 설명해 주었다.

"이사장님한테 걸리면 하루아침에 목이 훌러덩 날아가니까 뒤가 구린 고위 임원들은 공격이 최대의 방어라고 믿고 이사장님에게 선제 타격 걸이를 찾는 거죠."

"그 양반들, 이 호정란을 우습게 본 모양인데 개망신당하기 싫으면 조용히 정성그룹에서 떠나라고 전하세요."

정란은 입을 앙다물고 경고장을 날렸다. 우지상은 미리 대비하라고 주동자 격인 고위 임원의 실명을 밝히었다.

"정성건설 이상벽 사장이 앞장서서 이사장님을 궁지에 몰아넣을 방법을 열심히 찾고 있습니다."

"그 사람 나하고 부모 때려죽인 사이도 아닌데 왜 그러죠?"

"물론 이상벽 사장에게 동조하는 임원들이 몇 명 더 있습니다."

"그 임원들은 누구인가요?"

"경영전략실 재무 담당 사장, 정성화재 부회장, 그리고 정성전자 부회장입니다."

"아이구! 정성그룹의 핵심 임원들이 의기투합해 쿠데타를 일으킬 모양이네요."

"그룹 돈줄을 쥐고 있거나 정성그룹 계열사 중 매출이 가장 많거나 이익을 많이 내는 알짜 회사의 대표들이죠."

"쿠데타를 진압하려면 웬만한 살상 무기로는 안 되고, 핵폭탄을 투하해야 궤멸되겠네요."

정란은 그들과의 정면 승부도 불사할 뜻을 분명히 밝히었다. 우지상은 노파심에서 그들을 만만하게 보지 말라고 조심스럽게 충고했다.

"이사장님, 그들을 얕잡아봐서는 절대 안 됩니다. 치명적이고 결정적인 증거를 갖고 응징하지 않으면 역공을 당할 수도 있습니다."

"그 임원들 쿠데타가 실패하면 감옥에 갈 각오는 되어 있나 모르겠네요?"

"감옥에 가지 않으려고 물귀신 작전을 펼치겠지요."

"물귀신 작전이라니, 그건 무슨 말입니까?"

"정성그룹의 고급 정보뿐만 아니라, 그동안 회장님이 지시했거나 묵인하에 저지른 비리나 부정 등 범죄 파일을 미리 확보해 놨을 겁니다."

"회장님은 그렇다 치고, 저는 문화재단 이사장에 선임된 지 얼마 안 돼서 약점 잡힐 일이 없는데 무슨 명분으로 축출하겠다는 건지 알다가도 모르겠네요."

"물론 이사장님은 비리나 부정을 저지른 게 없지요. 하지만 여성이기 때문에 흥미 위주의 가십거리를 언론에 흘리거나 SNS 같은데 올리면 치명타를 입을 수 있습니다."

"그래요? 나는 가십거리가 될 만한 일을 저지른 적이 없습니다."

"이사장님, 이 사진 보시고 놀라지 마십시오."

우지상은 스마트폰을 재킷 호주머니에서 꺼내더니 포토 애플리케이션을 작동시켰다. 그리고는 사진을 보라고 스마트폰을 정란 앞에 밀어 놓았다.

"이사장님, 이상벽 사장이 저한테 보낸 사진입니다."

"아니, 나를 계속 미행하고 감시한다는 말인데."

정란은 스마트폰에 저장된 사진을 보고는 기가 막혀 입을 닫고 말았다.

남한강 상류에서 하섭과 물놀이하는 광경이며, 하섭이 정란을 안은 장면, 그리고 승용차 안으로 하섭과 함께 들어가는 모습을 찍은 사진까지 들어 있었다.

'진짜 귀신이 곡할 노릇이구먼. 이상벽 인간쓰레기에다 악랄하기 그지없구먼. 그런데 이상벽이 기를 쓰고 나를 회사에서 내쫓으려고 미쳐 날뛰는 건 그만큼 부정을 많이 저질렀다는 방증이야. 이 인간부터 목을 쳐야지 안 되겠구먼.'

우지상은 벌겋게 달아오른 정란의 얼굴을 훔쳐보다가 다시 말을 이었다.

"이 사진을 저에게 보내고 나서 이상벽 사장이 인터넷 신문에 기사화시켜 달라고 꼬드기더라고요."

"그래서 뭐라고 했습니까?"

"잠자는 호랑이 코털 잘못 건드리면 뼈도 못 추리니까, 절이 싫으면 가벼운 중이 떠나듯 조용히 정성그룹을 떠나라고 충고했습니다."

"실장님, 글을 쓰셔서 그런지 역시 표현이 재미있네요. 호호호."

"험악한 세상, 가능하면 웃고 살아야지요."

"홍보실장님, 좋은 정보를 제공해 주셔서 감사합니다. 그리고 추가 정보를 입수하면 즉시 알려 주세요."

정란은 우지상과 헤어진 뒤 택시를 타고 집에 오면서 거대 기업을 변화시키는 게 엄청 어렵다는 사실을 다시 한 번 깨달았다.

정란은 순풍에 돛단배처럼 자기 뜻을 펼쳐갈 줄 알았다가 고약한 장애물이 나타나자 초심을 잃지 않으려고 애썼다.

'조직에서 변화의 바람이 불면 자신의 자리를 지키기 위해 바짝 엎드리거나 순순히 따르는 인간들이 있지만, 비판을 가하면서 극렬히 저항하는 인간이 나오기 마련이야. 그런다고 좌절해 포기하거나 뺐던 칼을 슬그머니 칼집에 집어넣을 수는 없어. 치어리더처럼 멋진 춤을 추어 정성그룹 임직원들에게 즐거움을 주려고 했더니 난감하구면. 내 뜻을 관철하려면 피를 보더라도 칼춤을 추는 도리밖에 없어.'

정란은 자신을 회사에서 축출하려는 정성건설 이상벽 사장과 그에게 동조한 임원들이 스스로 회사를 그만두게 할 방법을 찾아보았다. 관행적이고 조직적으로 저지른 비리나 부정을 꼬투리 잡아

쫓아내면 시아버지인 회장의 입장이 난처해질 수 있기 때문이었다. 정란은 치사하지만, 성폭행이나 성추행을 들춰내 깩소리 못하고 회사를 떠나게 만드는 게 비교적 후폭풍이 덜 할 거 같아 증거 수집에 착수하였다.

정란은 남편 사주영의 전 비서였던 장빛나를 집 근처에서 만났다. 그녀는 여비서들의 왕언니 노릇을 하면서 계열사 사장들의 여비서들에게 보이지 않는 영향력을 행사하였다.

정란은 먼저 장빛나에게 비밀을 지켜달라고 단단히 부탁하고는 만나자고 한 이유를 솔직히 밝히었다.

"빛나 씨가 나 좀 도와줘야겠어요."

"제가 도와드릴 일이 있을까요?"

"빛나 씨, 이런 부탁을 하려니까 낯이 뜨거워지는데, 정성건설 사장을 비롯한 몇몇 고위 임원들의 숨겨진 성 관련 비행을 수집해 주세요."

"그러잖아도 이사장님이 부임하시자 그룹사 여비서들이 사장들이나 고위 임원들의 성 관련 각종 범죄 정보를 수집해 놓았습니다."

"선견지명이 있고, 아주 잘한 일이네요."

"숨겨진 사건들을 다 까발리면 회사가 활딱 뒤집힐지도 모릅니다."

"특히 정성건설 이상벽 사장의 성 관련 범죄행위를 최우선으로 수집해 주세요."

"정성건설 이상벽 사장은 그룹 여비서들 사이에서 악명 높은 임원으로 소문나 있습니다."

"음, 역시 내 예상이 적중했군요."

정란은 고개를 끄덕끄덕하며 이상벽의 목을 치는 데 그다지 어렵지 않을 거 같아 안도의 숨을 내쉬었다. 정란은 다시 한 번 장빛나에게 부탁하면서 결의를 다지었다.

"빛나 씨가 빼도 박도 못할 확실한 증거만 수집해 주면 시범 케이스로 이상벽 사장을 응징할 계획입니다."

"이사장님, 제가 적극적으로 나서서 이상벽 사장의 여비서 성폭행 사건 증거를 확보하겠습니다."

"빛나 씨, 협조해 줘서 고마워요."

정란은 커피숍을 나와 장빛나 보고 잠시 기다리라고 한 뒤 근처 현금인출기에서 5백만 원을 인출해 은행 봉투에 담았다. 정란은 사람들이 눈에 띄지 않은 곳으로 장빛나를 데리고 간 뒤 돈을 가방에 찔러주며 말했다.

"수고비로 주는 거니까 받아요."

"이사장님, 돈 안 주셔도 됩니다."

"증거를 수집하려면 사람을 만나 밥이나 술을 사야 하니까 경비로 쓰세요."

"이사장님, 잘 쓰겠습니다."

"수집한 증거는 나한테 주지 말고 강효순 감사실장에게 은밀히 전해 주세요."

"이사장님, 지시대로 따르겠습니다."

장빛나는 못 이기는 체하고 돈을 받고는 종종걸음으로 사라졌다. 정란은 멍하니 그 자리에 서서 자신을 꾸짖었다.

'호정란, 너 왜 이렇게 사악하고 치사해졌냐? 내가 살기 위해서는 어쩔 수 없어. 근묵자흑(近墨者黑)이라고 하얀 것도 먹을 가까이하면 검게 물든다고, 협잡꾼에 악당 같은 놈들과 가까이하다 보니 나도 모르게 치사하고 악랄해지는 걸 어쩌란 말이야. 멍청하게 손 놓고 있다가 뒤통수를 얻어맞는 것보다는 백번 나아. 맞아! 네 앞길을 막고 저항하는 놈들은 가차 없이 제거하고, 목적지를 향해 탱크처럼 힘차게 진격하는 거야. 호정란! 힘내라!'

며칠 뒤 강효순 감사실이 정란에게 전화를 걸어왔다. 급히 알려 줄 정보가 있으니 퇴근 후에 만나자고 하였다. 정란이 약속 장소를 회사 근처로 정하자 강효순은 다른 장소를 원했다.

"회사 근처에서 만나면 정성그룹 임직원들 눈에 띌 수도 있으니까 다른 데서 만나는 게 좋을 거 같아."

"중요한 이야기인 모양이지요?"

"전화로 밝히기 곤란하니까 만나면 자세히 얘기해 줄게."

효순의 목소리는 심각하였다. 정란은 가슴이 벌렁거렸다.

'도대체 또 무슨 일이 터진 걸까? 우리가 만나는 걸 숨기려고 할 정도면 초특급 비밀 정보인 모양인데, 도대체 그게 뭘까?'

정란이 약속 장소에 도착하고 나서 잠시 뒤 강효순이 나타났다. 정란은 자리에 앉으며 강효순의 얼굴을 눈여겨보고는 걱정 섞인 목소리로 물었다.

"언니, 무척 피곤해 보이는데 어디 아파요?"

"생각보다 골치 아픈 일이 너무 많아."

"계열사가 50여 개가 넘으니 가지 많은 나무 바람 잘 날 없다고 별의별 사건이 다 터지겠지요."

"사고방식을 뜯어고쳐야 할 임직원들이 의외로 많아. 집단이기주의에 빠져 자기 소속 직원들이 불법을 저질러도 쉬쉬하거나 적당히 눈감아 주는 일이 비일비재하다고."

"모로 가든, 외로 가든 서울만 가면 된다고, 결과만 좋으면 과정이 잘못되었더라도 눈감아 주는 과거 정성그룹 오너들의 잘못된 관행에서 비롯되었는지 몰라요. 1등 주의, 성과제일주의가 불러온 병폐이기도 하고요. 오너는 임직원들을 기업 목적 달성의 도구로 취급하고, 상명하복의 일사불란한 조직 문화가 만든 결과이기도 하고요. 이런 기업 문화가 과거 고도 성장기에는 경영 효율을 높이는 데 유용했지만, 이제는 그 부작용이 더 큰 거 같아 빨리 바꾸어야 하는데, 회장님은 여전히 소극적인 거 같아요."

"사광구 회장님처럼 한때 국민들로부터 칭송을 받고, 성공 신화의 주인공이었던 분이 하루아침에 경영 방정식을 바꾸기란 쉽지 않겠지."

"역시 기업 문화를 바꾼다는 게 보통 어려운 게 아니라는 걸 최근에야 깨달았어요. 그래서 충격요법을 쓰기로 전략을 바꾸었어요."

"충격요법이라니 그게 뭔데?"

"오너인 회장과 최고 경영자 중 일부를 물갈이하는 방향으로 나갈 거예요."

"정란 씨, 잘못하면 정성그룹의 경영권을 탈취하려는 시도로 오해받을 텐데, 그건 모험 중에 큰 모험이야."

강효순 감사실장의 눈이 똥그래졌다. 국가로 말하면 쿠데타를 일으켜 정권을 갈아치우는 것과 같아 자칫 잘못하면 정성그룹을 뿌리째 흔들어 놓을 위험성도 없지 않았던 것이다.

"문화재단 이사장 자리를 걸고, 이미 사씨 가문과 인연을 끊을 각

오까지 했어요."

"혹시, 기업 문화를 바꾼다는 핑계로 비명에 가신 사주영 부회장님의 한풀이를 하는 거 아냐?"

"처음에는 죽은 남편 한풀이에 초점을 맞췄지만, 시간이 지나면서 여자도 마음만 먹으면 거대 기업뿐 아니라 세상을 바꿀 수 있다는 사례를 보여 주고 싶기도 하네요."

"머지않아 정성그룹에 여성천하가 될지도 모르겠구먼."

"언니, 나는 페미니스트도 아니고, 여성을 위해 한풀이를 하려고 정성문화재단에 발을 들여놓은 게 아닙니다. 다만 정성그룹이 더좋은 회사로 거듭나는 데 도움을 주고 싶은 마음뿐입니다."

효순은 고개를 끄덕이더니 정란에게 새로운 정보를 전해 주었다.

"정란 씨, 최근 정성그룹 경영권을 탈취하려고 작전 세력이 등장했다는 첩보를 입수했어."

"정성그룹의 경영권을 탈취하다니, 그게 가능한 일인가요?"

"전혀 불가능한 일도 아니지."

정란은 아연 긴장했다.

'앉아서 당하느니 조직적으로 저항해서 오너와 한 판 붙어 보겠다이거구먼? 그래, 죽기 살기로 붙어 보자.'

"정란 씨,, 정성건설 이상벽 사장이 그동안 회장님이 저지른 비리를 폭로해 경영에서 손을 떼게 한 뒤 자기가 총수 자리에 오르려고 호시탐탐 노리고 있다는 거야."

"그 사람 간이 배 밖으로 나온 거 아니에요?"

정란은 가소롭다는 듯이 빈정거렸다. 효순은 경영권 탈취의 구체적인 방법까지 알려 주었다.

"외국계 몇몇 사모펀드와 손을 잡고 지주회사인 정성물산 주주총회에서 회장님과 표 대결을 하겠다는 거야."

"그러니까 외국자본을 이용해 대주주 지위를 확보한 다음 정성그룹 경영권을 차지하겠다는 전략이군요."

"빨리 손을 쓰지 않으면 신용도가 떨어져 정성그룹이 심각한 타격을 입을지 몰라."

"그런데 언니 그 정보는 누구를 통해서 입수했어요?"

"감사실 과장이 귀띔해 주더라고."

"그 과장은 누구한테 어디서 그런 정보를 입수했는지 알아봤어요?"

"내가 조사해 봤더니 정성건설 사장 여비서가 과장 대학 후배더라고."

"음, 두 사람이 그런 사이라면 믿을 만한 정보이겠네요."

"정란 씨, 빨리 대응책을 강구해야 돼."

"언니, 이상벽 사장 비리를 수집해 놓은 파일 갖고 있지요?"

"며칠 전에 사 부회장님 전 여비서 장빛나가 찾아와서 USB를 하나 주더라고."

강효순은 주위를 둘러보고는 손가방에서 손톱만 한 USB를 꺼내 정란에게 얼른 건네주었다. 정란은 장빛나와 전혀 관계가 없는 것처럼 시침을 뚝 따고는 USB를 받아 재빨리 가방에 넣었다.

"USB에 저장된 주요 내용이 어떤 거예요?"

"정성건설 협력업체에서 받은 리베이트 현황, 그리고 법인카드를 사적으로 사용한 리스트, 2년 전 모텔에서 성폭행을 당한 이상벽 사장 전 여비서의 폭로 내용이 들어 있어."

"이 기회에 본보기로 이상벽 그 인간 쇠고랑을 차게 만들 거예요. 그러면 오금이 저린 고위 임원들은 슬금슬금 회사를 떠나겠지요?"

강효순은 한참 대화를 나누다가 정란이 빈대 잡으려다가 초가삼 간을 태우는 우를 범할까 봐 충고 아닌 충고를 했다.

"정란 씨, 다 좋은데 그룹이 회오리바람에 휩싸여 뿌리째 흔들리 지 않게 속도 조절을 할 필요가 있을 거 같아."

"아니에요. 일시적으로 경영 공백이 발생하는 한이 있어도 이번 기 회에 무능하고 흠결이 많은 고위 임원들을 모조리 정리할 겁니다."

"이왕에 손에 피를 묻히기로 작정했으면 고위 임원들이 집단으 로 반발할지도 모르니까 전광석화처럼 순식간에 해치우는 게 나 을 거야."

"전투태세를 완료해 놓았으니 걱정하지 말아요."

"정란 씨, 잘하면 정의의 여걸 칭호를 받게 될지 모르겠구먼."

"그런 칭송을 받기는커녕 미친 여편네라는 욕이나 얻어먹지 않으 면 다행이겠네요."

"정란 씨, 나도 힘을 보탤 테니 기죽지 말고 밀어붙이라고!"

"언니, 용기를 북돋워 줘서 고마워요."

두 여자는 손을 잡고 흔들면서 정성그룹을 지속 가능한 글로벌 기업으로 성장시키는 데 서로 힘을 합치기로 굳게 약속하였다.

정란은 집에 돌아와 강효순이 준 USB를 컴퓨터에 꽂고 이상벽 사장이 저지른 비리 내용을 꼼꼼히 들여다보았다. 정미정이 성폭력 당할 때 내지르는 비명소리를 듣는 순간 살이 떨리고 분노가 머리 끝까지 치밀었다. 정란은 인간의 탈을 쓰고 어떻게 그런 일을 저질

수 있는지 믿어지지 않았다. 정란은 성폭행 장면의 녹취록을 휴대폰에 담은 뒤 USB 원본은 금고 안에 숨겨 놓았다.

'이상벽 이 인간이 나를 문화재단에서 몰아내고, 정성그룹 회장 자리를 차지하려고 발버둥 치는 이유를 이제야 알겠구먼. 이상벽, 이 개자식아, 정성그룹 회장 자리가 시골동네 이장 자리인 줄 아냐? 빨리 미몽에서 깨어나 감옥에 처박혀 푹 썩을 준비나 해라.'

다음 날 정란은 정성건설 이상벽 사장과 강남에 있는 요정 황금 정에서 만나기로 약속하였다. 정란은 만일의 사태를 대비해 옆방에 여비서인 민수란과 청산일보 황세화 기자를 대기시켰다.

약속 시간보다 5분 늦게 이상벽 사장이 요정에 나타났다. 이상벽 사장이 입가에 느끼한 웃음을 물고 정란에게 농담인지 진담인지 모를 말을 내뱉었다.

"차기 정성그룹 총수님을 이런 자리에서 뵙게 되어 영광입니다."

"사장님, 제 능력을 하늘처럼 높이 평가해 주셔서 감개무량합니다."

정란도 기선을 제압하려고 느물거리며 맞받아쳤다. 정란은 먼저 이상벽에게 고압적인 자세로 질문을 시작했다.

"사장님, 정성그룹에 입사하신 지는 얼마나 되셨지요?"

"내년이면 33년이 됩니다. 그런데 왜 그걸 물으시죠?"

이상벽은 못마땅하다는 투로 되물었다. 정란은 시침을 뚝 따고 비꼬아 말했다.

"사장님, 그동안의 공적이 혁혁해 멋진 선물을 하나 드리려고요."

"선물을 주신다고요? 아이고! 황송해 몸 둘 바를 모르겠습니다."

이상벽은 너스레를 떨고는 정란에게 고개를 숙였다. 정란은 선물은커녕 엉뚱하게도 퇴직한 여비서에 관해서 물었다.

"사장님, 전 여비서 정미정 아시지요?"

"정미정? 정미정이라. 아, 이제 생각나네요."

이상벽은 말을 더듬다가 아는 여사원이라고 시인하였다. 이상벽은 정란을 노려보며 시비조로 캐물었다.

"새삼스럽게 퇴직한 여비서에 관해서 묻는 이유가 뭐죠?"

"정미정이 죽었는지 살아 있는지 궁금하지 않으세요?"

"물론 잘 살고 있겠지요."

"정신과 치료를 받다가 유서를 작성해 놓고 자살을 시도한 적이 있다고 들었는데, 사장님은 모르셨나요?"

정란은 말을 빙빙 돌려 일부러 이상벽의 부아를 돋웠다. 성질 급한 이상벽은 갑자기 얼굴을 붉히고 화를 버럭 냈다.

"걔가 자살을 하든 말든 나하고 무슨 상관입니까?"

"사장님 때문에 자살을 시도했다는 소문이 회사 내에 파다하던데요?"

"정미정과 나는 사장과 비서 관계 이상도 이하도 아니었습니다."

"사장님은 필요한 것만 기억하는 편리한 머리를 갖고 계시네요. 이 녹취록을 들어 보시고 기억을 한번 되살려 보세요."

정란은 빙긋이 웃고는 가방에서 휴대폰을 꺼내 이상벽 앞에 놓았다. 휴대폰의 앱을 작동시키자 전 여비서 정미정의 분노에 찬 욕설이 터져 나왔다.

"이상벽 그 인간은 사람도 아니야. 그런 인간 말종은 감옥에서 이

빨이 몽땅 다 빠질 때까지 콩밥을 처먹어야 돼. 이상벽한테 성폭행 당한 뒤 3년이나 정신과 치료를 받았다고. 끔찍하니까 다시는 이런 일로 날 찾아오지 말라고…!"

정미정의 악에 복받친 음성을 듣고도 이상벽은 눈 하나 깜짝하지 않고 역공을 가했다.

"이사장님, 저를 정성그룹에서 내쫓으려고 여자를 매수해 연극을 근사하게 꾸미셨군요."

"역시 소문대로 사장님은 얼굴에 쇠 철판을 겹겹이 깐 게 맞군요."

"이사장님, 인격 모독 발언은 삼가세요."

이상벽은 눈을 부라리며 큰 소리로 항의하였다. 정란은 차분한 목소리로 이상벽을 나무랐다.

"사장님, 인격 모독을 안 당하려면 평소에 행실을 똑바로 하셨어 야지요."

"호정란, 당신 내게 싸움을 걸어오는 거야, 뭐야?"

이상벽은 꼭지가 돈 사람처럼 갑자기 반말로 정란을 공박하였다. 정란도 지지 않겠다는 듯이 계속 맞받아쳤다.

"역시 건설회사에서 노동자들만 상대해서 그런지 말투가 거칠 군요."

"당신, 나를 훈계하려고 온 거요? 아니면 심문하려고 만나자고 한 겁니까?"

"훈계도 심문도 아닙니다. 정미정을 성폭행한 게 사실인지 아닌지 확인하러 왔을 뿐입니다."

이상벽은 독한 양주 반 컵을 마시고는 가쁜 숨을 한참 내쉬다가 말도 안 되는 변명을 늘어놓았다.

"나는 여비서 정미정을 성폭행한 게 아닙니다. 다만 합의하에 섹스를 즐겼을 뿐입니다."

"정미정의 육성을 듣고도 합의하에 성관계를 했다니, 사장님, 인면수심에 양심이라고는 털끝만치도 없군요."

"말조심하세요? 인면수심이라니?"

이상벽은 물컵을 들어 책상을 내려치더니 자리에서 벌떡 일어났다. 정란은 이상벽 뒤통수에 대고 경고하였다.

"이 녹음 파일 뿐 아니고, 법인카드를 사적으로 쓴 내역을 언론사에 제보할 테니 그리 아십시오."

방에서 나가려고 하던 이상벽은 정란에게 다가오더니 갑자기 무릎을 꿇었다. 정란은 휴대폰 버튼을 눌러 민수란에게 빨리 방으로 달려오라는 신호를 보냈다.

"이사장님, 제발 이 사실을 신문이나 방송에는 제보하지 마십시오."

이상벽은 고개를 떨어뜨린 채 정란에게 애원하였다. 그때 민수란과 청산일보 황세화 기자가 방으로 달려왔다. 황세화 기자는 서서 스마트폰 녹음 버튼을 누르고는 정란과 이상벽 사장의 대화 내용을 녹음하기 시작하였다.

"이상벽 사장님, 다시 묻겠습니다. 정미정을 성폭행한 거 맞죠?"

"술김에 제가 미친 짓을 하였습니다."

"술김인데 어떻게 벌거벗겨 놓고 스마트폰으로 알몸을 찍었습니까?"

"몸매가 너무 예쁘고, 아름다워 두고두고 보려고 찍은 것입니다."

"사장님, 그게 아니고 정미정이가 사장님의 온갖 비리와 부정행위를 손금 보듯이 알고 있기 때문에 함부로 입을 벌리지 못하게 강제로 섹스하면서 알몸을 녹화한 거잖아요?"

"아닙니다. 정미정이를 끔찍하게 사랑해서 한 짓일 뿐입니다."

"그래요? 사랑하는 사이였으면 왜 정성건설에서 내쫓았습니까? 그리고 하청업체에 강제로 입사시켜서 그 회사 임원보고 데리고 놀라고 압력을 가한 이유는 뭡니까?"

"…?"

빼도 박도 못할 증거를 들이밀며 추궁하자 이상벽은 입을 닫았다. 정란은 화가 나 쥐 잡듯이 이상벽을 계속 족치었다.

"사장님, 여자가 무슨 애완동물입니까? 아니면 장난감입니까?"

정란의 서슬 퍼런 추궁에 이상벽은 손으로 눈가를 훔치며 애원했다.

"이사장님, 죽을죄를 지었으니 한 번만 용서해 주십시오."

정란은 열을 식히려고 냉수를 벌컥벌컥 마시고는 타협안을 제시하였다.

"사표를 내면 검찰에 고발하는 건 재고하겠습니다."

"이사장님, 여비서와 섹스를 즐겼다고 평생 몸 바쳐 일한 회사를 하루아침에 그만두라니, 너무 하는 거 아닙니까?"

"사표를 내지 않고 끝까지 버티면 사장님 범법 행위를 언론사에 제보하겠습니다. 빨리 사표를 쓰십시오."

정란이 도망갈 구멍조차 주지 않고 막다른 골목까지 몰아붙이자 이상벽은 회사에서 떠나는 것을 선택하였다.

"사표를 쓰도록 하겠습니다."

정란은 민수란이 건네준 사직원 양식과 볼펜을 이상벽에게 내밀었다. 이상벽은 눈물을 머금고 사직원에 이름과 주민등록번호, 현직책을 쓰고는 사인을 해서 정란에게 건네주었다.

"이 사직원 회장님께 결재를 올릴 테니 그리 아세요."

정란은 사직원을 가방에 넣고는 방에서 나왔다.

정란이 방에서 나가자 이상벽은 정신을 가다듬고는 고종사촌 형인 곽정의 국회의원에게 전화를 걸어 다급한 목소리로 도움을 요청하였다.

"형님, 지금 어디 계세요?"

"같은 당 위원들하고 마포에서 식사하는 중이야."

"식사 마치고 요정 황금정으로 오실 수 있어요?"

"무슨 일인데 숨넘어가는 소리를 하나?"

"형님, 저 정성그룹에서 쫓겨나게 생겼어요."

"뭔 일 터졌나?"

"형님, 바쁜 모양인데 제가 마포로 가서 자초지종을 말할게요."

"올 거 없고 부탁할 일이 뭔지 얼른 말해."

"정성그룹 문화재단 이사장 호정란에게 압력을 넣어서 제가 써준 사직서를 회수해 주세요."

"사직서는 왜 냈나?"

"일이 더럽게 꼬여서 궁여지책으로 사표를 냈어요."

"알았으니까 호정란 휴대폰 번호를 알려줘."

이상벽은 호정란 휴대폰 번호를 곽정의 의원에게 알려주고는 안도의 숨길을 내쉬었다. 이상벽은 위스키를 쭉 들이켜고는 사광구 회장이 사표 수리를 하지 못하게 저지할 방법을 찾아보았다. 하지만 마땅한 방법이 떠오르지 않았다.

'사광구 회장은 내가 충성을 맹세하면서 살려달라고 두 손을 모아 잡고 파리처럼 싹싹 빌면 사표를 반려할 거야. 내가 악심을 품으면 사광구 회장도 꼼짝없이 콩밥을 먹어야 할 처지이니까 내 청을 틀림없이 들어주겠지…'

이상벽은 황금정을 뛰쳐나와 택시를 잡아타고 백화점으로 달려갔다. 다음 날 아침 일찍 사광구 회장을 찾아가려면 환심을 살 만한 선물이 필요했던 것이다.

한편 호정란은 황금정에서 나오자마자 남동생 호정상 부장검사에게 전화를 걸었다.

"호 검사, 퇴근했어?"

"곧 퇴근할 거예요."

"내가 검찰청 근처로 갈 테니 잠깐 시간 좀 내달라고."

"누나, 무슨 일인데 만나자는 거요?"

"나 좀 도와줘야겠어."

"그러면 청사 뒤편 황제카페에 와서 다시 전화해요."

정란은 택시를 잡아타고 부리나케 황제카페로 달려갔다. 정란은 칸막이가 된 자리를 찾아 앉은 뒤 동생에게 카페에 도착했다고 알리었다. 10분쯤 지나 호정상 검사가 서류 봉투를 들고 카페에 들어섰다. 호 검사는 주위를 두리번거리다가 정란이 앉은 자리로 왔다.

"누나, 저녁 식사는 했어요?"

"요새 밥 먹을 시간도 없고, 입맛도 없어."

"나 역시 밥 생각이 없는데 요기가 될 만한 안주 시켜 놓고 맥주나 마시지요."

호정상은 종업원에게 맥주와 안주를 주문하고는 먼저 입을 열었다.

"누나, 안색이 안 좋은 거 보니 또 무슨 일이 벌어진 모양이구먼?"

"정성건설 사장이 주축이 되어 고위 임원 몇 명이 나를 회사에서 축출하려고 음모를 꾸미는 중이래."

"누나, 고위 임원들한테 미운털이 단단히 박힌 모양이구먼."

호정상은 빙긋이 웃으며 대수롭지 않게 받아들였다. 정란은 사태의 심각성을 알리려고 차분한 목소리로 그동안 벌어졌던 일들을 소상하게 밝히었다.

"감사실장하고 임원 몇 명을 회사에서 쫓아냈더니 위기를 느끼고 정성건설 이상벽 사장이 나한테 덤벼서 약점을 물고 늘어져 기어코 사표를 받았어."

"오너 며느리를 건드려 봐야 승산이 없다는 걸 모를 리가 없을 텐데, 그 사람들 정신 나갔구먼."

"내 약점을 잡으려고 미행도 시키고 별짓을 다 했더라고."

"결론은 오너 가와 비 오너 임원들 간의 정성그룹 헤게모니 다툼이네요."

"헤게모니 다툼이 아니라 불의와 정의의 싸움이야."

"누나, 고위 임원들을 숙청하면 사광구 회장의 비리도 튀어나올 건데 감당할 수 있겠어?"

"그 문제 때문에 나도 고민을 많이 하고 있어."

"아이구! 총수라는 양반이 평소에 임원들한테 약점 잡힐 짓을 하지 말았어야 하는데, 안타깝구먼."

호정상은 한심하다는 듯이 사광구 회장을 간접적으로 비난했다.

정란은 이상벽 사장의 아킬레스건인 USB를 호정상 검사에게 건네주며 말했다.

"호 검사, 이 USB에 이상벽이 하청업체로부터 주기적으로 받은 뇌물 현황, 여비서 성폭행 장면 녹취록, 법인카드를 사적인 용도로 사용한 내역이 들어 있으니까 잘 살펴봐."

"추측하건대 정성건설을 본격적으로 수사하면 갖가지 비리와 부정이 고구마 줄기처럼 줄줄이 튀어나올 거 같아 걱정되네."

"호 검사, 언젠가는 정성그룹이 한번 겪어야 할 진통이니까 걱정하지 마."

"다른 업종도 대동소이하지만, 건설회사는 더욱 비리가 심하고, 돈 갖고 못 하는 짓이 없는 거 같아요."

"호 검사, 이번에 썩은 뿌리를 뽑는 데 적극적으로 협조해줘."

"그러잖아도 정성건설을 내사할까 말까 망설이는 중이었는데 잘 되었네요."

"내가 적시에 안타를 쳤구먼."

정란은 동생이 협조할 뜻을 보이자 용기를 얻었다. 호 검사는 연약한 여자가 거대 악과 고군분투하는 게 안 돼 보였는지 정란에게 충고하였다.

"누나, 이쯤에서 회사 그만두고 좋은 남자 만나 남은 인생 즐기며 살아요. 탐욕에 찌든 인간들 싸움판에 뛰어들면 누나도 상처를 입기 마련이에요."

"아니야, 이왕 칼을 뺐으면 썩은 호박이라도 찔러야지 중간에 포기할 수 없어. 그리고 이 기회에 고위 임원들의 비리를 눈감아 준 회장님도 책임을 물어 정성그룹 경영에서 완전히 손을 떼게 만들

작정이야."

"이제 보니, 누나가 정성그룹 친위 쿠데타를 일으키려고 작정했군요."

"나는 정성그룹 경영권에는 눈곱만큼도 관심 없어. 다만 정성그룹을 환골탈태시켜 놓고 죽은 사정의 부회장의 명예를 되찾아 주고 싶을 뿐이야."

정란이 자리에서 일어나려고 하자 호 검사는 녹음기를 건네주며 말했다.

"누나, 매형이 죽던 날 국회의원 곽정의한테 협박을 당했더라고."

"무슨 협박?"

"정성요양병원 사망자 중 권력기관에 있는 고위직 부모들에게는 일반 사망자들보다 보상금을 많이 지급한 걸 문제 삼아 정성기계 공장 해외 이전을 취소하라고 압력을 넣었고, 제 놈 요청을 안 들어주면 정성 요양병원 화재 사건에 대한 청문회를 열겠다고 노골적으로 협박했더구먼."

"곽정의 의원이 공장을 해외로 이전하지 말라고 협박한 건 분명 또 다른 목적이 숨어 있는 거 같아."

"그리고 전후 사정을 살펴보면, 정성기계 노사분규도 곽정의 의원이 사주했을 가능성도 없지 않고."

정란은 동생 호 검사에게 곽정의 의원과 이상벽 사장이 인척간인데, 둘 사이가 악어와 악어새 같은 공생관계 같다며 뒷조사를 부탁하였다.

죽음의 덫

　　　　　정성요양병원 화재 사건이 거의 마무리고 사주영이 죽기 전이었다.

　국회의원 곽정의가 사주영 부회장에게 직접 전화를 걸어왔다. 정성요양병원 화재 사건에 대해서 알아볼 게 있다며 강남에 있는 마리나호텔로 나와 달라고 요청했다. 사주영은 마음이 내키지 않았지만 혼자서 약속 장소로 나갔다. 사주영 부회장은 중요한 미팅을 할 때처럼 슈트 안 호주머니에 든 고성능 녹음기 버튼을 누른 다음 룸으로 들어갔다. 사주영을 보자 곽정의 의원은 자리에서 일어나 손을 내밀며 악수를 청했다.

　"부회장님 바쁘실 텐데 시간을 내주셔서 감사합니다."

　"아닙니다. 청문회 스타 의원님을 뵙게 돼서 영광입니다."

　인사를 나누고 두 사람은 자리에 앉았다. 잠시 팽팽한 긴장감이 흘렀다. 곽정의 의원은 만나자고 한 용건을 위엄 섞인 목소리로 말했다.

"이 서류를 보면 요양병원 화재로 사망한 분들에게 지급한 보상금이 들쑥날쑥 천차만별이던데, 그 이유가 뭔지 설명을 듣고 싶어서 뵙자고 했습니다."

곽정의 의원은 말을 마치고는 서류를 사주영에게 내밀었다. 요양병원 사망자들에게 지급한 보상금 리스트였다. 서류를 본 순간 사주영 얼굴이 볼 성 사납게 일그러졌다. 청와대 수석비서관, 서울 국세청장, 경찰청 차장, 보건복지부 차관의 부모들에게 지급한 보상금 내역이 외부로 유출될 줄은 꿈에도 생각 못 했기 때문이었다. 사주영은 냉정함을 되찾고는 침착한 목소리로 차등을 두고 보상금을 지급한 사유를 설명하였다.

"의원님, 사망한 분들의 나이라든가 병이 치료될 가능성 등 나름대로 기준을 적용했기 때문에 보상금에 차이가 날 수밖에 없습니다."

"그렇더라도 일반 사망자들의 보상금은 1억 원 조금 넘는 수준인데 VIP 병실에 입원했던 정부 고위직 부모들에게는 3억 원, 많게는 5억 원까지 지급한 건 도저히 납득할 수 없습니다."

"저희들이야 보상금을 한 푼이라도 적게 주고 싶었지만, VIP 유가족들이 쉽게 합의를 해 주지 않을 거 같아서 넉넉히 보상금을 지급했을 뿐입니다."

"그게 아니고, 요양병원 화재 사건을 적당히 무마하는데 협조해 달라고 뇌물로 바친 거 아닙니까? 특히 청와대 수석비서관 부모의 보상금은 가장 많은 5억 원이더군요."

곽정의 의원은 입가에 비웃음을 물고 사주영을 공박하였다.

"의원님, 그런 건 절대 아닙니다! 지금이 어느 때인데 그런 얼빠진 짓을 합니까?"

사주영은 고개를 내저으며 완강하게 부인하였다. 곽정의는 말의 씨가 잘 안 먹히자 국회의원의 본색을 본격적으로 드러내기 시작했다.

"요양병원 화재 사건은 이대로 덮어둘 수 없습니다. 병원 부지 매입에서부터 병원 인허가, 건물 준공 검사, 그리고 병원 운영 전반에 의혹이 많아 국정조사를 발의하겠습니다."

사주영은 가슴이 뜨끔하였다. 털어서 먼지 안 나는 기업 없는 게 현실인 터라 사주영은 엄살이 섞인 하소연을 늘어놓았다.

"위원님, 기업을 운영하다 보면 애로사항이 한둘이 아닙니다. 때때로 정치권이나 정부의 고위직에 계신 분들의 도움이 필요할 때가 있다는 거 잘 아시잖습니까?"

곽정의 의원은 태도를 누그러뜨리고는 고개를 끄덕끄덕하면서 사주영의 말에 맞장구를 쳤다.

"부회장님 말씀 이해 못 하는 바 아닙니다."

사주영은 오장육부가 뒤틀렸지만 곽정의 의원의 비위를 맞추려고 속에 없는 말을 내뱉었다.

"의원님, 저희들을 도와주시면 그에 상응한 보답을 해 드릴 테니 눈감아 주시지요?"

"어떻게 보답해 주실 겁니까?"

곽정의 의원은 구체적인 방법을 제시하라고 에둘러 압박하였다. 사주영은 구체적인 안이 떠오르지 않아 거꾸로 질문하였다.

"의원님께서 원하시는 게 있으면 말씀해 주시지요."

곽정의 의원은 기다렸다는 듯이 꼬일 대로 꼬인 정성기계 문제를 해결해 달라고 요청하였다.

"그러시면 제 지역구에 있는 정성기계 공장 해외 이전 계획을 철회해 주시지요."

"위원님, 그 문제는 회장님의 승인을 받아야 하기 때문에 지금 답변 드리기가 곤란합니다."

"그룹 차원의 의사 결정이라도 부회장님이 오케이 하면 끝나는 거 아닙니까?"

"그룹의 중요한 방침이나 정책은 그룹 이사회를 거쳐 최종적으로 회장님이 결정하십니다."

사주영 부회장이 회장 핑계를 대며 꽁무니를 빼자 곽정의는 회장을 간접적으로 비난하였다.

"원래 사광구 회장님은 기업에서 강성 노조가 설치는 꼴아지를 싫어하시는 분 아닌가요?"

"노조 활동을 달갑게 여기는 기업 오너들은 많지 않을 걸요?"

"결론적으로 회장님은 정성기계 공장을 문 닫으면 비난받을까봐 해외로 이전하라고 지시한 거 아닙니까?"

"의원님이 좋도록 해석하십시오."

"그래서 정성기계 공장 문제는 부회장님 직접 나서지 않으면 해결할 수 없다는 말입니다."

"아이고! 어쩌지요? 그건 제 재량권 남용인 걸요."

열나게 떠들어댔지만, 맥 풀어진 대답이 돌아오자 곽정의 의원의 얼굴이 벌겋게 달아올랐다.

정성기계 공장의 노조원들은 강성으로 간부 사원들을 발톱의 때만큼도 안 여기고, 임원들 지시도 우습게 아는 귀족 노조였다. 게다가 생산 현장 사원 채용에 간섭하고, 납품 및 이권에 개입하는 등,

일탈 행위를 일삼았다. 매년 파업으로 수천억 원의 생산 차질을 초래하는 건 기본이었다. 보다 못한 사광구 회장이 공장을 해외로 이전하라고 사주영에게 특명을 내렸던 것이다.

"사광구 회장님은 청문회나 국정조사장에 나오지 못할 정도로 건강이 나쁘신 건 아니지요?"

곽정의 의원은 내 청탁을 옆집 개 짖는 소리처럼 한쪽 귀로 흘려 버리면 앞으로 회장을 물고 늘어지겠다는 암시를 주고는 총총걸음으로 사라졌다.

사주영은 곽정의 의원과 면담을 마치고 회사로 돌아오자마자 감사실장을 그의 방으로 불렀다. 사주영은 요양병원 사망자에게 지급한 보상금 리스트가 외부로 흘러나간 사실을 귀띔해 주고는 정보 유출자를 즉시 색출하라고 지시하였다.

일주일 뒤 감사실장은 정보 유출자의 신원을 파악해 사주영에게 보고하였다.

"부회장님, 정보 유출자는 화재 피해 보상팀에서 일했던 여사원 방혜자였습니다."

"사내 극비 정보를 국회의원에게 제보한 이유는 밝혀졌습니까?"

"자기 어머니가 정성요양병원에 입원했다가 이번 화재로 사망했는데, 1억 원을 받았나 봐요. 그런데 정부 고위직 부모들에게는 적게는 3억 원, 많게는 5억 원씩 보상해 준 사실에 분노를 느껴 외부에 알리기로 결심했다고 하더군요."

"여사원 주제에 제 어머니 보상금으로 1억 원이나 받았으면 감지덕지해야지 내부 고발을 하다니, 그 여사원 과거 행적 조사를 해 보세요."

"행적 조사를 해봤더니 외사촌 언니가 우리 요양병원 작업치료사로 근무하다가 불미스러운 일로 해고된 적이 있습니다. 그에 앙심을 품고 방혜자가 준 보상금 리스트를 곽정의 의원 비서에게 유출한 거 같습니다."

"방혜자 외사촌 언니가 무슨 일을 당했는데 이런 엄청난 일을 저질렀단 말입니까?"

사주영 부회장은 가슴이 답답한지 연신 한숨을 푹푹 내쉬었다.

VIP 병실에 입원한 한 노인 환자가 작업치료사인 오정자가 다리나 어깨를 주물러 줄 때마다 엉덩이를 쓰다듬거나 젖가슴을 만지곤 했다. 그녀가 성추행을 하면 병원에서 쫓겨난다고 여러 번 경고했지만, 노인은 콧등으로 흘려버리고 못된 짓을 계속했다. 어느 날 어깨를 마사지하는데, 노인이 옷 속으로 손을 쑥 집어넣고 오정자의 젖가슴을 주물렀다. 여러 번 성추행을 당했던 오정자는 화가 나 노인의 손등을 손톱으로 할퀴었다. 노인은 눈을 부릅뜨더니 손바닥으로 오정자의 뺨을 올려붙였다. 오정자도 도저히 참을 수 없어 노인의 뺨을 갈기었다. 노인의 턱이 홱 돌아가면서 위쪽 틀니가 쑥 빠져바닥에 떨어지고 말았다. 노인은 오정자의 머리끄덩이를 잡고 흔들어 대며 폭행죄로 고발하겠다고 으름장을 놓고는 병원장을 당장 부르라고 고래고래 소리를 질렀다. 작업치료사를 관리하는 팀장이 달려와 사과했지만, 노인은 분이 풀리지 않는지 보건복지부 차관인아들에게 폭행당한 사실을 알려 병원 문을 닫게 만들겠다고 협박까지 하였다. 급기야 담당 의사가 찾아와 사과까지 하였다. 물론 오정자는 그날로 해고되고 말았다. 작업치료사들이 들고일어났다. 성추행한 환자를 강제로 퇴원시키고, 작업치료사 해고를 철회하라고 병원 측에 압력을 넣었지만, 계란으로 바위 치기였다. 작업치료사들은 사흘 동안 환자를 돌보지 않고 농성에 들어갔다. 병원 측에서 주동자 다섯 명을 색출하여 추가로 해고해 버리자 작업치료사들은 겁을 먹고 농성을 풀었다.

그런데 병원 측에서는 화재로 사망한 성추행 노인의 보상금으로 4억 원을 지급하였다. 그 사실을 안 방혜자는 약자에게 칼을 무자비하게 휘둘러 대고 힘 있는 자에게는 비굴할 정도로 후하게 대하는 병원의 행태에 속이 부글부글 끓다 못해 분노와 비애를 느꼈던 것이다.

사주영 부회장은 감사실장의 보고를 받고 난 뒤 대외협력실장을 그의 방으로 불렀다. 대외협력실장이 방으로 들어서자 사주영은 깊은 한숨을 내쉬고는 호텔에서 받은 곽정의 의원 명함을 건네주었다.
"이 작자가 요양병원 화재를 안건으로 청문회를 열겠다고 엄포를 놓더군요."
"민간기업의 단순한 화재 사건인데 청문회를 열다니 말이 안 되지요."

대외협력실장은 어이가 없는지 목소리를 높이었다. 사주영은 그게 아니라고 손을 내젓고는 심각한 목소리로 말했다.

"화재로 사망한 VIP들 부모 보상 리스트가 그 작자 손에 들어갔어요."

"아니, 그게 어떻게 유출됐지요?"

놀랍고 믿어지지 않는지 대외협력실장의 눈이 똥그래졌다.

"그래서 하는 말인데, 여당 원내대표를 접촉해 청문회가 열리지 않도록 미리 손을 써야겠어요."

"사망자 보상도 끝나고 한숨 돌릴 만하니까 난데없이 청문회라니 여우를 피하니 호랑이가 나타난 격이네요."

대외협력실장은 난감한지 끙끙 앓는 소리를 냈다. 여당 원내대표와 접촉할 수는 있겠지만, 청탁을 들어준다는 보장이 없기 때문이었다.

"정성그룹의 명운이 걸린 일이니 어떻게 하든 청문회는 막아야 합니다."

"수단과 방법을 안 가리고 청문회를 막아보겠습니다."

대외협력실장이 방에서 나가자 사주영은 속이 타는지 생수를 연거푸 마시었다.

만일 청문회가 열리면 요양병원의 토지 매입 과정, 병원 건축 인허가, 그리고 주요 권력기관의 요직에 앉아 있는 자들의 부모들에게 준 특혜 등이 백일하에 드러날 테고, 그렇게 되면 또 한 번 기업 이미지에 심각한 타격을 입을 뿐 아니라, 검찰의 수사를 받을 게 불 보듯이 빤했다.

'회장님에게 이 사실을 보고해야 하나 말아야 하나. 보고하면 대노하시며 병원 관리를 어떻게 해서 그따위 일이 벌어지느냐고 쥐

잡듯이 닦달하고는 당장 해외로 나가라고 강요할 텐데 어쩌면 좋지…?

이럴 줄 알았으면 바이오제약이며 요양병원 사업에 뛰어들지 말 았어야 하는데…. 아니야, 순풍에 돛단배처럼 잘 굴러가면 재벌 못 될 사람이 없지. 기업을 경영하다 보면 앞으로 이보다 더 험난한 일 을 겪을지도 모르는데 여기서 좌절해서는 결코 안 돼.'

사주영이 그룹 부회장으로 취임한 지 1년쯤 지난 뒤였다.

사주영이 실버 케어 사업인 요양병원 설립 계획을 보고하자 사광 구 회장은 처음에는 탐탁하지 않게 여겼다.

"요양병원 사업을 해봤자 푼돈 벌기에도 바쁠 텐데, 왜 그런 사업 까지 손을 대려고 하나?"

"회장님, 단순히 돈벌이 목적이 아니고, 요양병원을 활용하면 바 이오 제약과 전반적인 그룹 경영에 꽤 도움이 될 거 같습니다."

"어떻게 도움이 된다는 거야?"

"요양병원에 입원한 환자를 대상으로 정성 바이오 제약에서 새로 개발한 신약 역가 테스트를 하면 안성맞춤일 거 같아요. 이뿐만 아 니라 고령사회가 되면 요양병원의 수요가 급격히 늘어나고, 고소득 자들은 시설과 서비스가 좋은 요양병원을 찾게 되어 수익도 짭짤할 거 같습니다."

"제조나 금융 위주에서 바이오 제약이나 의료 사업 쪽에서 새로 운 먹을거리를 찾을 목적이라면 투자해봐라."

"그리고 장기 요양이 필요한 정관계의 VIP 부모들을 병원에 입원시켜 그 자녀들로부터 간접적인 도움을 받는 데 매개 시설로 활용할 계획입니다."

"음, 그 아이디어도 나쁘지는 않구먼."

"회장님, 승인해 주셔서 감사합니다."

"일단 사업에 손을 대면 업계에서 최고 소리를 들어야 한다."

"회장님, 명심하겠습니다."

퇴짜를 맞을 줄 알았다가 회장이 긍정적인 반응을 보이자 사주영은 안도의 숨길을 내쉬었다. 사주영은 그룹 부회장에 취임한 뒤 새롭고 획기적인 사업을 벌이려고 노심초사하였다. 그룹의 경영권 승계뿐 아니라, 기존 임원들에게 뭔가 보여 주지 않으면 그룹을 끌고 가는 데 한계가 있다고 판단했기 때문이었다.

하지만 요양병원 인허가 과정부터 순탄치 않았다. 시민단체에서는 요양병원 허가를 결사적으로 반대했다. 바닷가 야산을 깔아뭉개고 병원을 지으면 천혜의 자연경관이 망가지고, 환경이 파괴되고, 병원에서 배출하는 폐수로 바닷물이 오염된다는 등 갖가지 부정적인 요인을 들춰내며 병원 허가를 극렬히 반대하였다. 결국, 해당 시에 거주하는 저소득층 노인에게만 요양병원에 입원할 수 있는 특혜를 주고, 요양비 중에서 본인 부담금의 반을 병원에서 지원하는 조건을 내걸자 반대를 철회하였다. 다만 정성복지재단의 추천을 받은 환자는 입원할 수 있다는 예외 조항을 두어 정부 고위직 부모들이 입원할 수 있는 길을 터놓았다.

당초에는 병동을 네 개로 나누어 짓기로 했으나 정성건설 사장이 제동을 걸었다. 제동을 건 이유는 병동을 분산해서 지으면 공사 기간도 오래 걸리고, 건축비가 배로 들 뿐 아니라, 시설 관리 인력이

며, 냉난방, 전기, 등 병원 유지 비용이 많이 들어 병원 경영에 비효
율적이라며 당초의 설계를 변경하여 단일 건물로 지었다.

사주영은 참모들과 곽정의 의원이 제기한 청문회를 저지할 방안
을 논의한 뒤 퇴근하는 길에 혼자서 단골 술집인 샤인카페를 찾아
갔다. 요양병원 화재 후유증이 꼬리에 꼬리를 물어 머리가 터질 거
같아 술을 마시지 않고는 도저히 버틸 재간이 없었다. 사주영은 모
든 문제를 자신이 해결해야 하고, 모든 결과에 대해서 무한 책임을
져야 하는 처지가 부담스럽다 못해 괴롭기까지 했다. 사주영은 거대
재벌의 후계자 자리를 내팽개치고 무인도 같은 곳으로 도망치고 싶
은 마음이 굴뚝같았다.

사주영은 위스키를 주문한 뒤 혼자 술을 마시자니 처량해 이경희
에게 전화를 걸었다.

"경희 씨, 지금 어디 있나?"

"아직도 사무실에 있어요."

"뭐하는데 퇴근이 그리 늦어?"

"아버지 건강이 안 좋아 태양산업 일을 제가 다시 맡았어요."

"그건 그렇고, 나 샤인카페에서 혼자 술 마시고 있으니까 빨리 오
라고."

"부회장님, 죄송하지만 오늘은 뵙기 어려울 거 같네요."

"왜? 못 오겠다는 거야?"

"오늘은 몸 컨디션도 안 좋고 술 마실 기분이 아니에요."

경희가 꽁무니를 빼자 사주영은 이별을 암시하였다.

"오늘 못 만나면 경희하고 영영 만날 수 없을지 몰라."

"부회장님, 죽을 사람처럼 도대체 그게 무슨 말이에요?"

"회장님이 요양병원 화재 참사에 대한 책임을 지고 부회장에서 사퇴하고 해외로 나가라고 명령을 내렸다구."

"부회장님이 요양병원 참사에 대해 모든 책임을 진다는 말인데, 그건 말이 안 되지요."

"요양병원은 회장님이 반대했는데도 내가 밀어붙인 사업이었다고."

"부회장님, 뵙고 위로해 드리고 싶지만, 오늘은 도저히 시간을 낼 수 없으니 이해해 주세요."

"경희, 오랜만에 연락했는데 이 핑계 저 핑계 대면서 날 피하는 거 보니 이상하구먼?"

"뭐가 이상해요?"

"나하고 자주 못 만나니까 젊은 애인을 둔 거 같아?"

"부회장님, 그렇게 절 못 믿으면 앞으로 전화도 하지 마세요."

"이경희, 정성그룹에서 낙동강 오리알 신세가 되니까 이제 안면까지 바꾸기냐?"

"저 그렇게 표리부동하고 배신 때리는 여자 아닙니다. 부회장님, 정말 불쾌하네요."

이경희는 화를 버럭 내고는 전화를 끊었다. 사주영은 어이가 없고 기가 막혔다.

'이게 감히 먼저 전화를 끊어? 내가 도와주지 않았으면 알거지가 되었을 년이 안면을 싹 바꾸어? 한마디로 배은망덕한 년이구먼.'

사주영은 경희에게 전화를 다시 걸을까 말까 망설이다가 그만두었다. 더 이상 체면을 구기고 싶지 않았던 것이다.

사주영은 매니저를 불러 노래 잘하는 아가씨를 들여보내라고 부탁하였다. 잠시 뒤 매니저가 아가씨를 데리고 왔다. 미인은 아니었지만, 몸매는 야리야리하였다. 그리고 옷차림은 요란하지 않고 세련돼 보였다. 그녀는 한 손에 통기타를 든 채 정중하게 고개를 숙였다.

"선생님, 처음 뵙겠습니다."

"가수인가 보구면? 무슨 노래를 잘 부르지?"

"팝송, 대중가요, 그리고 샹송도 부를 수 있어요."

아가씨는 술을 한 잔 마시고는 기품이 넘치는 중년 남자가 혼자 술을 마시는 이유가 궁금한지 사주영의 얼굴을 유심히 살펴보았다.

'마누라와 이혼하고 혼자 사나? 아니면 직장에서 갑자기 쫓겨났나? 쓸쓸하고 고뇌에 찬 모습인데 달콤하면서도 애상적인 노래를 불러야겠군.'

"선생님, 어떤 노래를 좋아하세요?"

"멜랑꼴리하고 애달픈 노래 불러 봐라."

"드라마 『사의 찬미』에 나오는 「가슴만 알아요」를 부를게요."

"음, '사의 찬미'라. 제목이 지금 내 심정과 딱 어울리는구면."

사주영은 힘없이 고개를 끄덕이고는 눈을 지그시 감았다. 아가씨는 잠시 뒤 기타 반주에 맞춰 노래를 부르기 시작했다. 애절하면서도 슬픈 노래였다. 가사를 잘들어 보니 자신과 이경희의 관계를 표현한 거 같아 코가 찡하였다. 노래가 끝난 뒤 사주영이 지갑에서 돈을 빼 손에 쥐여 주자 아가씨는 고맙다고 고개를 숙였다.

"이번에는 선생님이 한 곡 부르세요."

"최희준의 「하숙생」을 부르마."

사주영은 구슬픈 목소리로 기타 반주에 맞춰 노래를 부르기 시작하였다. 사주영은 저음으로 노래를 부르다가 가장 고음인 '정일랑 두지 말자 미련일랑 두지 말자' 부분에서 갑자기 노래를 뚝 멈추었다. 사주영은 왼쪽 가슴을 손으로 감싸 쥐고 고통스러운 신음 소리를 내다가 그만 탁자에 머리를 박았다.

"선생님! 선생님! 왜 그러세요? 어디 아프신 거예요?"

아가씨는 기타를 내팽개치고는 사주영의 어깨를 흔들었다. 사주영은 아무런 대꾸도 하지 못하고는 룸 바닥으로 나동그라지고 말았다. 아가씨는 화들짝 놀라 인터폰으로 매니저를 불렀다. 매니저가 헐레벌떡 뛰어왔다. 아가씨는 겁먹은 목소리로 소리쳤다.

"언니, 이 손님 노래 부르다가 갑자기 가슴을 쥐어뜯더니 정신을 잃었어요."

"김 군보고 빨리 119에 전화하라고 시켜!"

119에 전화를 건 지 15분 만에 구급대원들이 도착해 심폐소생술을 하면서 사주영을 인근 종합병원 응급실로 긴급히 이송하였다. 하지만 병원에 도착하기 전에 사주영은 이미 숨을 거두고 말았다.

정란의 압력에 못 이겨 이상벽이 사직원을 써 준 다음 날이었다.

이상벽은 중국 황제들이 즐겨 먹었다는 천황단을 들고 아침 8시에 사광구 회장을 찾아갔다. 회장은 아침 일찍 찾아온 게 의아해 이상벽에게 물었다.

"이 사장, 이른 시간에 웬일인가?"

이상벽은 두 손을 모아 잡고 기어들어 가는 목소리로 말했다.

"회장님께 용서를 빌려고 찾아뵈었습니다."

"용서를 빌다니 그게 무슨 말인가?"

"회장님도 아시다시피 제가 이혼한 지 꽤 오래됐잖습니까?"

"해외 공사 때문에 출장이 잦고, 밤낮없이 없이 건설 현장을 누비고 다니느라 남편 노릇을 제대로 못 해 부인하고 이혼했다고 들었네."

"몇 년 전에 스트레스도 풀 겸 여자 살 냄새가 그리워 술김에 제 여비서와 잠자리를 가졌습니다."

"사내대장부가 가끔 스트레스를 풀 겸 여자를 끼고 잘 수도 있는 거지, 뭐."

"그걸 문제 삼아 호정란 문화재단 이사장이 언론에 터뜨리겠다며 공갈 협박을 한 뒤 강제로 사표를 받아갔습니다."

"아니, 제가 뭔데 이 사장 사표를 받나? 오냐, 오냐 했더니 천방지축으로 날뛰는구먼."

사광구 회장은 버럭 화를 내며 손바닥으로 책상을 두드렸다. 이상벽은 간 쓸개 빼놓고 참회의 말을 쏟아 냈다.

"회장님, 모두 제 불찰이옵니다! 용서해 주십시오."

"이 사장, 걱정하지 말고 일이나 열심히 하게."

회장이 야단을 치기는커녕 용기를 북돋워 주자 이상벽의 얼굴이 금세 환해졌다. 이상벽은 입이 닳도록 호정란을 칭찬하였다.

"회장님, 며느님 정말로 잘 두셨습니다."

"그건 또 무슨 말인가?"

"여자가 배포도 크고 머리도 획획 돌아가는 게 영락없는 여장부입니다."

사광구 회장은 기분이 좋은지 코를 벌름거리며 웃었다. 사광구 회장은 이때다 싶어 이상벽 속마음을 떠보았다.

"그래? 그러면 며느리와 재혼할 의향은 없나?"

"며느리라면 호정란 이사장을 말하는 건가요?"

"우리 집엔 며느리라곤 호정란밖에 없어."

"혹시 회장님, 농담하시는 건 아니지요?"

"이 사장, 사람 말을 왜 그렇게 못 믿나?"

"정말 호정란 이사장과 혼인하라는 말씀이 틀림없지요?"

"아! 그렇다니까!"

이상벽이 못 믿겠다는 투로 묻고, 또 묻자 사광구 회장은 역정을 냈다. 이상벽은 회장의 기습적인 제안에 어리벙벙했다. 아니, 정신이 혼미하였다. 이상벽은 신이 내려 주신 절호의 기회를 놓쳐서는 안 된다고 판단돼 사광구 회장이 변덕을 떨까 봐 쐐기를 박았다.

"회장님, 며느님과 재혼하면 제가 회장님의 의아들이 되는 거 아시지요?"

회장은 눈을 떴다 감았다 하면서 이상벽과의 촌수를 계산해 보고는 아리송하게 대꾸했다.

"자네 말이 맞는 거 같구먼!"

"회장님을 아버지로 모실 기회가 주어진다면 너무 좋아 발가벗고 춤을 추고도 남을 거 같습니다."

"재주껏 며느리를 꼬드겨서 데리고 살아 봐."

회장의 격려에 이상벽은 신이 나 호정란과의 결혼 후에 펼칠 포부도 미리 밝히었다.

"물론 며느님을 배필로 삼으면 저에게는 천하를 얻는 것보다 더 큰 힘이 될 것입니다. 두 사람이 힘을 합하여 대통령도 함부로 못 건드리는 강력한 정성그룹으로 만들 것입니다."

사광구 회장은 허풍이 섞이기는 했지만, 이상벽의 원대한 꿈이 마음에 드는지 손을 내밀어 악수를 청했다.

"이 사장, 앞으로 자네만 믿겠네."

"만일 제가 정란 씨하고 재혼하면 기회를 봐 대통령에 출마해볼까 합니다."

"정성그룹에 몸담았던 임원 중에서 대통령이 나오기를 학수고대했는데 드디어 소원 성취할 날이 올 모양이구먼."

"제가 대통령에 당선되면 당연히 대한민국을 정성공화국으로 만들겠습니다."

"그렇게만 되면 정성그룹은 승승장구에 일취월장하겠지. 허허허."

사광구 회장은 파안대소하였다. 이상벽은 또 한 번 충성을 맹세하였다.

"회장님, 저는 제 목숨이 붙어 있는 한 정성그룹의 발전과 번영을 위해 몸과 마음을 다 바칠 것을 다시 굳게 맹세합니다."

"이 사장의 애사심은 하늘을 찌르고 남을 정도라는 거 이미 알고 있네."

"회장님, 저를 끝까지 믿어주시고 용기를 북돋워 주셔서 감개무량합니다."

이상벽은 주먹으로 눈가를 훔치며 울음 섞인 목소리로 사광구 회장의 혼을 빼놓았다. 이상벽의 충성맹세에 사광구 회장도 감동 어린 목소리로 화답했다.

"며느리를 불러 이사장과 재혼하라고 강력히 권하겠네."

"회장님, 감사합니다. 약소합니다만 중국 황제들이 즐겨 먹었다는 신비의 영약입니다. 이거 드시고 더욱 강건하세요."

이상벽은 천황단을 회장 앞에 놓고는 일어서서 큰절을 하였다.

회장의 신임을 다시 한 번 확인한 이상벽은 회사에서 쫓겨날지 모른다는 불안감을 과감하게 떨쳐버렸다. 그리고 천방지축으로 날뛰는 호정란을 가슴에 품고 요리할 수 있다는 기대감에 콧노래가 절로 나왔다.

'호정란, 네가 감히 내 목을 쳐? 어림 반 푼어치도 없는 소리 하지 마라. 하룻밤만 나하고 자고 나면 흐물흐물해져서 설설 길 년이 감히 정성그룹에서 나를 쫓아내다니, 자다가 소가 벌떡 일어나 웃겠다. 하룻강아지 범 무서운 줄 모르고 날뛰다가 쥐도 새도 모르게 죽을 수도 있어. 이 여편네야!'

이상벽은 회사에 도착하자마자 여비서 공순정에게 우지상의 계좌로 3억 원을 이체하라고 지시하였다. 공순정은 3억 원을 이체한 뒤 이 사실을 죽은 사주영 부회장 전 여비서였던 장빛나의 휴대폰으로 전송하였다. 장빛나는 수신한 문자를 즉시 정란의 휴대폰에 재전송하였다.

정란은 문자를 보고는 두 사람이 음모를 꾸미고 있는 거 같아 고개를 갸웃거렸다.

'이상벽이 왜? 무슨 용도로 3억 원을 우지상 은행 계좌에 입금했을까? 이 인간들 움직임이 이상한데? 이상벽이 홍보실장인 우지상에게 3억 원을 보낸 건 개인끼리의 단순한 돈거래가 아니야. 만일을 대비해 자신이 저지른 성폭행 기사가 나지 못하게 언론사를 상대로 로비하라고 준 돈이거나 아니면 내가 오하섭과 남한강에서 물놀이할 때 몰래 찍은 사진을 언론사에 주고 기사화하라고 손을 쓰는 건지도 몰라. 어쨌든 방심했다가는 이상벽한테 역습을 당할지 몰라. 이상벽에게 더 이상 시간을 줘서는 위험해. 빨리 회장한테 이상벽 사직원을 결재를 받아 놔야 안심이 되겠구먼.'

　정란이 점심 식사를 하려고 민수란과 사무실에서 막 나오는데 휴대폰이 북북 거렸다. 정란이 휴대폰을 귀에 갖다 대자 "곽정의 국회의원님 전화인데 호정란 이사장님 맞으시지요?"라는 여자 목소리가 들려왔다.
　"네, 제가 호정란 맞습니다."
　"의원님께서 30분 후에 이사장님을 뵈러 갈 예정입니다."
　"저 바빠서 오늘은 시간을 낼 수 없습니다."
　"의원님, 이미 정성문화재단으로 출발하셨습니다."
　"웃기는 양반이구먼!"
　"미리 알려 드려야 하는데 죄송합니다."
　'일방적으로 방문하겠다니, 예의라고는 눈곱만큼도 없는 인간이구먼? 국회의원이라는 종자들은 하나같이 하는 짓거리를 보면 망종들 같아! 흠, 안 만나 줄 것 같으니까 선수를 쳤구먼. 호랑 말코 같은 자식!'
　통화를 끝내고 10분쯤 지나자 1층 안내 데스크에서 곽정의 의원이 도착했다고 알려 왔다. 정란은 내키지 않았지만, 엘리베이터 앞에서 곽정의 의원을 기다렸다가 사무실로 안내하였다. 정란은 사무실 옆에 달린 응접실에서 차를 마시다가 시침을 뚝 따고 곽정의 의원에게 직설적으로 물었다.
　"의원님, 무슨 일로 저희 문화재단을 급히 방문하셨죠?"

"다름이 아니고, 정성건설 이상벽 사장이 제 고모 아들인데, 이 사장님이 강제로 사표를 받으셨다는데 그거 다시 돌려줄 수 없습니까?"

"사표를 받아야 할 이유가 있기 때문에 받았습니다."

"그 이유가 뭐지요?"

"제 입으로 말하면 믿지 않으실 테니까 녹취 파일을 들어 보시지요."

정란은 휴대폰에 저장된 녹취 파일을 작동시켰다. 곽정의는 이상벽 사장 여비서의 악에 받친 목소리를 듣고는 항의 조로 말했다.

"여자 문제로 사표까지 받는 건 지나친 처사 아닌가요?"

곽정의가 항의 조로 추궁하자 참다못한 정란이 면박을 주었다.

"의원님, 국회의원에게 민간 기업의 임원 인사까지 간섭할 수 있는 권한도 주어졌나요?"

"간섭이 아니고 부탁하는 겁니다."

"부탁하신다고요? 저희들에게는 부탁이 아닌 압력으로 느껴집니다."

'위원님, 이력서 여기 있슈' 하고 사표를 얼른 돌려줄 줄 알았다가 정란이 꿈쩍도 하지 않자 곽정의는 드디어 본색을 드러내기 시작했다.

"정성병원 화재의 진실 규명을 위한 청문회를 발의하려다 그만두었는데, 이런 식으로 비협조적인 태도를 보이면 재고해야겠습니다."

"죽은 사주영 부회장에게는 정성기계 공장을 해외로 이전하지 말라고 압력을 넣더니, 이제는 동생 사직서를 돌려주라고 저한테까지 압력을 넣는데, 의원님, 그렇게 할 일이 없습니까? 의원님 정말 세비가 아깝습니다."

정란이 신랄하게 비꼬자 곽정의 얼굴이 붉게 물었다.

"이사장님, 배짱이 두둑하신데 국회의원의 힘이 얼마나 위력적인지 제대로 보여 드릴까요?"

"국회의원님들에게 잘못 보이면 괴로움을 당할 뿐 아니라 치명상을 입겠지요. 하지만 정치하는 분들이 기업체 경영에 자꾸 간섭하고 못살게 굴면 수십 개의 계열사와 수백 개의 협력업체를 해외로 이전하든지 문 닫아 경제를 마비시키겠습니다."

"일개 재벌그룹이 문 닫는다고 한국 경제가 무너질까요?"

"무너지지는 않아도 흔들흔들하겠지요. 그렇게 되면 차기에 치러질 총선이나 대선에서 집권당이 질 게 빤할 거구요."

"별걱정 다 하십니다."

"국민들은 의원님과 같은 힘 있는 자들과 많이 가진 자들의 비리와 부패에 분노하다 못해 폭발 일보 직전까지 왔습니다."

"기업을 경영하시지 말고 차라리 사회정화운동에 뛰어드시지요?"

곽정의는 가소로운지 입술을 비틀며 빈정거리는 투로 말했다. 정란은 협잡꾼 같은 놈이라고 욕을 퍼부으려다가 '국민을 대표하는 선량을 모욕했'고 화를 부르르 낼 거 같아 참았다. 정란은 드디어 곽정의 의원의 코를 납작하게 만들려고 정성기계 주변 지역에 부동산 투기를 한 사실을 까발렸다.

"의원님, 저희들이 조사를 해봤더니 정성기계 공장 부지로 확정되기 전부터 공장 인근 토지를 부인, 어머니, 여동생, 조카, 사촌, 장모, 처제, 친구, 심지어 동생의 내연녀 등 동원할 수 있는 사람들의 명의로 땅을 사 두었다가 빌라며, 단독주택, 빌딩 등을 지어 합동으로 떼돈을 벌었더군요. 물론 이상벽 정성건설 사장(그 당시는 상무)

이 공장 부지 선정 정보를 미리 제공해 준 덕분이겠지만요."

"흠, 아주 소설을 쓰시는군요. 그것도 황당무계한 소설을."

곽정의는 입을 삐죽거리며 코웃음을 쳤다. 정란은 계속 곽정의를 궁지로 몰아붙였다.

"그런데 정성기계 공장을 해외로 이전한다는 소문이 나돌자 부동산 가격이 폭락하는 바람에 팔려고 내놓아도 거들떠보는 사람이 없다고 하더군요. 그래서 위원님이 정성기계 공장을 해외로 이전하지 못하게 회사에 줄기차게 압력을 넣었던 거 아닙니까?"

"내가 부동산 투기를 했으면 장에 손가락을 지지겠습니다."

"이뿐만 아니라 정성기계 공장에서 장기 농성을 하는 노조원들에게 의원님이 자금을 대 주고 있다는 정보도 입수했습니다."

"누가 그런 악의에 찬 소문을 퍼뜨립니까?"

곽정의는 겁이 나는지 놀란 눈으로 정란을 쏘아보며 강력히 부인했다.

"그래서 이 모든 사실을 검찰에 수사 의뢰하고, 동시에 몇몇 언론사에 제보할 계획입니다."

"국회의원인 나를 감히 겁박하는 겁니까?"

"제가 말한 사실이 거짓이면 무고나 명예훼손으로 검찰에 고발하십시오."

"이판사판으로 나와 붙을 모양인데 승산 없는 싸움은 처음부터 하지 않는 게 좋습니다."

"글쎄요 누가 이기는지는 싸워 봐야 알겠지요."

"아주 당당하고 자신만만하군요."

"저는 아무리 탈탈 털어도 먼지 하나 안 나올 텐데 무서울 게 뭐가 있습니까?"

혹을 떼러 왔다가 혹을 붙인 꼴이 된 곽정의는 부아가 은근히 치밀었다. 국회의원 앞에서 이렇게 오만방자하게 구는 여자를 난생처음 만나 난감하기도 했다. 아무리 회유를 하고 압력을 넣어도 호정란이 눈 하나 꿈쩍하지 않자 곽정의는 뺏던 칼을 슬그머니 칼집에 집어넣었다. 곽정의는 씨암닭을 얻어먹으려고 처갓집에 왔다가 딸 고생만 시킨다고 장모한테 욕바가지를 얻어먹은 사위 놈 얼굴을 한 채 자리에서 일어났다.

정란은 이대로 돌려보내면 곽정의가 어떤 식으로든지 보복을 해올 거 같아 자리를 고쳐 앉더니 곽정의 의원에게 사과하였다.

"의원님, 제가 다혈질이라서 흥분을 잘하는데, 이해해 주십시오."

"…?"

"실은 저도 의원님께 긴히 부탁드릴 일이 있습니다."

정란이 저자세로 나오자 곽정의는 멋쩍은 얼굴을 하고는 슬그머니 자리에 앉았다. 정란은 비서 민수란이 미리 갖고 온 서류를 펼치더니 정성기계 공장 가동 조건을 제시하면서 곽정의 속마음을 슬쩍 떠보았다.

"의원님, 정성기계 공장을 재가동시키기를 원하시면 다음 조건을 받아들이라고 노조원들을 설득해 주실 의향이 있으시지요?"

"그 조건이 뭡니까?"

"첫째, 노조원들은 앞으로 5년간 노조 활동을 중단한다. 둘째 급여를 20% 삭감한 후 3년간 동결한다. 셋째, 공장 시설을 개체 해 다른 제품을 생산해도 이의를 제기하지 않는다."

"그 조건을 노조원들이 받아들일지 의문입니다."

"위 조건을 수용하면 공장을 해외로 이전하지 않고 재가동을 적극적으로 검토해 보겠습니다. 만일 공장을 해외로 이전하지 않고 재가동하면 의원님도 좋고, 노조원들도 좋고, 회사도 좋고, 일거양득을 넘어 1거3득이 되겠네요. 호호호. 그러니 의원님께서 중재를 해 주시면 고맙겠습니다."

'정성기계 공장이 재가동되면 똥값이 된 부동산 가격이 다시 금값이 되는데 자존심 좀 구기면 어떠랴. 꿩 잡는 놈이 매라고, 죽을 땐 저승에 못 갖고 가도 살아 있을 땐 돈 많은 놈이 장땡인 세상인데 국회의원이랍시고 자존심 내세울 때가 아니지.'

목마른 놈이 샘 판다고 곽정의는 정란의 요청을 받아들였다.

"비서관들을 보내 노조원들을 적극적으로 설득해 보겠습니다."

"앞으로 2주 이내에 사측에서 제시한 조건을 노조원들이 수용하지 않으면 기존의 방침대로 정성기계 공장을 영구히 폐쇄한 후 해외로 이전하겠습니다."

정란은 단호한 목소리로 곽정의 의원의 목을 바짝 조였다. 곽정의는 벌레 씹은 얼굴을 한 채 자리에서 일어났다. 곽정의는 정란에게 손을 내밀어 악수를 하면서 두루뭉술하게 부탁했다.

"이사장님, 천상시의 발전을 위해 많은 관심을 기울여 주셨으면 좋겠습니다."

"조건만 맞는다면 천상시의 발전을 위해 최선의 노력을 경주하겠습니다."

"이사장님, 잘 부탁드립니다! 허허허."

곽정의는 악수를 마치고는 너털웃음을 터뜨리며 정란의 방에서 나갔다.

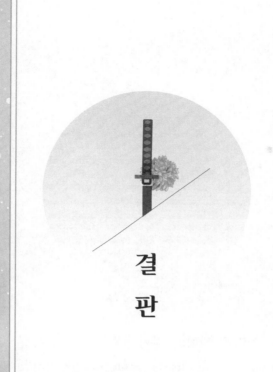

결

판

정란은 곽정의 의원이 돌아가자 감사실장 강효순에게 사광구 회장과 긴급히 면담할 계획이니 정성건설 이상벽 사장 범죄 파일을 갖고 회장 자택으로 와 달라고 부탁하였다. 정란은 강효순과 사광구 회장 집 앞에서 합류한 뒤 회장 집무실로 쳐들어갔다. 정란은 회장에게 꾸벅 인사를 하고는 단도직입적으로 물었다.

"회장님, 오늘 아침 정성건설 이상벽 사장이 회장님 뵈러 오지 않았던가요?"

"그걸 네가 어떻게 알았냐?"

사광구 회장은 깜짝 놀라며 되물었다. 정란은 가방에서 이상벽 사장의 사직원을 꺼내며 말했다.

"이상벽 사장이 회장님께 살려 달라고 빌지 않던가요?"

"살려 달라고 빌다니, 그게 무슨 말이냐?"

"이상벽 사장한테서 제가 사직원을 받았습니다."

"나한테 보고도 없이 네 마음대로 계열사 사장의 사직원을 받아도 되는 거냐?"

사광구 회장은 버럭 화를 내며 정란을 꾸짖었다. 정란은 휴대폰에 저장된 녹취 파일을 작동시켜 회장 앞에 밀어 놓았다. 회장은 녹음 파일을 듣다가 입을 실룩거리더니 휴대폰을 집어 방바닥에 내팽개쳤다. 회장은 정란에게 삿대질을 하며 고래고래 소리를 내질렀다.

"시애비 앞에서 지금 뭐하는 짓이냐? 응? 도대체 뭐하는 짓이냐고?"

"이상벽 사장이 저지른 비리가 이것뿐이 아닙니다."

정란은 또 이상벽 사장이 그동안 저지른 각종 범죄 행위가 저장된 파일을 회장 코앞에 들이밀었다. 회장은 파일을 다시 집어 던지며 소리쳤다.

"당장 내 앞에서 썩 꺼져라!"

"이상벽 사장 사직원을 결재해 주시기 전에는 이 방에서 못 나갑니다."

정란은 끝장을 볼 것처럼 회장을 압박하였다. 회장은 눈을 부릅뜨고는 천장이 무너져라 고함을 내질렀다.

"너, 지금 이 시애비를 겁박하는 거냐?"

"겁박하는 게 아니고 회장님을 보호하기 위해 제가 대신 칼을 빼들었을 뿐입니다."

"감히 너 따위가 나를 보호하다니, 이 시애비가 그렇게 우습게 보이냐?"

"회장님, 외람된 말씀이지만 이상벽 같은 악랄하고 썩어 빠진 임원이 정성그룹에 계속 몸담고 있으면 회장님도 치명타를 입게 될

게 불 보듯 빤합니다."

정란은 경고장을 날리며 회장을 궁지로 몰아붙였다. 회장은 입을 씰룩거리며 이상벽을 두둔하였다.

"임직원 중에 이상벽 사장처럼 회사에 충성하는 임원 흔치 않다."

"회장님은 지금 이상벽 사장의 위선과 계략에 놀아나고 계십니다."

"위선과 계략이라니, 그게 무슨 말이냐?"

"제가 파악한 바로는 이상벽 재산이 100억 원이 넘습니다. 그 재산 어떻게 모았겠습니까? 그동안 하청업체 등쳐먹고, 이 핑계 저 핑계 대면서 회사 돈 빼내 축적한 재산입니다."

"평생 밤낮없이 몸이 부서져라 일해서 회사 발전에 기여했으면 그 정도 해먹은 건 적당히 눈 감아 줘도 된다."

"그뿐만 아니라 제 딸 같은 여비서를 호텔에 끌고 가 성폭행을 했는데도 눈감아줘야 하나요?"

"큰 사업가나 정치인은 스트레스를 풀기 위해 주색을 즐기기 마련이다. 그건 큰 흠이 될 수가 없어."

"회장님은 아직도 호랑이 담배 먹던 시절 사고를 하시는데, 빨리 바꾸셔야 합니다."

"이제는 시애비를 훈계까지 하는 거냐?"

"훈계가 아니고 답답해서 말씀드렸을 뿐입니다."

여자를 스트레스 해소 대상쯤으로 치부하는 회장에게 욕을 퍼붓고 싶었지만, 정란은 꾹꾹 참았다. 먼저 흥분하면 파워 게임에서 진다는 걸 알기 있기 때문에 차분한 목소리로 회장을 또 설득하였다.

"회장님, 다시 말씀드리지만, 회사에 오랫동안 몸담은 고위 임원의 범죄 행위가 언론에 오르내리면 정성그룹의 이미지에 심각한 손상을 입힌다는 걸 회장님도 잘 아시잖습니까? 그런 불미스런 일이 일어나기 전에 빨리 이상벽 사장을 해임하는 게 최선의 선택입니다."

정란이 전혀 물러설 기미를 보이지 않자 회장은 마지막 카드를 들이밀며 정란의 고집을 꺾으려고 안간힘을 썼다.

"이상벽 사장이 너 하고 재혼하고 싶어 하니까 이쯤에서 덮어 두어라."

"회장님, 이상벽 사장이 저하고 재혼하고 싶다고요? 하하하."

정란은 기가 막혀 입을 막고 키득거렸다. 옆에서 서 있던 감사실장도 웃음을 참지 못하고 후하고 헛웃음을 터뜨렸다. 그런데도 사광구 회장은 정란의 고집을 꺾으려고 뜬구름 잡는 말을 계속 내뱉었다.

"이상벽 사장이 너 하고 재혼하면 대통령에 출마할 모양이더라. 만일 이상벽이 대통령에 당선되면 너는 영부인, 그러니까 옛날로 치면 황후마마가 되는 거 아니냐?"

"회장님, 이상벽이 대통령에 당선될 리도 없지만, 그런 인간이 대통령이 되면 대한민국은 지금보다 훨씬 심한 부패공화국으로 전락하고 말 것입니다."

"이상벽 사장 같은 사람이 대통령이 되어야 기업이 활력을 되찾고, 경제 성장률이 높아져 국민들이 살기가 좋아질 것이다."

사광구 회장은 주문을 외듯이 이상벽의 옹호에 한 치의 흔들림도 없었다. 정란은 사광구 회장이 한심하다 못해 측은하기까지 했다.

"회장님, 이상벽 사장한테 아무래도 홀리신 거 같습니다. 그런 협잡꾼 같은 인간들은 정성그룹에서 퇴출시켜야 비리와 편법이 판치는 기업이라는 오명을 벗어던질 수 있습니다."

아무리 설득해도 정란이 요지부동이자 사광구 회장은 사돈까지 끌어들였다.

　"내가 이런 제안을 하면 믿을지 모르겠지만, 부장검사인 네 동생을 서울 중앙지검장으로 강력히 밀 테니 좋은 게 좋다고 이상벽 사장은 살려줘라. 물론 2년쯤 지나면 내가 발 벗고 나서서 검찰총장으로 추천하마."

　정란은 코가 석 자인 아버님 문제나 해결할 방법을 강구하라고 조언하려다 오만방자하다는 말을 들을까 봐 그만뒀다.

　"아버님, 동생은 로비나 정치 바람을 타고 출세하는 거 절대 바라지 않습니다."

　"검찰총장이 되면 가문의 영광인데, 그 좋은 자리를 마다하다니, 그놈의 심보 알다가도 모르겠다."

　"동생은 출세가도를 달리는 검사보다는 검사 본연의 임무에 충실한 검사가 되는 걸 더 선호합니다."

　"정의며, 양심, 윤리 따지는 놈치고, 부자나 높은 자리에 오른 놈 보지 못했다. 그런데 매여 살면 세상 물정 모르는 등신이라고 비웃음만 산다."

　"결론은 회장님께서는 이상벽 사장을 해임하지 못 하겠다는 말씀이네요?"

　이상벽을 줄기차게 비호하자 정란은 문화재단 이사장 자리를 때려치울 각오를 하고 사광구 회장에게 최후통첩을 하였다.

　"다시 말씀드리지만, 회장님이 끝까지 이상벽 사장 사표를 수리하지 않으면 그 사람이 저지른 범죄 행위를 언론에 제보하고 검찰에 즉시 고발하겠습니다."

"너, 지금 나를 겁박하는 거냐?"

"겁박이 아니라 정성그룹이 거듭나려면 썩은 부위는 하루라도 빨리 도려내야 하기 때문에 고집을 피우는 겁니다."

"너, 정말 이 시애비 숨통을 조여 죽이려고 작정했구나."

"회장님, 다시 한 번 간청을 드립니다. 이상벽 사장 사표 수리해 주십시오."

"너, 이상벽 사장하고 철천지원수라도 졌냐?"

"이상벽 그 사람 정성그룹 회장 자리를 노리고 거대한 음모를 꾸미고 있습니다."

"거대한 음모라니? 그게 무슨 말이냐?"

"외국계 사모펀드와 손을 잡고 정성그룹 계열사 주식을 매집하고 있습니다."

"그게 정말이냐?"

"회장님, 호 이사장 말은 틀림없습니다!"

옆에 앉아 있던 김효순 감사실장이 확인해 주었다. 사광구 회장은 괴로운지 눈을 감고는 입술을 깨물었다. 이상벽을 내치면 물귀신 작전을 펼까 봐 두려웠고, 부정과 비리를 척결하려는 정란의 의지를 꺾자니 정성그룹의 미래가 걱정스러웠던 것이다.

'정성그룹의 앞날을 위해서는 며느리의 말을 따르는 게 올바른 결정이야. 이 기회에 팔다리가 잘려나가는 아픔을 감수하면서 이상벽을 내쳐야 두 다리를 뻗고 잘 수 있겠구면. 내가 최악의 궁지에 몰렸을 때 손을 잡아줄 사람은 이상벽이 아니고 며느리 호정란일 거 같아.'

사광구 회장은 감았던 눈을 뜨더니 사인펜으로 이상벽의 사직원

결재란에 '사광구'라고 갈겨썼다. 순간 회장의 눈꺼풀이 파르르 떨렸다. 정란은 사직원을 가방에 넣고는 자리에서 일어나 회장에게 고개를 숙였다.

"회장님 제 건의를 받아 주셔서 감사합니다. 조만간 정성그룹의 향후 비전과 새로운 경영전략을 수립하여 회장님께 보고 드리겠습니다."

"됐다. 네 얼굴을 두 번 다시 보기 싫으니 올 생각 마라!"

사광구 회장은 노기에 찬 목소리로 정란을 향해 쏘아붙였다. 정란은 회장 자택을 나오며 속으로 중얼거렸다.

"저런 구닥다리 사고를 하는 양반이 회장 자리를 꿰차고 있는 한, 정성그룹이 환골탈태(換骨奪胎)하기를 바라느니 고양이 대가리에서 뿔나기를 바라는 게 훨씬 나아. 회장이 이상벽을 끝까지 비호한 건 치명적인 약점이 잡혀있기 때문일 거야. 이상벽이 잘리면 회장이 저지른 비리와 부정을 모두 까발릴까 봐 전전긍긍(戰戰兢兢)했던 게 틀림없어."

정란과 힘겨루기를 하다 패한 사광구 회장은 깊은 고민에 빠졌다. 정란을 이대로 놔두면 정성그룹을 이끌어가는 고위 임원을 모조리 내쫓아 그룹을 뿌리째 흔들어 놓을 거 같아 불안하고 위태위태하였던 것이다.

'며느리 저걸 당장 해임해 버려? 해임하면 저 자리를 믿고 맡길 사람이 없단 말이야. 이럴 줄 알았으면 아들을 둘쯤 더 낳는 건데. 이 꼴 저 꼴 안 보려면 이 기회에 경영에서 손을 떼는 게 어떨까? 수즉다욕(壽則多辱)이라고 늙어 꼬부라질 때까지 권력을 틀어쥐고 있으면 영광스런 일보다는 치욕스러운 일을 당하듯이, 기업 경영도 나이가 들면 후계자에게 넘겨주는 게 옳은 선택인지 몰라.'

한편 사내 게시판에 올라온 인사 발령을 본 이상벽은 씩씩거리다가 호정란이 선물한 그림을 떼어내 바닥에 내동댕이쳤다.

'호정란 이 여편네가 설치더니, 결국 회장이 개 모가지 치듯 내 목을 덜렁 쳐버렸네? 간 쓸개 다 빼놓고 통사정을 했건만, 사광구 회장도 못 믿을 인간이구먼. 이 노인네 스스로 무덤을 팠구먼. 해외 건설 현장 공사 대금을 빼돌려 비밀 계좌에 묻어둔 돈이 5억 달러가 넘는데 뒷감당을 어떻게 하려고 내 목을 쳐? 이 노인네 며느리한테 시달리더니 정신 줄을 놓았나?

그런데 해외 비자금을 터뜨리면 그걸 조성하는데 일조한 나도 검찰에서 조사를 받아야 한단 말이야. 사표만 수리하고 조용히 내보내면 그냥 넘어가고, 호정란이 검찰에 고발해 쇠고랑을 차게 되면 못 먹는 밥에 재 뿌린다고 나 혼자만 당할 순 없지.'

이상벽은 흥분을 가라앉히고는 회장 자택으로 전화를 걸었다. 비서에게 회장과 통화하고 싶으니 전화를 연결해 달라고 소리쳤다. 비서는 단칼에 이상벽의 부탁을 거절하였다.

"지금은 회장님과 통화할 수 없습니다."

"왜 통화할 수 없다는 거요?"

"회장님 컨디션이 나빠 외부인과는 통화도, 면담도 사절입니다."

"회장님이 쓰러지기라도 했단 말인가요?"

"그건 구체적으로 말씀드리기 곤란합니다."

'이 노인네가 스트레스를 받아 쓰러졌나? 아니면 전화를 받기 싫어 따돌리는 건가? 회장이 쓰러졌으면 호정란이 회장에게 달려갔을 테니까 문화재단에 전화를 걸어 보면 돌아가는 상황을 파악할 수 있겠구면.'

이상벽은 인터폰을 눌러 호정란에게 전화를 걸어 연결해 달라고 여비서에게 지시했다. 잠시 뒤 여비서는 호정란이 자리에 없고, 휴대폰도 받지 않는다고 보고하였다.

'분명 사광구 회장 신변에 이상이 생긴 게 틀림없어. 이런 소문이 외부로 흘러나가면 정성그룹 계열사 주식이 곤두박질칠 거란 말이야. 후딱 주식을 팔아 치워야지 갖고 있다가는 왕창 손해를 볼 게 불 보듯이 빤해.'

이상벽은 증권회사에 근무하는 후배에게 전화를 급히 걸었다.

"전태일 상무, 내가 갖고 있는 정성바이오, 정성전자, 정성건설 주식을 지금 빨리 처분해 주게."

"아니, 무슨 일이 있습니까?"

"사광구 회장 신변에 이상이 발생한 거 같아."

"평소 지병이 악화됐나요?"

"노인네 긴급히 병원에 실려 간 모양이야."

"선배님, 좋은 정보 고맙습니다."

증권가에서 사광구 회장의 건강 이상설이 돌기 시작하자 정성그룹 계열사 주식이 폭락하기 시작하였다. 장을 마감할 시간에는 투매 현상까지 벌어졌다. 이상벽은 간발의 차이로 주식을 팔아치워 수십억 원의 손실을 모면하자 속으로 쾌재를 불렀다.

'사표를 낸 게 오히려 전화위복이 되었구면. 미친년 널뛰듯 하는 며느리 압력에 굴복해 내 목을 치더니 정성그룹이 흔들흔들하는구먼. 주가가 폭락해 몇 시간 만에 수조 원이 홀링 날아가고 정성그룹 돌아가는 꼴 참 좋다! 염병할 인간들! 허허허.'

이상벽은 통쾌한 웃음을 터뜨리고는 여비서에게 사물을 챙겨서 집으로 보내 달라고 부탁하였다. 이상벽은 여비서에게 그동안 수고 많았다며 협력업체로부터 받은 백화점 상품권을 다발 채로 주었다. 여비서는 상품권을 이상벽에게 돌려주며 떠름한 목소리로 말했다.

"사장님, 검찰 수사관들이 들이닥쳤습니다."

"수사관들이라니, 그게 무슨 말이야?"

이상벽의 얼굴이 붉으락푸르락 말이 아니었다. 여비서는 빤히 알면서 왜 묻느냐는 투로 대꾸하였다.

"전에 근무했던 여비서 정미정이 사장님을 성폭행범으로 검찰에 고발한 거 같아요."

"검찰에 고발하라고 호정란이 들쑤셨구먼? 썩어 문드러질 여편네! 네 명대로 사는지 어디 두고 보자!"

이상벽은 냅다 욕을 내뱉고도 분을 이겨내지 못해 이를 뿌드득 갈았다.

그때 검찰 수사관 두 명이 방으로 들어서며 체포 영장을 제시하였다. 수사관이 손목에 수갑을 채우려고 하자 이상벽은 뒤로 물러나며 항의 조로 말했다.

"수갑 채우지 마세요!"

"사장님, 체포 영장 집행에 협조해 주십시오."

"부하 직원들이 지켜보는 데 손에 쇠고랑을 꼭 채워 끌고 가야 속이 시원하겠습니까?"

"창피하고 부끄러우면 평소에 죄를 짓지 마셨어야지요."

수사관 한 명이 무안을 준 뒤 이상벽 손에 수갑을 채우고는 복도로 끌고 나갔다.

이상벽이 구속 영장이 발부되어 본격적인 수사가 시작되자 사광구 회장은 그 불똥이 자신에게 튀어올지 몰라 좌불안석이었다. 기력도 떨어지고, 불면증이 더욱 심해져 사광구 회장의 건강에 적신호가 켜졌다.

주치의는 사광구 회장의 혈압, 맥박 등을 체크한 뒤 우려를 표했다.

"회장님, 당분간 회사 업무에서 손 떼시고 안정을 취하세요. 그리고 천식이 악화될 우려가 있으니 기온이 온화한 곳에서 요양을 하시는 게 좋을 거 같습니다."

'조만장자(兆萬長者)도 죽으면 빈손으로 떠나가기 마련인데, 이참에 경영에서 손을 뗀 뒤 해외에 나가 요양하면서 마음 편하게 여생을 보내야겠구먼.'

주치의가 돌아가자 침대에 누워 링거를 맞던 사광구 회장은 비서에게 자기가 부르는 대로 받아 적으라고 지시하였다. 비서가 수첩을 펼치자 회장은 더듬더듬 말을 이어갔다.

<위임장>

오늘부로 정성그룹 회장에서 사퇴함과 동시에 정성그룹 회장의 모든 권한을 호정란 정성문화재단 이사장에게 위임한다.

정성그룹 회장 사광구

사광구 회장은 불러 준 내용을 문서로 작성하여 프린트한 뒤 다시 가져오라고 비서에게 지시하였다. 10여 분 뒤 비서가 위임장을 갖고 오자 회장은 부축을 받으며 침대에서 몸을 일으켰다. 회장은 사인펜으로 서명한 뒤 호정란을 부르라고 비서에게 지시하였다. 비서는 회장 집무실에서 나가더니 정란에게 전화를 걸었다.

"이사장님, 회장님이 긴급히 부르십니다."

"무슨 일인데 또 호출하시는 거죠?"

"회장님이 그룹 경영권을 이사장님께 넘기실 모양입니다."

"그룹 경영권을 나한테 넘기다니, 말도 안 되는 소리하지 마세요!"

"회장님께서 이미 위임장을 작성해 놓았으니 빨리 오세요."

'사면초가에 몰리자 회장이 드디어 백기투항기로 결심한 모양이구먼. 회장이 이 지경까지 이른 건 과거의 영광에 매몰돼 황제 경영의 틀에서 벗어나지 못했기 때문에 벌어진 일이야. 자업자득에(自業自得)에 사필귀정(事必歸正)이지.'

정란은 섣불리 경영권을 이어받아서는 안 된다고 자신에게 타일렀다. 앞으로 해결해야 할 일이 한둘이 아니고, 책임져야 할 사안들이 너무나 많아 감당할 자신이 없었다. 그리고 나중에 이경희와 경영권 분쟁에 휘말리지 말라는 법도 없기 때문이었다.

'정성그룹 경영권은 사씨 네 대를 이어 준 이경희가 물려받는 게 순리야. 기업을 직접 경영해 보았고, 나보다는 정성그룹에 대한 애착심도 높을 테니까.

정란은 사광구 회장 자택에 함께 가려고 이경희에 전화를 걸었다.

"이경희 사장, 지금 즉시 사광구 회장 자택으로 오라고."

"이사장님, 무슨 일인데 회장님 댁으로 오라는 거예요?"

"올 때 아들 사명식 사진을 필히 지참해."

"애 사진을 갖고 오라니, 이사장님, 도대체 무슨 일인지 귀띔이라도 해 주세요."

"회장님께서 중대한 발표를 하실 모양이야."

"중대한 발표라니, 정성그룹 후계자 문제인가요?"

"정확한 내용은 모르지만, 회장님이 후계자 선정을 앞당길 거 같아."

"지금 회장님 자택으로 출발할게요."

"와서 응접실에서 대기하고 있으라고."

"네, 알았습니다."

'사광구 회장이 이경희에게 그룹 경영권을 선뜻 넘겨줄지 모르겠네. 내가 설득하면 회장의 마음이 바뀔 가능성이 커. 그런데 이경희가 경영권을 이어받으려고 할까? 나중에 아들에게 정성그룹을 맡길 의향이 있다면 싫어도 회장의 지시를 따르겠지.'

이경희보다 정란이 먼저 사광구 자택에 도착했다. 정란은 혼자 회장 집무실에 들어섰다. 사광구 회장은 휠체어 앉아 있다가 정란에게 눈길을 주었다. 회장은 가까이 오라고 정란에게 눈짓을 했다. 정란이 다가가자 회장은 떨리는 목소리로 말했다.

"호정란 이사장, 앞으로 자네가 정성그룹을 이끌어 가라."

"회장님, 갑자기 그게 말씀이세요?"

"나이가 들어 기력도 쇠퇴했고, 판단력이 그전만 못하다. 그래서 이번 기회에 경영에서 손을 떼기로 결심했으니 며느리인 네가 맡아다오."

"회장님, 저는 정성그룹을 끌어갈 재목이 안 됩니다. 그리고 정성그룹을 물려받을 자격도 없고요."

"자격이 안 되다니, 그게 무슨 말이냐?"

회장이 이해 못 하겠다는 투로 묻자 정란은 이경희의 존재를 넌지시 암시하였다.

"회장님, 정성그룹 경영권을 사주영, 그 사람 내연녀 이경희에게 물려주세요."

정란의 뚱딴지같은 말에 회장은 어리둥절했다. 정란은 떨리는 목소리로 이경희가 경영권을 이어받아야 할 이유를 밝히었다.

"회장님, 이경희가 사주영의 아들을 낳았습니다."

"그래? 일찍 밝히지 않고 왜 이제야 밝히는 거냐?"

사광구의 얼굴에 놀라움과 호기심이 교차하였다. 사광구는 손자가 보고 싶은지 정란에게 사정하듯이 말했다.

"손자 놈을 낳았다는 이경희를 당장 만나볼 수 있느냐?"

"지금 응접실에서 기다리고 있습니다."

"그래? 그럼 어서 이리 오라고 해라!"

갑자기 사광구 회장은 엉덩이를 들썩하며 소리쳤다. 회장의 목소리에 활기가 넘쳐났다. 회장은 비서에게 이경희를 집무실로 들이라고 지시했다. 이경희가 집무실에 들어서자 회장은 눈에 힘을 주고 쏘아보았다. 이경희는 손을 앞으로 모아 잡고 정중하게 인사를 올렸다.

"회장님, 처음 뵙겠습니다. 이경희라고 합니다."

사광구 회장은 떨리는 목소리로 이경희에게 물었다.

"죽은 주영이 아들을 낳은 게 사실이냐?"

"회장님, 일찍 찾아뵙고 인사를 드리지 못한 점 너그럽게 용서해 주십시오."

"손자 놈이 올해 몇 살이냐?"

"고등학교에 다니고 있습니다."

이경희는 손가방에서 아들 사명식 사진을 꺼내 회장에게 건네주었다. 회장은 돋보기를 쓰고는 사진을 한참 들여다보다가 흐뭇한 표정을 지었다.

"지 애비보다 더 잘 생겼구먼!"

회장은 사진을 돌려주고는 이경희에게 다시 물었다.

"자네는 지금 무슨 일을 하고 있나?"

"건축자재 생산업체인 ㈜태양산업을 경영하고 있습니다."

"중소기업 사장을 하고 있구먼."

사광구 회장은 고개를 끄덕이었다. 정란은 보충 설명을 하였다.

"그뿐만 아니고 정성그룹 협력업체 모임인 '협정회' 회장도 맡고 있습니다."

"그래! 리더십이 있고, 활동력이 왕성한 모양이구먼."

"회장님, 그래서 건의 말씀드리는데 이경희 사장에게 제 자리를 물려주면 저보다 훨씬 더 일을 잘할 겁니다."

정란이 두 사람 대화에 끼어들었다. 경희는 손사래를 치며 아니라고 부인하였다.

"회장님 아닙니다. 제가 경영권을 이어받는 건 어불성설입니다. 이 사장님께서 경영권을 이어받는 게 순리입니다."

사광구 회장을 설득하려고 정란은 더욱 목소리를 높여 이경희를 치켜세웠다.

"회장님, 이경희 사장은 저보다 기업 경영에 오래 종사했고, 미모도 뛰어나고, 공부도 많이 했습니다. 이경희 사장은 정성그룹 경영권을 물려받을 적임자로 판단됩니다."

두 사람이 경영권을 서로 가지라고 장군 멍군식으로 양보의 미덕을 발휘하자 사광구 회장은 이해할 수 없다는 투로 말했다.

"아니, 경영권을 서로 차지하려고 소송 전에다 이판사판으로 싸우는 재벌가 자식들도 숱한데 거꾸로 사양하다니, 너희들 속을 알다가도 모르겠다."

"죄송합니다. 회장님 심기를 불편하게 해 드려서."

이경희가 사과를 하자 정란도 이어서 머리를 숙였다.

"저희들이 미리 의견을 조율했어야 하는데 면목이 없습니다."

"하여튼 우리 집에 새로운 식구가 둘이 더 생겨 마음이 한결 든든하구나."

사광구 회장이 박대할 줄 알았다가 의외로 환영을 하자 이경희는 감격했는지 눈시울을 붉혔다.

"아버님, 보잘것없는 저희 모자를 사씨 가문의 일원으로 기꺼이 받아 주시어 감사합니다. 아버님, 인사 올리겠습니다."

이경희는 집무실 바닥에 무릎을 꿇고 앉아 사광구에게 큰절을 올렸다. 사광구 회장은 밝은 표정을 지은 채 연신 고개를 끄덕이었다.

'어른을 대하는 태도를 보니 뼈대 있는 집안 딸 같구먼. 사씨 가문을 대대로 이어갈 아들을 낳았으니 정성그룹 경영권을 이경희에게 넘기는 게 순리이겠구먼.'

회장은 한참을 고심하다가 정성그룹 후계자로 호정란에서 이경희로 바꾸었다.

"호 이사장, 이경희 사장에게 경영권을 넘겨줄 테니 섭섭하게 생각 말라고."

"섭섭하다니요? 오히려 회장님께서 제 뜻을 받아들여 주셔서 감사할 따름입니다."

"역시 큰 며느리라서 도량이 넓구먼!"

사광구 회장은 위임장을 수정하라고 비서에게 지시했다. 회장은 수정한 위임장에 사인을 한 다음 이경희에게 건네주었다. 정란은 축하하는 의미로 힘차게 박수를 쳤다. 사광구 회장은 유언을 하듯 이경희에게 부탁하였다.

"이경희 사장, 정성그룹을 더욱 발전시켜 주기 바란다."

"회장님의 뜻에 따라 정성그룹의 성장 발전을 위해 분골쇄신하겠습니다."

이경희는 두 손을 모아 잡고 사광구에게 허리를 굽혔다. 순간 사광구 회장의 야윈 볼을 타고 눈물이 주르르 흘러내렸다. 정란은 회장이 흘리는 눈물의 의미를 곱씹어 보았다.

'자신의 분신이나 다름없는 정성그룹의 경영권을 넘겨주자 허망해서 흘리는 눈물일까? 하긴 수십 년 동안 정성그룹이라는 거대기업을 손아귀 틀어쥐고 호령했는데, 한순간에 이빨 빠진 종이호랑이 신세가 되었으니 만감이 교차하겠지. 인간의 한평생이 생로병사(生老病死)의 과정을 피할 수 없듯이 기업 경영자도 영원히 자리를 지킬 수 없다는 걸 왜 몰랐을까?'

정성건설 사장 이상벽이 체포된 지 4일 만에 구속영장이 발부되었다. 단순히 여비서 성폭행 혐의 한 가지 때문에 구속된 게 아니었다. 이상벽 사장의 사무실과 자택을 압수 수색한 결과 정성건설 하청 회사와 자재 납품업체에서 주기적으로 받은 뇌물과 해외 건설 현장에서 공사 대금을 부풀린 뒤 이를 빼돌린 증거가 대거 발견되었다. 특히 이상벽이 바지사장을 내세워 하청업체를 설립한 뒤 정성건설로부터 공사를 따내 벌어들인 돈이 어마어마했다. 검사는 도둑질을 해먹어도 분수없이 해 먹었다며 혀를 내둘렀다.

하지만 이상벽은 혼자 죄를 몽땅 뒤집어쓰면 중형을 면하기 어려울 게 불 보듯이 환하자 주군인 사광구 회장을 물고 늘어졌다. 특히 해외 건설 현장에서 돈을 빼돌린 건 전적으로 사광구 회장의 지시를 따랐을 뿐, 자신의 잘못은 눈곱만큼도 없다고 결사적으로 발뺌했다.

이틀 뒤였다.

법무실장이 검찰청 후배들을 통해 파악한 수사 상황을 사광구에게 보고했다. 사광구는 또다시 구속되는 수모를 겪을 가능성이 99%이자 해외로 도피하기로 결심하였다. 사광구 회장은 비서에게 극비리에 해외로 도피할 준비를 하라고 명령했다. 한시가 급하니 정성건설 임원 전용 항공기를 공항에 대기시키라고 지시했다. 비서가 출국할 준비를 마쳤다는 보고를 받자마자 사광구 회장은 자택에서 빠져나왔다. 기자들을 따돌리려고 정성병원으로 갔다가 건물 지하에서 승용차를 바꿔 타고 다시 공항으로 내달렸다.

사광구는 출국 수속을 밟다가 출입국관리소 직원으로부터 출국 금지 조치가 떨어진 사실을 알았다.

"무슨 얘기입니까 출국이 불가하다니?"

비서가 항의하자 출입국관리소 직원은 퉁명스럽게 쏘아붙였다.

"방금 전에 출국 금지 조치가 떨어졌다고요."

"국내에서는 병을 고칠 수 없어 해외로 나가는데 막다니 이건 인권침해 아닙니까?"

"이의가 있으면 법무부에 제기하십시오!"

출입국관리 직원과 옥신각신하다가 사광구는 하는 수 없이 다시 자택으로 돌아왔다.

사광구가 해외로 도피하려다 무산된 다음 날 검찰은 압수수색영장을 발부받아 사광구 회장의 자택과 그룹 경영전략실과 재무 담당 사장실까지 이 잡듯이 뒤졌다. 회장 자택 지하실 땅 밑에서 비밀장부가 발견되었다. 수십 년 동안 뜯긴 정치자금, 그동안 정관계 요직에 앉아 있는 공무원들에게 주기적으로 처먹인 뇌물, 회사에 불리한 사건이 터지면 그걸 무마하기 위해 돈을 처바른 기관 및 그 대상자들의 이름과 일시, 장소가 깨알같이 적혀 있었다.

3일 뒤 검찰로부터 소환장을 받은 사광구는 자택으로 법무실장을 호출했다. 사광구는 코가 쑥 빠져 있는 법무실장에게 침통한 목소리로 물었다.

"법무실장, 불구속 재판을 받을 수는 없는 거여?"

"회장님, 거의 불가능합니다."

"구속되었다가 1심 재판에서 집행유예가 가능한 거여?"

"징역 4년에 집행유예 5년까지는 만들어 보겠습니다만, 사안이 워낙 중대한지라…."

법무실장은 자신이 없는지 말끝을 흐렸다. 사광구 회장은 알았다고 고개를 끄덕이었다. 사광구는 물에 빠진 사람이 지푸라기라도 잡으려는 심정으로 청와대 쪽에 실낱같은 기대를 걸었다.

"청와대 수석비서관 중에 선이 닿는 사람이 있는데 접촉해 보지?"

"회장님 건강이 안 좋아 수사를 보류하도록 검찰에 지시를 내려 달라고 부탁했더니 거꾸로 살려 달라고 사정하더군요."

"정권이 바뀐 지 얼마 안 되었으니 그놈들도 당분간 몸을 사리겠지."

"회장님, 도움을 못 드려서 죄송합니다."

"안 되면 할 수 없지."

사광구는 해결 방안이 보이지 않자 체념한 투로 말했다. 사광구는 눈을 지그시 감고는 '공수래공수거(空手來空手去)'라는 말을 떠올리었다. 사광구는 그동안 쌓아 올린 부와 명예 등 모든 걸 버리기로 결심하였다.

사광구는 비서에게 요새 통 잠이 안 와 필요할 때 먹게 머리맡 탁자에 수면제와 양주를 갖다놓으라고 지시했다.

"회장님, 초저녁에 박사님보고 수면유도제를 놓아 달라고 하시지요. 그거 맞으면 기분도 좋고, 잠도 잘 온다고 합니다."

"그거 계속 투약하면 마약처럼 중독된다고 하니까 수면제하고 양주 갖다 놓아."

"알겠습니다."

비서는 사광구 회장 방을 나오며 구시렁거렸다.

"저 양반 생전 안 하던 짓을 하지? 자살을 결심했나? 하기야 70세가 훌쩍 넘은 나이에 쇠고랑을 차고 교도소 독방에 갇혀 있을 생각을 하면 살고 싶은 마음이 싹 가시겠지."

다음 날 아침 가정부는 식당에 아침상을 차려 놓고 사광구를 기다렸다. 한참을 기다려도 사광구가 오지 않자 가정부는 침실로 달려가 문을 두드렸다. 몇 번 두들겨도 인기척이 들리지 않아 문을 열고 방안을 들여다 보았다. 방안에서 술 냄새가 진동했다. 자세히 보니 사광구는 침대에 반듯이 누워 있었다.

"몸이 많이 불편하신가?"

가정부는 방안으로 얼른 들어갔다. 발자국 소리가 나도 사광구가 미동도 하지 않자 침대로 다가가 "회장님, 회장님!" 하고 불러보았다. 사광구가 눈을 꼭 감은 채 아무런 대꾸를 하지 않았다. 가정부는 탁자 위에 수면제가 든 약병과 양주병을 발견하고는 움찔 놀랐다. 가정부는 휴대폰으로 주치의에게 긴급히 연락을 취했다.

"박사님 큰일 났어요!"

"무슨 일입니까?"

"회장님이 약을 드신 거 같아요."

"119에 연락해 회장님을 정성병원으로 이송해 달라고 부탁하세요."

10여 분 뒤에 119 구급대원들이 달려와 사광구 회장을 정성병원으로 실어 갔다. 의사들이 달려들어 위세척을 하고 강심제를 투여하는 등 응급처치를 하였지만 소생하지 못했다. 마침내 사광구는 파란만장하고 영욕으로 점철된 생을 마감하고 말았던 것이다.

호정란은 비서한테 연락을 받고는 정성병원으로 부리나케 달려갔다. 정란은 사광구 회장이 사망한 사실을 확인하고는 비서보고 유서를 찾아보라고 지시했다. 사광구 회장의 자택 집무실 책상 서랍에서 자필로 작성한 유서를 발견하였다.

<유서>

1. 저와 관련된 비리나 위법 탈법 행위는 모두 제 책임이니 사법 당국은 해당 임직원들을 선처하여 주시기를 간곡히 부탁드립니다.
2. 국내외 차명 계좌에 예치된 모든 돈은 국가에 헌납하겠습니다.
3. 임직원들은 투명하고 보다 깨끗한 기업 문화를 이루어 정성그룹의 모든 계열사가 주주, 국민, 고객들로부터 영원히 사랑받는 기업으로 거듭나기를 당부드립니다.
4. 장례는 번거롭지 않게 가족장으로 치르고 화장을 해 선산에 묻어주기 바랍니다.

정성그룹 회장 사광구

사광구 회장의 자살에 대해서 갖가지 추측 기사가 난무하였다. 어떤 신문은 호정란이 그룹 경영권을 탈취할 목적으로 비리 파일을 검찰에 제공하는 바람에 회장이 궁지에 몰리어 자살을 선택했다고 보도했다. 어떤 신문은 사광구 회장이 임직원들을 보호하려고 희생양을 자처하고 죽음을 선택했다고 자살을 미화했다.

그룹 임직원들은 호정란이 그룹의 총수가 되는 걸 기정사실화하였다. 그래서 그런지 계열사 대표이사들이 수시로 정란에게 안부 전화를 걸고, 식사에 초대하는 등 관심을 표명하였다. 그럴 때마다 정란은 이 핑계, 저 핑계를 대면서 그들을 만나지 않았다. 정란은 오너에게 잘 보이려는 그들의 속셈을 꿰뚫고 있었던 것이다. 정란에게 적극적으로 접근하는 사장들의 면면을 살펴보니 사내에서 평판이 좋지 않고, 경영 실적이 부진한 고위 임원들이었다.

정란은 임원 중 정리 대상을 선정해 달라고 강효순 감사실장에게 부탁하였다. 새로 부임한 그룹 회장이 손에 피를 묻히기보다는 떠나는 사람이 문제 임원들을 깨끗이 정리한 뒤 경영권을 넘겨주는 게 도리라고 생각했다.

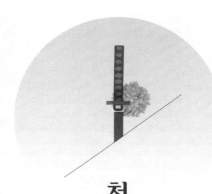

천사의 화원

사광구 회장 장례식을 마치고 주말을 맞아 휴식을 취하고 있는데 정란의 휴대폰으로 긴급 문자가 들어왔다. 정란은 주말에 문자를 보낼 사람이 없는데 이상하다 싶어 화면을 뚫어지게 쳐다보았다. 문자를 보낸 사람은 그룹 인사팀 차장 임춘순 부사장이었다.

　　「정성기계 공장에서 농성 중인 노조원들 화재로 3명 사망, 3명 긴급 병원 이송」

　　'어! 이게 뭐야? 또 화재가 발생했어? 요양병원에서 발생한 화재 여파로 남편이 죽었는데, 또 무슨 변고가 일어나려고 휴업 중인 공장에서 불이 난 거야. 이번에는 내가 저승사자에게 불려갈 차례인가?'
　　자라 보고 놀란 가슴 솥뚜껑 보고 놀란다고, 정란의 가슴이 쿵쾅거리기 시작했다. 정란은 텔레비전에 뉴스가 나오는지 알아보려고 전원을 켰다. 보도전문채널의 화면 하단에 정성기계에 화재 발생 사건이 긴급 뉴스로 나오고 있었다. 사망자 3명 이외에 병원에 이송된 부상자 3명도 생명이 위독하다는 것이었다.

잠시 뒤 임춘순 부사장이 정란에게 전화를 걸어왔다.

"이사장님, 문자 보셨지요?"

"도대체 어떻게 된 겁니까?"

"진상을 파악하려고 지금 공장으로 내려가는 중입니다."

"휴일인데 쉬지도 못하고 고생이 많으시네요."

"가능하면 빨리 사고 내용을 파악해 보고 드리겠습니다."

정란은 미안해 말끝을 흐리고는 전화를 끊었다. 정란은 거실을 서성거리다가 냉장고에서 소주를 꺼내 컵에 부은 뒤 단숨에 들이켰다.

얼마 전 곽정의 의원 지시로 강사천 비서관이 사측에서 제시한 협상안을 갖고 정성기계 공장에서 장기 농성 중인 노조 간부들을 찾아갔다. 비서관이 협상안을 제시하자 나중태 노조위원장은 담배를 퍽퍽 피워대다가 대뜸 욕부터 내뱉었다.

"뭐여? 임금을 20% 깎어? 그리고 노조활동을 5년간 중단하라고? 호정란인가, 호접란인가 그 여편네 미쳐도 단단히 미쳤구먼!"

"욕만 하지 말고 노조 쪽 협상안을 제시해 봐요."

"미지급 상여금하고, 장기 휴업 보상금, 노조를 탄압한 공장장을 비롯한 간부 놈들을 모조리 자르면 농성을 풀겠다고 전하세요."

"노조위원장님, 결론적으로 사측에서 제시한 협상안은 못 받아들이겠다는 겁니까?"

노조위원장이 말도 안 되는 주장을 하자 강사천 비서관이 화난 목소리로 물었다.

"그 인간들이 제시한 협상안은 공장을 영구히 폐쇄하겠다는 의지를 다시 한 번 확인한 것에 지나지 않아요."

옆에서 대화를 엿듣던 투쟁본부장이 이를 뿌드득 갈며 거들었다. 노조 부위원장이 답답한지 소주를 한 모금 마시고는 노조위원장을 설득하였다.

"위원장, 무조건 타협안을 걷어차지만 말고, 임금을 10% 깎고, 노조 활동을 3년간 중지하는 타협안을 제시해서 한발씩 양보하는 게 어떻겠소?"

"박상기 부위원장! 당신 지금까지 투쟁한 걸 전부 무효화시키겠다는 거여? 뭐여?"

노조위원장이 면박을 주자 부위원장은 노조원들이 처한 현실을 들이대며 사측과의 타협을 압박하였다.

"위원장! 그러면 언제까지 농성을 계속하겠다는 거여! 지금 수천 명의 공장 사원들이 임금을 받지 못하는 바람에 아파트 대출금 및 카드 대금을 제때 납부하지 못해 연체에 걸려 경매 통지서가 날아오고, 신용불량자가 안 되려고 고리의 사채를 얻어 쓰는 가정들이 속출하고 있다고. 심지어 애들 학원비조차 못 내 쩔쩔매는 집도 적지 않은데, 이건 노동자를 위한 투쟁이 아니라 노동자들을 죽이는 투쟁이라고!"

"조금만 버티면 회사가 백기 투항할 테니까 참는 길에 조금만 더

참으라고."

"제삿날 하루 잘 먹겠다고 열흘 굶으란 말인데, 내 배때기에는 기름이 다 빠져나가서 그럴 기운이 없으니까, 네놈들끼리 농성 계속하라고."

박상기 노조 부위원장은 소주병을 바닥에 내팽개치고는 농성 텐트 안에서 튀어나왔다. 부위원장을 따라 한상덕 홍보위원장도 농성장에서 빠져나왔다.

그들은 공장 근처에 있는 상가 호프집으로 발길을 옮겼다. 퇴근하면 현장 사원들이 삼삼오오 모여서 튀김 통닭이나 골뱅이 무침을 시켜놓고 시원한 생맥주로 하루의 피로를 풀던 곳이었다. 하지만 지금은 그런 작은 호사를 누리는 사원들을 눈 씻고 찾아볼 수 없었다.

호프집 주인 여자는 손님이 없어 의자에 앉아 하릴없이 텔레비전을 보는 중이었다. 그들이 호프집 안으로 들어서자 여자는 벌떡 일어나 정월 초하룻날처럼 반기었다.

"워매! 어쩐 일이랴? 두 사람 얼굴 보기가 늙은 과부가 남정네 그거 맛보기보다 더 힘들구먼, 그려."

"아주머니 미안해요. 생맥주 두 잔 주시고, 안주는 공짜로 고추장하고 멸치 몇 마리만 주세요."

박상기는 겸연쩍어하며 말했다. 주인 여자는 주문을 받아 갔고, 돌아가면서 볼멘소리로 투덜거렸다.

"아이구! 오랜만에 와서 안주도 안 팔아준단 말이여?"

"공장 다시 잘 돌아가 호주머니 두둑해지면 안주 팍팍 시켜서 먹을게요."

"그러나저러나 공장은 언제 다시 돌리는 거여?"

"정성그룹 총수가 바뀔 모양이니께 조만간 해결되겠지요."

"빨리 공장 돌아가야지 이 근처서 장사하는 사람들 다 굶어 죽겠어."

"일 못 하고 집에서 노는 우리들도 거지꼴 다 돼가요."

노조 홍보위원장 한상덕이 푸석한 얼굴을 손바닥으로 쓰다듬으면서 죽어가는 소리를 하였다.

생맥주 잔을 단숨에 비우고 나서 홍보실장이 강경파인 노조위원장과 투쟁본부장의 행태에 대해서 의혹을 제기하였다.

"부위원장, 아무래도 누군가가 배후에서 노조위원장을 조종하는 거 같아?"

"나도 그런 낌새를 느꼈는데, 이 지역 국회의원 곽정의 의원이 뒤를 봐주는 거 같아. 공장 마당에서 텐트를 쳐놓고 장기 농성을 하는 데도 경찰은 노사 문제에는 불개입 원칙을 고수한다면서 뒷짐만 쥐고 있잖아?"

"맞아! 곽정의가 이 지역에 엄청난 부동산을 갖고 있으니까 가격 폭락을 막으려고 정성기계 공장 문을 못 닫게 노조를 이용하는 게 틀림없어."

"곽정의 의원 비서관이 갑자기 나타나 사측이 제시한 협상안을 받아들이라고 압력을 가하는 걸 보면 두 사람 사이에 밀약이 있는 게 분명해."

"곽정의 의원이 노조위원장 나중태를 이 지역의 차기 국회의원으로 밀기로 합의를 봤다는 소문이 나돌더라고."

"결국은 제 놈들 개인 잇속을 위해 손을 잡고 쇼를 했다는 얘기인데, 우리는 노조위원장의 진정성을 믿고 협조했다가 골병만 들었 잖아?"

박상기 부위원장은 분통이 터지는지 주먹으로 탁자를 내려쳤다. 홍보위원장은 노조위원장이 사측 협상안을 거부하고 농성을 계속 하겠다고 박박 고집을 세우는 건 곽정의 의원과 밀약을 했다는 의 혹을 사지 않으려고 일부러 펼치는 위장 전술이라고 주장했다.

"나중테 그 자식, 국회의원에 출마하려고 잊을 만하면 지역 방송 과 지역 신문 기자를 불러 노동자 천국을 만들겠다고 기염을 토하 면서 자신의 이름을 시민들에게 알리는데 많은 공을 들인 게 다 사 전 선거운동이었구먼."

"나중태 개자식! 저거 박살을 내든지, 그동안 저지른 비리를 수집 해 영구히 매장시키는 수밖에 없어."

박상기 부위원장은 곽정의 의원과의 밀약 내용을 터뜨려 나중태 를 노조위원장에서 그만두게 하는 방법을 택하기로 하였다. 하지만 홍보위원장은 다른 방안을 제시하였다.

"부위원장, 확실한 증거가 없는데 소문만 믿고 섣불리 덤볐다가는 역습을 당할 우려가 크니까 협력업체에서 돈 챙긴 증거를 수집해 검찰에 고발하는 게 가장 효과적인 방법이야."

"그 아이디어 좋다. 내가 사장을 잘하는 협력업체가 있는데 찾아 가서 돈 준 증거를 수집해 올게."

박상기 부위원장은 그 길로 협력업체인 ㈜장천을 찾아갔다. 생산 되는 제품 전량을 정성기계에 납품하다가 노사분규로 휴업하는 하 는 바람에 공장 가동이 멈춘 상태였다. 공장 입구에는 경비원 대신 눈곱이 잔뜩 낀 개 한 마리가 쪼그리고 앉아 출입자를 감시하였다.

노조 부위원장 박상기가 사무실에 들어서자 책상에 앉아 있던 관리과장이 힐끔 쳐다보며 물었다.

"어디서 오셨지요?"

"정성기계에서 왔습니다."

"무슨 일로 오셨지요?"

"몇 가지 물어볼 게 있어서 왔습니다."

관리과장이 회의용 탁자로 박상기를 안내하였다. 잠시 뒤 여사원이 믹스 커피를 타서 갖고 왔다. 박상기는 호주머니에 든 소형 녹음기 버튼을 누른 뒤 정성기계 노조 부위원장이라고 신분을 솔직히 밝히었다.

"정성기계 사측에서 농성 중인 노조에 타협안을 제시했는데 노조위원장이 이를 받아들이지 않고 계속 버팁니다. 그래서 노조위원장을 비롯한 강성 노조 간부들을 이번 기회에 회사에서 쫓아내려고 온건파인 제가 총대를 멨습니다."

"듣던 중 반가운 말이네요. 그런데 노조위원장을 무슨 방법으로 쫓아낼 겁니까?"

관리과장은 빙긋이 웃으며 박상기 말에 의문을 품었다.

"노조위원장이 제품 품질을 문제 삼아 협력업체에 압력을 넣어 돈을 꽤 많이 챙겼다는 소문이 파다한데, 금액이라든가 전달 방법 등 구체적인 증거를 저에게 제공해 주시면 그걸 무기로 노조위원장을 매장시켜 버리겠습니다."

"의도는 좋은데 괜히 긁어 부스럼 만드는 거 아닌지 모르겠네요?"

관리과장은 난색을 표하며 회의적인 태도를 보였다. 박상기는 열을 내며 관리과장을 설득하였다.

"과장님, 고질적인 병폐를 계속 두고만 있을 겁니까? 다소 후폭풍이 불더라도 비리는 가능하면 빨리 척결하는 게 서로를 위해 좋습니다."

"관행적으로 준 돈인데 새삼 문제 삼는다는 것도 치사한 일 같기도 하고요?"

관리과장이 비협조적인 태도를 보이자 박상기는 노골적으로 상납 금액을 넘겨짚으며 이실직고를 유도하였다.

"매달 노조위원장에게 300만 원씩 건넸다는데 더 달라고 하지 않던가요?"

"300만 원은 기본이고, 불량 제품이 늘어나면 요구하는 돈이 늘어나기도 하죠?"

관리과장은 얼떨결에 노조위원장에게 돈을 준 사실을 까발리고 말았다. 속에 넣어 놓고 있으려니까 목구멍이 간질간질하였던 것이다.

"최고 얼마까지 주었습니까?"

"한 달에 700만 원까지 준 적이 있습니다."

"아이구! 그동안 꽤 많은 돈을 뜯겼네요."

"힘없는 중소기업이 살아남으려면 오장육부 다 빼놓고 힘 있는 놈들 비위를 맞추는 도리밖에 없지요."

"문둥이 콧구멍에서 바늘을 빼먹는다는 말처럼 정말 나쁜 놈들이었네요."

"그뿐 아니고, 이 지역 국회의원에게 쪼개기 후원금을 내라고 압력을 넣어 매년 수백만 원씩 냈는데요. 뭘."

"역시 노조위원장 나중태와 곽정의 의원과는 보통 사이가 아닌 거 같네요."

"후원금을 못 내겠다고 실무자들이 거부하면 나중태가 직접 사장한테 전화를 걸어 협박을 했지요."

"그 인간 정말 칼만 안 든 강도이구먼!"

"노조위원장이라는 작자가 국회의원 뒷배 믿고 호가호위를 넘어 마치 이 지역 마피아 두목 행세를 하니, 웃기는 세상이죠?"

관리과장은 입술을 비틀며 그동안 당한 일들을 솔솔 털어놓았다. 박상기도 공감하는지 세상 돌아가는 꼴을 한탄하였다.

"세상이 좋아진 건지? 아니면 망조가 든 건지 헷갈리네요."

"윗 대가리 놈들이 잇속 챙기기에 혈안이 되어 있는 세상인데, 아랫것들이라고 독야청청(獨也靑靑)할 리가 없지요."

박상기는 노동조합 부위원장이라는 감투를 쓴 걸 처음으로 후회했다. 건전한 노동 활동을 통해 회사를 발전시키고, 근로자의 삶을 풍요롭게 만들려는 소망이 산산 조각났기 때문이었다.

"과장님, 여러 가지로 협조해 주셔서 감사합니다."

박상기 부위원장은 관리과장에게 인사를 하고는 자리에서 일어났다. 사무실을 나오는 박상기에게 관리과장이 힘없는 목소리로 물었다.

"부위원장님, 정성기계 공장이 다시 돌아갈 거 같습니까?"

"반반입니다만, 한번 기대를 해 보세요."

"그럼 계속 수고하십시오."

다음 날 저녁, 박상기 부위원장은 홍보위원장과 술을 거나하게 마시고 농성장을 다시 찾아갔다. 노조위원장을 비롯한 노조 간부들은 프로판가스에 삼겹살을 구워 소주를 마시고 있었다. 박상기 부위원장이 텐트 안으로 들어서자 노조위원장이 쏘아붙였다.

"어이! 부위원장, 어제는 슬그머니 어디 갔다 온 거여?"

"돈 구하려고 동생 집에 갔다 왔다."

"아니, 가진 건 돈밖에 없는 사람이 돈을 빌리러 동생 집에 갔다 오다니, 거짓말도 분수껏 하라고."

나중태 노조위원장은 믿을 수 없다는 듯이 빈정거렸다. 박상기는 이때다 싶어 노조위원장에게 자신 사퇴를 종용했다.

"노조위원장, 당신 때문에 정성기계 사원들이 거지꼴이 다 된 거 몰라? 그러니까 모든 책임을 지고 당장 노조위원장에서 사퇴하라고!"

"뭐야? 노조위원장을 그만두라고? 이런 개새끼 좀 보게!"

나중태는 듣지 말아야 할 말을 들은 것처럼 눈을 치켜뜨고 욕을 퍼부었다. 박상기는 빙긋이 웃으며 여유만만하게 응수했다.

"나중태, 콩밥 안 먹으려면 좋게 얘기할 때 노조위원장 그만두고 빨리 집에 가서 애나 보라니까."

"박상기, 너 이 새끼! 죽으려고 환장했구나?"

"그래! 맞아 죽으나 굶어 죽으나 죽기는 마찬가지이니까 네놈부터 해치우고 죽어야겠다."

"너 이 새끼, 사측에서 돈 얼마나 받아쳐 먹고 방해 공작을 하는 거냐?"

"나는 너 같은 도둑놈이 아니야. 나중태! 그동안 협력업체에서 돈 받아먹은 증거 다 수집했으니까 죽은 듯이 회사 떠나라고. 그렇지 않으면 검찰에 고발해서 콩밥 먹게 만들 테니, 빨리 노조 위원장 사퇴해라."

박상기가 마지막으로 경고를 하자 나중태의 얼굴이 험악하게 일그러졌다. 옆에서 지켜보고 있던 투쟁본부장이 박상기의 얼굴에 주먹을 날렸다. 나중태가 옆에 놓여 있던 과도를 집어 박상기 목에 들이댔다. 박상기는 자리에서 벌떡 일어나 텐트 밖으로 나왔다. 미리 준비해 온 석유통 마개를 열고는 텐트 안으로 뛰어들어 노조위원을 향해 석유를 뿌렸다. 그리고는 재빨리 라이터 불을 켜서 그에게 내던졌다. 불길이 순식간에 노조위원장의 옷에 옮겨붙어 활활 타기 시작했다. 잠시 뒤 굉음과 함께 가스통이 폭발하면서 텐트가 날아 가버렸다. 순간 농성장 안은 아비규환에 생지옥이 되고 말았다.

119 구급차에 실려 간 노조위원장 나중태, 투쟁본부장 그리고 부위원장 박상기는 병원에 도착하기 전에 모두 사망하였다. 농성장 안에 있던 홍보위원장을 비롯한 노조원 4명은 화상을 입고 인근 병원에 입원하였다.

임춘순 부사장은 정성기계 공장 화재 발생 경위를 보고하고 향후 대책을 논의하기 위해 정성기계 왕태산 공장장과 함께 정란을 찾아왔다.

"이사장님, 노조원들의 자중지란으로 빚어진 사고이기 때문에 사망자 장례는 가족장으로 치르도록 조치했습니다."

"도의적으로 회사에서 장례비를 지원해 주는 게 좋지 않을까요?"

정란이 사망자들에게 인정을 베풀려고 하자 공장장이 얼굴을 붉히며 단호하게 반대하였다.

"지금까지 그놈들 한 짓을 보면 1원 한 장 보태줘서는 안 됩니다!"

"공장장님 심정 충분히 이해가 갑니다. 하지만 아무리 미워도 한 때는 정성그룹의 가족이었는데 죽음을 모른 채 한다는 건 옹졸하고 비정한 거 같네요."

"그러면 장례비로 사망자에게 천만 원씩을 지원하면 어떨까요?"

임춘순 부사장이 조의금 액수를 제시하였다. 왕태산 공장장은 입을 꽉 다문 채 더 이상 이의를 제기하지 않았다.

정란은 두 사람에게 정성기계 공장을 다시 가동하는 방안을 검토하라고 지시하였다. 그러자 임춘순 부사장은 난색을 표했다.

"공장을 다시 가동시킨다는 건 어불성설입니다."

"임춘순 부사장님, 회장님 방침에 어긋나기 때문에 재가동을 해서는 안 된다는 말인가요? 아니면 또 다른 이유가 있나요?"

"회장님 경영 방침에 어긋나기도 하지만, 노조원들의 의식이 바뀌지 않는 한 공장을 재가동해봤자 또 노사분규로 골머리를 앓을 게 뻔합니다."

"이사장님, 저 자식들은 일자리가 없어져서 알거지가 돼 봐야 정신을 차릴 놈들입니다. 이대로 재가동을 해서는 안 됩니다."

왕태산 공장장은 악에 복받친 목소리로 공장 폐쇄를 강력히 주장하였다. 그는 지금까지 노조원들에게 엄청 시달림을 당했을 뿐 아니라, 적대 세력으로 취급당하다 보니 정나미가 떨어지다 못해 치가 떨렸던 것이다.

정란은 두 사람의 이야기를 듣고는 곤혹스러워 한숨을 푹 내쉬었다. 공장을 폐쇄한 뒤 해외로 이전하는 건 사회적 책임을 회피하는 인상을 주는 거 같았고, 그렇다고 공장을 재가동하자니 노사분규가 되풀이될 거 같아 이러지도 못하고 저러지도 못하는 진퇴양난

(進退兩難) 지경에 이르렀다.

정란은 지역 경제를 살리고 일부 강성 노조원들을 물갈이할 수도 있는 방안이 없을까 고심에 고심을 거듭하였다. 정란은 장차 유망하면서도 친환경 제품인 소형 전기차를 생산하는 것도 하나의 대안이 될 거 같아 두 사람에게 의견을 물어보았다.

"제 생각인데 정성기계 공장에서 기존 자동차 부품은 생산을 중단하고, 설비를 개체하여 소형 전기자동차를 생산하면 어떨까요?"

"이사장님, 그 아이디어 참 좋은데요?"

임춘순 부사장이 칭찬을 아끼지 않았다. 공장장 역시 정란의 제안을 크게 반기었다.

"저도 공장 이전보다는 업종 전환을 대찬성합니다."

정란은 아이디어 차원의 의견을 냈는데 큰 호응을 받자 일사천리로 밀어붙였다.

"그러면, 두 분께서는 경영전략실 신사업개발팀장과 협의해 소형 전기자동차 프로젝트팀을 구성하세요."

"투자비가 의외로 많이 들 텐데 그게 걱정됩니다."

"각 계열사가 투자하도록 제가 적극적으로 설득할 테니 걱정하지 마십시오."

"앞으로 잘하면 소형 전기자동차가 정성그룹의 주력 상품이 될지 모르겠군요."

임춘순 부사장이 밝은 표정을 지으며 희망 섞인 말로 정란의 지시에 화답하였다. 정란은 실타래처럼 얽히고설킨 정성기계 해외 이전 문제를 해결하자 앓던 이를 뺀 것처럼 속이 후련했다.

「곽정의 국회의원이 정성기계 공장에서 농성하던 중에 화재로 사
망한 노조원들의 장례식장을 방문했다가 피습을 당해 중태에 빠
졌습니다. 가해자는 칼로 자해를 하는 바람에 병원으로 긴급히 이
송했습니다.」

정란은 텔레비전에서 긴급 뉴스를 보고 깜짝 놀랐다. 정란은 곽
정의 의원의 피습이 정성그룹에 불똥이 튈지도 몰라 그룹 인사팀
임춘순 부사장에게 진상 파악을 지시하였다. 임춘순 부사장은 2일
간의 진상 조사를 마친 뒤 사건 개요를 이메일로 보내왔다.

직장에서 퇴직한 55세 남자 오창수는 3년 전에 곽정의 의원의 부
인 명의로 된 건물을 임차하여 정성기계 근처에 식당을 차렸다. 보
증금은 8천만 원, 월 임대료는 180만 원이었다. 2년 동안은 큰돈
은 못 벌었어도 종업원 월급을 주고, 대출금을 상환하면서 그런대
로 먹고살 만했다. 그런데 정성기계가 해외로 이전한다는 소문이
나돌고, 노사분규로 공장이 장기 휴업에 들어가자 손님이 줄어 매
출이 반 토막이 나고 말았다. 반년쯤은 억지로 버티었지만, 나중에
는 임대료 내기도 벅찼다. 오창수는 빚더미에 앉기 전에 식당을 폐
업하기로 결정하였다. 하지만 지역신문에 광고도 내고, 인터넷에 올
리기도 했지만, 식당을 인수하겠다는 사람은 눈을 씻고 찾아봐도
없었다. 오창수는 하는 수 없이 임대차계약을 해지해달라고 곽정의
의원 부인 황말숙을 찾아갔다.

"사모님, 장사가 안돼 굶어 죽겠습니다. 죄송하지만 가게 임차계약을 해지하고 보증금을 돌려주셨으면 좋겠습니다."

"아직 계약 기간이 남았으니까 식당을 다른 사람에게 넘기고 보증금 빼가세요."

"아시다시피 경기도 안 좋고, 정성기계도 문을 닫는다는 소문이 퍼져 식당을 인수하겠다는 사람이 없습니다."

"계약 기간 만료되면 보증금 내줄 테니 그때까지 기다리세요."

"사모님, 저희 어려운 사장 좀 봐주세요."

"지금 사장님만 어려운 게 아니에요. 가진 돈은 없는데 가게 보증금을 돌려 달라는 사람들이 하도 많아 나도 미치고 팔딱 뛰겠다고요."

"정말 사모님 보증금 못 돌려주시겠습니까?"

오창수가 눈을 치켜뜨고 큰 소리로 되묻자 황말숙은 싸늘한 목소리로 쏘아붙였다.

"두말하기 싫으니까 보증금 반환 소송을 걸든지 말든지 하세요."

오창수는 어이가 없었다. 가진 자의 횡포에 분노가 머리끝까지 치밀어 올랐다. 성질대로 하자면 황말숙의 머리끄덩이를 움켜잡고 패대기를 치고 싶었지만, 꾹꾹 참았다. 오창수는 며칠간 보증금을 돌려받을 방법을 모색하다가 소주 한 병을 마시고는 곽정의 의원 지역구 사무실을 찾아갔다. 중년 여자 혼자 사무실을 지키고 있었다.

"무슨 일로 오셨어요?"

"곽정의 의원님과 통화 좀 하고 싶어서 왔습니다."

"무슨 일인데 의원님과 직접 통화를 하시겠다는 거예요?"

여자는 오창수의 옷차림이며, 얼굴을 눈여겨보며 시비조로 물었다.

"사모님 명의 건물에 식당을 차렸는데 장사가 안돼 위원님에게 보증금을 돌려 달라고 부탁하러 왔습니다."

오창수가 찾아온 용건을 밝히자 여자는 입가에 웃음을 물고 면박을 주었다.

"의원님은 그런 사소한 문제를 해결해 주실 만큼 한가한 분이 아니에요."

"사소한 문제라니? 우리한테는 생사가 걸린 문제인데 싸가지없이 말을 하네!"

"사장님, 말조심하세요?"

"사람 말을 우습게 알고 개 짖는 소리처럼 한쪽 귀로 흘려버리는데 욕 안 할 놈이 어디 있나? 이 여편네야!"

"사장님, 반말에 왜 욕을 하는 거요? 욕하면 폭행죄에 해당하는 거 몰라요?"

"지역구 국회의원한테 도움을 받으려고 왔더니 헛소리만 팅팅 해대는데 허파 안 뒤집힐 놈 있으면 나와 보라고 해라. 이 썩을 년아!"

"이 양반, 아무한테나 욕지거리 내뱉고, 뜨거운 맛을 봐야지 안 되겠구먼."

"지역 국회의원이라는 작자가 지역 주민들 등골이나 빼 처먹고, 그런 인간에게 표를 찍은 내 손가락을 작두로 싹둑 잘라 버렸으면 속이 시원하겠구먼!"

오창수는 씩씩거리며 악담을 퍼붓고는 자리에서 일어났다. 사무실 밖으로 나와 담배를 피워 물고 씩씩거리는데 순찰차가 달려와 오창수 앞에 멈춰 섰다. 경찰 두 명이 차에서 내리더니 오창수에게 다가와 팔을 잡으며 물었다.

"오창수 씨, 맞지요?"

"그래요. 오창수이올시다."

"폭행 및 공무집행 방해를 했다고 신고가 들어와 함께 가야겠습니다."

"아니, 내가 언제 폭행에 공무집행 방해를 했단 말이오?"

오창수는 입에 거품을 물고 항의하였다. 경찰관들은 순찰차 뒷좌석에 오창수를 강제로 밀어 넣고는 파출소로 내달렸다. 파출소에 도착하자 경위가 휴대폰을 책상에 놓고 작동했다. 방금 전에 곽정의 국회의원 사무실에서 여직원과 주고받은 대화며, 욕설이 고스란히 녹음되어 있었다. 오창수는 어이가 없고, 기가 막혔다. 경위는 A4용지와 볼펜을 주면서 폭언을 퍼부은 것을 인정하는 자인서를 쓰라고 요구하였다. 자인서를 쓰지 않고 버티자 경위가 경고했다.

"여기서 끝나지 않으면 경찰서에 끌려가서 심문을 받아야 하니까 간단하게 끝내자고요."

"욕 몇 마디 했다고 입건하면 대한민국에 전과자 천지가 되겠구먼!"

"거기서 매일 한두 건씩 신고가 들어와 우리도 짜증 나 죽겠어요."

"곽정의 의원 그 새끼 천상시에 나타나면 작살을 내야지 안 되겠어."

오창수는 이를 뿌드득 갈고는 자인서를 쓴 뒤 지장을 찍었다.

20일 뒤였다. 오창수에게 약식기소 명령으로 100만 원의 벌금 통지서가 나왔다. 장사가 안돼 단돈 몇만 원이 아쉬운 판에 벌금 100만 원은 피 같은 돈이었다. 설상가상으로 아내가 설사를 자주 하고 배가 아파 정밀 진찰을 받아 본 결과 대장암 3기로 판명되었다. 오창수는 눈앞이 캄캄했다. 살고 싶은 마음이 눈곱만큼도 없었다.

오창수는 또 한 번 곽정의 의원 부인 황말숙을 만나 아내 이야기를 하고 보증금을 반이라도 돌려받으려고 통화를 시도했다. 하지만 이번에는 아예 휴대폰 번호를 바꿔 버려 허탕을 치고 말았다.

며칠 뒤 오창수는 곽정의 의원이 정성기계 노조원들의 장례식장으로 조문을 온다는 정보를 입수하였다. 오창수는 곽정의가 오는 날 장례식장 앞에서 '식당 세입자 다 죽어 간다. 곽정의는 즉시 보증금을 돌려다오!'라고 쓴 판때기를 들고 서 있었다. 곽정의가 나타나자 오창수는 판때기를 흔들며 목이 터져라 식당 보증금을 돌려 달라고 소리쳤다. 곽정의 의원 비서관들이 달려들어 판때기를 빼앗아 박살을 냈다. 살모사처럼 독이 오른 오창수는 미리 준비한 식칼로 조문을 마치고 빈소를 나오는 곽정의에게 달려들어 목덜미를 힘껏 찔렀다. 그리고는 자신의 배를 칼로 그어 자살을 시도하였다.

정란은 정성기계 공장 가동 문제가 순조롭게 해결되자 정성그룹에서 떠나기로 결심하고 마무리 작업에 들어갔다.

먼저 불에 시커멓게 그슬려 괴기하고 흉물스럽던 요양병원 건물을 철거한 뒤 그 터를 봄, 여름, 가을에 항상 꽃이 만발한 화원으로 바꾸어 놓았다. 사람들이 앉아 쉴 수 있는 벤치를 여기저기에 설치하고, 바다가 보이는 곳에 정자도 지어 놓았다. 화원 한가운데에는 세 여자의 흉상을 제작해 설치했다. 정성요양병원에 화재가 발생했을 때 환자들을 구출하려다 미처 대피하지 못하고 순직한 간호사들의 흉상이었다. 정란은 간호사들의 숭고한 희생정신과 투철

한 직업 정신을 추모하고, 널리 알릴 필요가 있어 중요 언론사에 취재를 요청해 놓으라고 우지상 홍보실장에게 지시하였다. 그리고 계열사 사장들에게 흉상 제막식에 참석하라고 문화재단 이사장 명의로 공문을 보냈다. 물론 이경희 사장에게 직접 전화를 걸어 흉상 제막식에 참석하라고 통보하였다. 하지만 이경희는 행사에 참석하기 싫다며 정란의 지시를 거부했다.

"이경희 사장, 내가 곧 문화재단 이사장 자리에서 물러날 계획이니까 빨리 내 업무를 인수받으세요."

"이사장님, 저는 정성그룹 경영에 참여할 마음이 없습니다."

"아니, 사광구 회장님의 유지를 거역하겠다는 겁니까? 뭡니까?"

"이사장님, 제 괴로운 심정을 헤아려 주십시오."

"이경희 사장, 더 이상 선택의 여지가 없습니다. 이경희 시장이 사주영 부회장의 아들을 낳은 이상 싫어도 경영에 참여해야 합니다."

"이사장님, 생각을 정리할 시간을 주시면 안 되겠습니까?"

"간호사들 흉상 제막식에서 이경희 사장이 정성그룹 후계자로 낙점된 사실을 발표할 겁니다. 그러니 이유 없이 나오세요."

"후계자로 낙점된 사실을 발표하는 건 시기상조입니다."

"이경희 사장은 모든 걸 충분히 감당할 수 있으니 지레 겁먹지 말고 내가 지시하는 대로 따르세요."

정란은 일방통행식으로 밀어붙이고는 전화를 끊었다.

'이경희가 무엇 때문에 경영에 참여하지 않으려고 버티는지 모르겠네? 혹시 정성그룹 계열사 사장이나 임원들에게 약점 잡힐 일이라도 저질렀나? 사주영 부회장 체면을 봐서라도 경거망동했을 리는 없는데. 도대체 경영에 참여하지 않으려고 뻗대는 이유가 뭘

까?'

퇴근 무렵이었다.

이경희가 헐레벌떡 정란의 사무실에 들이닥쳤다. 정란은 기습적
인 방문에 의아했다. 이경희는 고개를 숙여 정란에게 인사를 하고
는 사과부터 하였다.

"이사장님, 미리 전화도 없이 불쑥 찾아와서 죄송합니다."

"술 한잔 마시고 싶었는데 잘 왔구먼."

이경희는 회의용 테이블에 앉더니 가방에서 서류 봉투를 꺼냈다.
이경희는 두 손으로 정란에게 서류 봉투를 건네주었다. 정란은 봉
투에서 서류를 꺼내서 들여다보고는 화를 부르르 냈다.

"이경희 사장, 뭐하는 짓입니까?"

"회장님이 써 주신 위임장을 이사장님께 넘겨드리는 게 순리입니다."

"후계자로 당신 이름이 적시되어 있고, 변호사 사무실에서 공증
까지 받았는데, 그걸 내가 가져서 뭐합니까?"

"이사장님, 정 필요 없으면 폐기 처분하세요."

"아니, 대한민국의 대표 기업인 정성그룹의 회장님이 고심 끝에
써 주신 경영권 위임장인데 폐기 처분하다니, 이경희 사장, 지금 나
하고 농담하자는 거요? 뭐요?"

정란이 무안할 정도로 면박을 주자 이경희는 고개를 푹 숙였다.
정란은 목소리를 낮춰 이경희를 달래었다.

"이경희 사장, 무엇 때문에 위임장을 나에게 넘겨주는 건지, 그
이유를 설명해 줄 수 없소?"

이경희는 한참 동안 생각에 잠겨 있다가 조심스럽게 입을 열었다.

"저는 현재 경영하는 (주)태양산업 하나로 족합니다. 그리고 고인이 된 사주영 부회장님과 떳떳한 관계가 아닌데, 제가 정성그룹 경영권을 이어받으면 기업 이미지를 망가뜨리고 세간의 웃음거리가 될 우려가 큽니다."

"이경희 사장, 그건 기우에 지나지 않아요. 능력을 우선시하는 시대에 그런 고리타분한 사고를 하는 사람들이 우스운 거죠."

"그리고 옛날 왕조시대에 정부인이 아닌 후궁이 생산한 자식이 왕좌에 오르면 정통성을 인정받지 못해 정변이 일어나거나 실패한 왕이 되듯, 제 아들도 그런 전철을 밟을까 두렵습니다."

"이경희 사장, 본부인인 내가 아이를 못 낳아 양보했기 때문에 문제 될 게 전혀 없습니다."

"그리고 정성그룹 협력업체 모임인 '협정회' 회장을 맡았던 제가 경영권을 이어받으면 정성그룹 임원들이 눈엣가시처럼 여길까 걱정됩니다."

"눈엣가시처럼 여기다니, 왜 그런 쓸데없는 걱정을 합니까?"

"사주영 부회장님의 지시로 제가 정성그룹 계열사 임직원들의 비리를 오랫동안 수집했는데, 눈치 빠른 임직원들은 이 사실을 감지하고 있었습니다."

"오히려 잘 된 거지요. 비리와 부정으로 얼룩진 정성그룹을 정화시키는 데 효과를 톡톡히 발휘할 수 있으니 얼마나 좋습니까?"

"이사장님, 막강한 권력자라도 적이 많으면 그 자리에 오래 앉아 있기가 어렵습니다."

"경희 씨, 당신 겁이 많은 거요? 아니면 편안한 길만 택해 살겠다는 거요?"

"이사장님, 실망시켜 드려 죄송합니다."

정란은 골치가 아팠다. 문화재단 이사장 자리며, 그룹 인사위원회 위원장 자리를 물려주고 정성그룹에서 발을 빼고 싶은 마음이 굴뚝같은데, 이경희가 이 핑계 저 핑계를 대며 꽁무니를 뺄 줄은 짐작도 못 했다.

이경희의 우려와 불안감을 떨쳐 줄 좋은 방안이 없을까? 기존 계열사 고위 임원 중에서 한 분을 선정해 그룹 회장에 앉히면 이경희 마음이 달라질까?

"이경희 사장, 내가 계열사 대표이사 중에서 인품이나 경영 능력이 뛰어난 분을 회장으로 추대하면 경영에 참여할 의향이 있소?"

"그렇다면 한 번 고려해 보겠습니다."

이경희는 긍정적인 반응을 보였다. 정란은 꼬인 일이 풀리는 거 같아 일단 안도했다.

3일 뒤 정란은 '천사의 화원'에서 순직한 간호사들의 흉상 제막식을 끝낸 뒤 정성화학 박순신 부회장과 퇴근 후 저녁 식사를 함께하기로 약속했다.

박순신 부회장은 미국에서 대학을 졸업한 뒤 정성화학 북미지사장을 지냈다. 그러다 사광구 회장의 눈에 들어 정성화학 본사 개발 담당 부사장으로 발탁되었다. 2년 뒤 그는 혁신적인 신제품을 개발하여 회사 발전에 크게 기여한 공로로 대표이사 사장으로 승진하였고, 재작년 대표이사 부회장으로 승진하였다.

특히 그는 부정이나 비리를 저지른 적이 없으며, 원칙주의자에, 임원들과 사원들로부터 존경받는 인물이었다. 그렇다고 소심하거나 우유부단한 성격도 아니었다. 한번 목표를 세우면 기어코 달성하는 강인하면서 추진력이 뛰어난 임원이었다. 그는 정성그룹 회장으로 추대해도 반대할 임원이 없을 정도로 좋은 평판을 받고 있었다.

정란은 약속 시간보다 5분 먼저 약속 장소로 나갔다. 박순신 부회장은 10분 전에 나와서 기다리는 중이었다. 정란은 무턱대고 만나자고 한 게 미안해 사과부터 하였다.

"부회장님, 죄송합니다. 갑자기 뵙자고 해서."

"아닙니다. 저도 한번 뵙고 정성화학 경영 전반에 대해서 보고드릴 기회를 가지려고 했는데 잘 됐군요."

"저한테 보고 안 하셔도 됩니다."

"그리고 이사장님이 선사해 주신 그림 잘 감상하고 있습니다."

"마음에 들으셨는지 모르겠습니다."

"저 그림 좋아합니다."

"그러세요?"

정란은 가볍게 덕담을 나누고는 박순신 부회장에게 만나자고 한 목적을 단도직입적으로 밝히었다.

"실은 부회장님을 정성그룹 회장으로 추대하고 싶어 갑자기 뵙자고 했습니다."

"네? 저를 회장으로 추대하다니요?"

순간, 박순신 부회장의 눈이 왕방울만해졌다. 놀랍기도 하고 정란의 제안이 믿어지지 않았기 때문이었다. 그는 앉은 자세를 고치더니 정란에게 조심스럽게 물었다.

"저를 그룹 회장으로 추대하려는 이유가 뭔지 알고 싶네요."

"회장님이 작고하시고 나니까, 그룹 돌아가는 내막도 잘 알면서 임직원들부터 신망을 받고, 인품이 뛰어난 임원이 필요하다는 걸 깨달았어요. 계열사 대표이사님 중에서 적임자를 물색하다가 부회장님을 그룹 회장으로 급히 추대하기로 결심했습니다."

"제 개인 소견입니다만 이사장님께서 그룹 회장을 맡으셔도 무리가 없을 거 같습니다."

"아닙니다. 저는 경험도, 능력도 부족합니다. 그리고 제가 그룹 회장을 하려고 회사에 발을 들여놓은 게 아닙니다."

"회장 물망에 오른 것만으로도 대단한 영광이고, 감사드려야 할 일이지요. 하지만 저도 후배들을 위해 곧 회사를 떠날 계획입니다."

"부회장님, 다시 한 번 정중히 부탁드리겠습니다. 안정을 되찾을 때까지 정성그룹 회장직을 맡아 주시기 바랍니다."

정란은 읍소하다시피 박순신에게 매달렸다. 박순신은 요지부동이었다. 정란은 당혹스럽고 난감하였다. 박순신이 얼씨구! 좋다고 회장직을 수락할 것이라고 낙관하지는 않았지만, 이렇게 완강하게 거절할 줄은 전혀 예상치 못했던 것이다.

'현재 고위 임원 중에는 이 양반 말고 그룹 회장으로 추대할 만한 인물이 없는데 어쩌면 좋지. 이 양반 좋은 조건을 받아내기 위해 배짱을 튀기는 건 아닐까? 그럴 정도로 영악스럽고 표리부동한 양반은 아닌 거로 아는데.'

정란은 속이 바짝바짝 탔다. 무슨 말로 어떻게 박순신 부회장을 설득해야 좋을지 막막했다. 정란은 가슴이 답답하여 생수로 목을 축였다.

그때 박순신의 휴대폰이 북북거렸다. 박순신은 휴대폰을 귀에 대고는 자리에서 일어나 주위를 두리번거렸다. 박순신이 통화를 마치자 정장 차림에 수수하지만, 교양미가 넘치는 중년 여자가 그들 자리로 다가왔다. 박순신은 그녀를 정란에게 소개하였다.

"이사장님, 제 아내 강연자입니다."

"뵙게 되어 반갑습니다."

정란은 자리에서 일어나며 손을 내밀어 악수를 청했다. 강연자가 자리에 앉자 박순신 부회장이 정란에게 양해를 구했다.

"저하고 단둘이서 저녁 식사를 하려면 이사장님이 불편하실 거 같아 아내를 불렀습니다. 실례를 범했는지 모르겠습니다."

"부회장님, 여성에 대한 배려가 남다르시네요."

정란은 생긋이 웃으며 박순신을 치켜세웠다. 그러자 강연자는 겸연쩍어하며 사과하였다.

"제가 낄 자리가 아닌데 불청객처럼 나타나 죄송합니다."

"아닙니다. 사모님 잘 오셨어요. 부회장님이 이 자리에서 중대한 결단을 내리셔야 하는데 못 내리고 계십니다. 그러니 사모님이 결단을 내리도록 용기를 북돋워 주십시오."

"그게 무슨 말씀이신지요?"

강연자는 박순신 부회장의 얼굴을 훔쳐보며 물었다. 갑자기 심각해진 박순신 부회장의 표정을 눈여겨보다가 강연자는 조심스럽게 물었다.

"당신 혹시, 실수로 회사에 큰 누를 끼친 거 아니에요?"

"사모님, 그런 일은 절대 아닙니다."

정란은 손을 내저으며 염려하지 말라는 투로 말했다. 한참 동안 뜸을 들이고 있던 박순신 부회장은 침을 꿀꺽 삼키고는 강연자에게 정란이 부탁한 일을 솔직히 밝히었다.

"여보! 이사장님이 날 보고 정성그룹 회장을 맡아 달라고 부탁하시는데 내가 답변을 못 드리고 있어요."

"…?"

강연자는 놀란 눈으로 두 사람을 바라볼 뿐 쉽사리 입을 열지 못했다. 자신이 왈가왈부할 정도의 간단한 일이 아니었기 때문이었다. 정란은 자리 분위기가 심각하게 돌아가자 농담을 툭 내던졌다.

"사모님께서 부회장님을 정성그룹에 헌납하실 용의는 있으시죠?"

"저야, 이 양반을 정성화학에 헌납한 지 수십 년이 지났습니다. 가정이나 저보다 회사 일에 정신이 팔려 있을 때는 밉기도 하고 서운했지만, 대기업의 대표이사 노릇을 하는 게 얼마나 힘든지 알게 된 뒤부터는 집안일은 아예 신경을 쓰지 않도록 제가 알아서 다 챙겼습니다."

"부회장님, 사모님의 헌신적인 내조에 보답하시려면 정성그룹 회장 자리를 맡으시는 게 도리일 거 같습니다."

박순신 부회장은 거부했다가 곧바로 번복하기가 쑥스러운지 에둘러 수락 의사를 내비쳤다.

"그동안 아내에게 숱한 마음고생을 시켜 조금 일찍 퇴직하고 못 다닌 여행이나 다니면서 즐겁게 살려고 했더니 마음대로 안 되네요."

박순신 부회장이 미안하다는 투로 말하자 강연자는 회장직 수락을 종용했다.

"당신 내 눈치 볼 거 없어요. 지금까지 우리 식구가 안락하게 살 수 있었던 건 당신과 정성그룹의 덕분이었잖아요? 오너이신 호정란 이사장님이 부탁하시는데 거절하는 건 임원으로서 예의가 아니지요."

박순신은 고개를 끄덕끄덕하며 아내의 말에 공감을 표했다. 정란은 스마트폰에 표시된 시간을 보고는 박순신의 결단을 촉구하였다.

"부회장님, 빨리 회장님 자리를 수락하시고 홀가분한 마음으로 식사하시지요."

"제 조건을 받아 주시면 수락하겠습니다."

순간 정란은 바짝 긴장하였다. 박순신이 거절할 명분을 찾기 위해 도저히 수용할 수 없는 조건을 내세울 가능성도 없지 않았기 때문이었다. 정란은 박순신의 표정을 살피며 조심스럽게 물었다.

"그 조건이 뭔지 궁금하군요?"

"딱 1년만 그룹 회장직을 수행하고 무조건 은퇴하는 조건입니다."

"그 점은 충분히 참작하겠습니다."

정란은 1년 후에 상황이 어떻게 변할지 몰라 두루뭉술하게 얼버무렸다.

"좋습니다. 능력은 모자라지만 회장직을 수락하겠습니다."

박순신이 결단을 내리자 정란은 손을 내밀어 악수를 청했다. 두 사람이 악수를 나누자 강연자는 얼굴에 미소를 띠고 가볍게 박수를 쳤다.

정란은 식사가 시작되자 박순신 부회장에게 양해를 구했다.

"부회장님이 정성그룹 회장으로 취임하시면 저는 정성그룹에서 떠날 계획입니다."

"그게 무슨 말입니까? 회장을 맡으라고 압력을 계속 넣더니 정작 본인은 떠나겠다니."

박순신 회장이 이해할 수 없다는 투로 반박하자 정란은 얼떨결에 이경희의 존재를 밝히고 말았다.

"실은 죽은 사주영 부회장이 내연녀를 둔 사실을 몇 달 전에 알았습니다."

"그래요?"

박순신 부회장의 눈이 똥그래지면서 놀라움을 감추지 못했다.

"이경희라고, 그 여자가 사씨 가문을 이어갈 아들까지 낳았습니다."

"이런! 이사장님, 여러 가지로 착잡하시겠군요."

박순신 부회장은 정란에게 연민과 우려가 뒤섞인 눈길을 주었다. 정란은 가방에서 사광구 회장이 이경희에게 써 준 위임장 사본을 꺼내 박순신 부회장에게 보여 주었다. 박순신 부회장은 위임장을 보고는 정란을 거꾸로 위로하였다.

"이사장님, 무척 섭섭하시겠습니다."

"아닙니다. 오히려 홀가분합니다."

정란은 망설임 없이 솔직하게 대답했다. 박순신 부회장은 기를 쓰고 회사를 떠나려고 버둥거리는 정란의 미래가 궁금해 넌지시 물어보았다.

"이사장님은 정성그룹을 떠나면 무슨 일을 하시며 여생을 보내실 계획인가요?"

"노느니 염불한다고 시나 쓰면서 마음에 맞는 남자 만나 유유자적하며 사는 게 꿈입니다."

"꼭 꿈을 이루시길 기원합니다!"

박순신 부회장은 정성그룹 회장직을 수락하기로 최종 결심하였다. 회장에 취임하여 혼란에 처한 정성그룹을 안정시키고 도약의 기반을 구축해 주고 싶었다. 그렇게 하는 것이 평생 경제적인 안정과 성취의 기쁨을 누리도록 좋은 일자리를 만들어 준 정성그룹에 대한 보답이라고 생각했다.

정란은 다음 날 출근하자마자 사무국장에게 긴급 사장단 회의를 소집하라고 지시하였다.

"사무국장님, 장소는 문화재단 대회의실, 시간은 9시, 발표 내용은 '그룹 회장 선임건'입니다."

"9시면 시간이 너무 이르지 않을까요?"

"작고하신 회장님은 아침 7시에 임원 회의를 소집한 적도 있습니다."

"열 시 정도가 어떨까요?"

"사무국장님, 지금 비상 사태입니다."

"지방에서 올라오실 사장님들 생각해서 드리는 말씀입니다."

"그러면 9시 30분으로 정하세요."

다음 날 문화재단 대회의실에 계열사 사장들이 속속 도착하였다. 그리고 경영전략실 각 부문 사장들도 자리를 함께했다. 물론 이경희 사장도 참석시켰다. 장내가 정리되자 정란은 단상으로 나와서 회의를 긴급히 소집한 이유를 설명하기 시작했다.

"사광구 회장님이 갑자기 직고하시는 바람에 외람되게 제가 이 자리에 섰습니다. 오늘 날짜로 제가 맡았던 문화재단 이사장 자리는 ㈜태양산업 사장이며, 정성그룹 협력업체 모임인 '협정회' 회장인 이경희 씨가 이어받겠습니다. 이경희 사장님 자리에서 일어나 인사하세요."

이경희는 자리에서 일어나 임원들을 향해 고개를 숙였다. 임원들의 박수 소리가 터져 나왔다. 박수가 멈추자 정란은 비오너인 전문 경영인을 최초로 그룹 회장으로 추대하겠다고 선언했다.

"…?"

전혀 예상치 못한 발표에 사장들의 얼굴에 놀라움과 당혹감이 교차하였다. 회의장 분위기는 찬물을 끼얹은 듯이 조용했다. 실내에는 옆에 앉은 사람들의 숨소리까지 들릴 정도로 정적이 흘렀다. 정란은 숨길을 가다듬고는 큰 소리로 외쳤다.

"정성화학 대표이사 박순신 부회장님을 정성그룹 회장으로 추대합니다! 박순신 부회장님, 회장 수락 인사말을 부탁드립니다."

회의장 맨 앞자리에 앉아 있던 박순신 회장은 단상으로 올라와 호정란과 임원들에게 정중히 허리를 굽혔다. 박순신 회장은 연단 앞으로 다가와 차분한 목소리로 인사말을 하기 시작하였다.

"능력이 부족한 저를 정성그룹 회장으로 지명해 주신 호정란 문화재단 이사장님께 먼저 감사를 드립니다. 그리고 저보다 덕망이나 경영 능력이 출중하신 임원님들이 많은데 제가 회장으로 지명 받아 송구하고 몸 둘 바를 모르겠습니다. 저보다 잘 아시겠지만, 혼란과 위기에 처한 정성그룹을 하루빨리 안정시키고 정성그룹이 글로벌 초일류기업으로 도약하는데 임직원들의 단합과 지혜가 가장 필요할 때입니다. 정성그룹 발전을 위해 미력하나마 모든 노력을 다 바치겠습니다. 이사장님, 그리고 임원님들 감사합니다!"

박순신 회장이 인사말을 끝내자 사장들은 일제히 일어나 박수를 쳤다. 우레와 같은 박수 소리가 회의실 안을 가득 메웠다. 여사원들이 달려와 박순신 그룹 회장과 이경희 이사장 가슴에 꽃다발을 안겨 주었다. 잠시 뒤 이경희 이사장은 가슴에 안고 있던 꽃다발을 호정란에게 건네주고는 뜨거운 포옹을 하면서 우애가 돈독함을 과시했다.

치어리더의 칼춤

펴 낸 날   2019년 9월 2일

지 은 이   송재용
펴 낸 이   이기성
편집팀장   이윤숙
기획편집   이민선, 최유윤, 정은지
표지디자인   이민선
책임마케팅   임용섭, 강보현
펴 낸 곳   도서출판 생각나눔
출판등록   제 2018-000288호
주   소   서울 마포구 잔다리로7안길 22, 태성빌딩 3층
전   화   02-325-5100
팩   스   02-325-5101
홈페이지   www.생각나눔.kr
이 메 일   bookmain@think-book.com

• 책값은 표지 뒷면에 표기되어 있습니다.
  ISBN 979-11-90089-60-9 (03810)
• 이 도서의 국립중앙도서관 출판 시 도서목록(CIP)은 서지정보유통지원시스템 홈
  페이지(http://seoji.nl.go.kr)와 국가자료공동목록시스템(http://www.nl.go.kr/
  kolisnet)에서 이용하실 수 있습니다(CIP제어번호: CIP2019031685).

· 이 책의 제작비는 전액 충남문화재단 기금에서 지원받았습니다.